HEDWIG
COURTHS-MAHLER

Du meine Welt

HEDWIG COURTHS MAHLER

Du meine Welt

WELTBILD VERLAG

Genehmigte Lizenzausgabe für
Weltbild Verlag GmbH, Augsburg 1996

Einbandgestaltung: Peter Engel, München
Titelfoto: Superbild, München
Gesamtherstellung: Presse-Druck Augsburg
Printed in Germany
ISBN 3-89604-203-3

Ich will dir folgen
Durch Länder und Meer,
Eisen und Kerker
Und feindliches Heer.
Ännchen von Tharau

I.

Die Hochzeitsgäste verließen den großen Festsaal, um in den anstoßenden kleinen Räumen den Mokka zu nehmen. Die Hochzeitstafel war soeben aufgehoben worden durch die Tante der Braut, Frau Geheimrat Rosser, die nun in ihrer überlegenen Art die Honneurs machte und dabei ihre noch unverlobten Töchter, Hilde und Lisa, scharf beobachtete. Inzwischen wurde die Tafel abgedeckt und der Saal zum Tanzen vorgerichtet.

Die Braut war eine Waise, die Erbin eines ehemals sehr berühmten und vielbeschäftigten Architekten, der seiner einzigen Tochter ein enormes Vermögen hinterlassen hatte. Sie war noch nicht mündig gewesen beim Tod ihres Vaters, und da sie die Mutter schon einige Jahre früher verloren hatte, war ein Vetter ihres Vaters, der Geheimrat Rosser, zu ihrem Vormund ernannt worden.

Ihr Vater hatte ihr bei seinem Tod auch eine wunderschöne, vornehme Villa im Grunewald hinterlassen, aber diese wurde vorläufig geschlossen, und Lore mußte einstweilen im geheimrätlichen Hause bei ihrem Vormund bleiben. Er lebte wohl in ganz angenehmen pekuniären Verhältnissen, aber es ging in seinem Hause doch viel einfacher zu, denn die Frau Geheimrätin war etwas geizig. Das hätte Lore aber wenig gestört, ihr Sinn war nicht auf Äußerlichkeiten gerichtet, und sie hätte sich auch in die schlichtesten Lebensverhältnisse gefügt, ohne zu murren. Aber das kalte, streng formelle Wesen ihrer Verwandten stieß sie ab. Sie fror bis ins Herz hinein und konnte ihren warmherzigen, schönsinnigen Vater ebensowenig vergessen wie ihre liebevolle, zarte, kleine Mutter, die sie so früh verloren hatte. Lore Steinberg lebte nun schon seit fast drei Jahren bei ihrem Vormund, und die schöne Villa im Grunewald stand noch immer leer; denn es war ja ausgeschlossen, daß sie vor ihrer Vermählung dorthin übersiedeln konnte. Lore und ihr Verlobter, Heinz Velden, hatten eine große, glänzende Hochzeitsfeier durchaus nicht für notwendig gehalten, sie hätten beide viel lieber in aller Stille mit einigen guten Freunden gefeiert. Ihre beste Freundin mußte Lore ohnedies an ihrem Hochzeitstag entbehren, denn diese hatte sich vor einigen Monaten ebenfalls verheiratet und hielt sich gerade mit ihrem jungen Gatten, der in Amerika die Geschäfte seines Vaters vertreten mußte, in New York auf. Heinz Velden besaß nur einen einzigen richtigen Freund, Georg Raimund, den er zu seinem Hochzeitsfest eingeladen hatte. Sonst interessierten das Brautpaar nur wenig Menschen so sehr, daß sie diese an ihrem Ehrentag unbedingt um sich haben wollten. Aber Tante Klara hatte ungehalten zu Lore gesagt:

»Du bist es dem Andenken deines Vaters schuldig, Lore, daß du deine Hochzeit mit allem Glanze feierst. Der Kostenpunkt steht doch bei dir nicht zur Debatte, und du darfst keinesfalls wie ein x-beliebiges Fräulein Unbekannt zum Altar gehen. Nein, nein, das lasse ich nicht zu. Wenn du dir schon in den Kopf gesetzt hast, einen ganz unbekannten und unvermögenden Ingenieur zu heiraten, so mußt du wenigstens, auch unsertwegen, bei deiner Hochzeit den nötigen Glanz entfalten, den du dem Andenken deines berühmten Vaters schuldig bist.«

»Und außerdem«, hatte ihre Cousine Hilde hinzugefügt, »bist du es auch Lisa und mir schuldig, eine große

Feier zu veranstalten, damit auch wir auf unsere Kosten kommen. Du weißt, bei keiner Gelegenheit werden so viel Verlobungen perfekt, wie bei Hochzeitsfeiern, und unsere beiden Verehrer, die uns nun schon seit Monaten ergebnislos anschmachten, müssen Mut bekommen zum entscheidenden Schritt.«

Die beiden Cousinen hatten Lore so lange bestürmt, bis sie allen Widerstand aufgab.

Als sie ihrem Verlobten gesagt hatte, daß sie in diese große Feier eingewilligt habe, war er bestürzt, aber sie begütigte ihn schelmisch lachend: »Du siehst, Heinz, schon am Hochzeitstag fangen die Opfer an, die du wirst bringen müssen. So arg wird deine Freiheit bedrängt. Fürchtest du dich nicht vor deiner Zukunft als freiheitsberaubter Ehegatte?«

Heinz Velden hatte seine Braut an sein Herz genommen. Er küßte sie trotz der Gegenwart der formellen Frau Geheimrat und antwortete, seine Blicke tief in die ihren senkend:

»Nichts fürchte ich, meine Lore, als daß ich eines Tages deine Liebe verlieren könnte.«

Sie hatte sich an ihn geschmiegt, ihn mit ihren lieben, schönen Augen angesehen und innig gesagt:

»Dieser Tag wird nie kommen, Heinz.«

Er glaubte an diese Worte wie an das Evangelium, denn er war überzeugt, daß seine Lore das treueste, wahrhafteste Wesen unter der Sonne sei. Wieder nahm er sie fest in seine Arme, obwohl sich Tante Klara mahnend räusperte. Mit fast andächtiger Innigkeit hatte er sie geküßt.

»Nein, Lore, dieser Tag darf auch nicht kommen. Ich weiß ja, daß du mich liebst, wie ich dich liebe, weiß, daß dein Herz nie einem andern gehört hat als mir, und daß es nie einem andern gehören wird.«

Da jetzt Lores beide Cousinen eingetreten waren, hatte die Geheimrätin energisch das Gespräch an sich gerissen und ihrerseits heftig, auch dem Bräutigam gegenüber, für eine große Hochzeitsfeier plädiert. Dabei konnte sie es nicht unterlassen, Heinz Velden zum Bewußtsein zu bringen, daß er als armer, unbedeutender Ingenieur das Glück, eine reiche Erbin zur Frau zu bekommen, die Tochter des berühmten Architekten Steinberg, gar nicht genug zu würdigen verstehe. Heinz Veldens Stirn rötete sich bei diesen nicht gerade zarten und taktvollen Andeutungen, aber Lores Hand hatte sich leise in die seine geschmeichelt, und der Druck dieser lieben, warmen Hand hätte ihn noch ganz andere Dinge ertragen lassen. Ohne seinen Humor ganz zu verlieren willigte auch er in die große Feier ein.

Und nun war diese Feier schon zum Teil zu Ende. Es war alles programmäßig verlaufen, und Frau Geheimrat Rosser hatte befriedigt bemerkt, daß die Verehrer ihrer beiden Töchter heute sehr unternehmend aussahen, und daß Hilde soeben mit Herrn Amtsgerichtsrat Scherr, innig Arm in Arm aneinandergeschmiegt, einen menschenleeren Nebenraum aufsuchte. Mit geröteten Wangen präparierte sie sich auf die kommende Schwiegermutterwürde. Sie vergaß dabei, auf das jungvermählte Paar zu achten, und so konnte sich dieses im allgemeinen Trubel unbemerkt entfernen.

Heinz Velden teilte nur schnell noch einen warmen, festen Händedruck mit seinem Freund Raimund, der, wie er wußte, morgen für lange Zeit nach Java ging. Dann folgte er seiner jungen Frau.

Eine halbe Stunde später reiste das Paar ab. Heute sollte ihre Hochzeitsreise nur bis Leipzig gehen. Von dort wollten die beiden jungen Menschen am nächsten Tage weiterreisen nach der Schweiz, um ihre Flitterwochen in St. Beatenberg im Berner Oberland zu verbringen. Dort hatte Lore vor Jahren einige Wochen mit ihrem Vater im Hotel Viktoria verlebt.

In dem Leipziger Hotel waren Zimmer bestellt. Als das junge Paar ankam, wurde es in die erste Etage geführt. Es war noch nicht spät; die letzten Abendsonnenstrahlen warfen ihr vergoldendes Licht in die Hotelzimmer. Zwei

Schlafzimmer und dazwischen ein kleiner Salon waren bestellt worden. Lore hatte gewünscht, immer getrennte Schlafzimmer zu benutzen. Sie war so sehr daran gewöhnt, allein in einem Zimmer zu schlafen, daß sie bestimmt annahm, nicht ruhig einschlafen zu können, wenn sie mit einem andern Menschen, mochte es ihr auch der liebste sein, das Schlafzimmer hätte teilen müssen. Auch in ihrer Villa, die jetzt für sie instand gesetzt wurde, hatte sie getrennte Schlafräume einrichten lassen. Und da Lore, dank ihres Reichtums, nicht zu rechnen brauchte, sollten auch in den Hotels immer zwei Schlafräume bestellt werden. Lore und ihr junger Gatte betraten zunächst den Salon, zogen sich aber gleich in ihre Schlafzimmer zurück, um den Reisestaub abzuschütteln und sich umzukleiden. Im Salon sollte inzwischen Tee und ein Imbiß serviert werden. Das wollten sie nachher gemeinsam einnehmen.

Ehe sie sich trennten, umarmte Heinz seine junge Frau und küßte sie zärtlich auf Mund und Augen. Ein wenig bang und befangen gab sie diese Liebkosung zurück. Und nun waren die beiden glücklichen Menschen jeder für kurze Zeit allein.

Doktor Heinz Velden trat mit glückstrahlenden Augen an das Fenster und blickte auf den Platz vor dem Hotel hinab. Drüben sah er die breitästigen Lindenbäume der noch sehr belebten Promenade ihre Zweige über die zahlreichen Spaziergänger ausstrecken. Es war ein hübsches, lebendiges Bild, und noch oft nach diesem Juniabend hatte Heinz Velden es zuweilen vor seinem geistigen Auge, weil es für lange, lange Zeit das letzte war, auf dem seine Augen mit einem so glücklichen, heiteren Ausdruck ruhten.

Mit einem tiefen Atemzuge wandte er sich wieder ins Zimmer zurück um sich umzuziehen. Er trat an den Tisch heran und wollte die Taschen seines Rockes leeren. Zuerst nahm er seine Brieftasche heraus. Sie entfiel ihm, weil er, in glückliche Gedanken verloren, unachtsam war. Als sie auf dem Fußboden aufschlug, öffnete sie sich, und ein Brief fiel heraus. Es war ein noch geschlossenes Kuvert. Erstaunt sah Heinz darauf nieder, und es fiel ihm erst jetzt wieder ein, daß er diesen Brief heute morgen gerade in dem Moment erhalten hatte, als er seine Junggesellenwohnung zum letztenmal verlassen wollte, um in den unten wartenden Wagen zu steigen und zu seiner Trauung zu fahren. Es erschien ihm in jenem Augenblick nichts wichtiger, als seine Braut nicht warten zu lassen, denn wie oft in solchen Fällen hatten ihn allerlei unvorhergesehene Kleinigkeiten aufgehalten, und es war die höchste Zeit zum Aufbruch gewesen.

So hatte er den Brief, der ihm sehr unwichtig erschien, schnell in seine Brieftasche gesteckt mit der Absicht, ihn später zu lesen. Er hatte nur mit einem flüchtigen Blick konstatiert, daß ihm die Handschrift auf dem Kuvert unbekannt war und daß der Brief weder Poststempel noch Freimarke zeigte. Er war also von einem Boten abgegeben worden, sicher irgendeine der zahlreichen Offerten, die seit seiner Verlobung eingesandt wurden.

Er hob den Brief auf und öffnete ihn ohne sonderliches Interesse. Zwei Briefblätter enthielt das Kuvert.

Er entfaltete das erste Briefblatt und las:

»Sehr geehrter Herr Doktor! Es erscheint mir als meine Pflicht als Ehrenmann, Sie noch in letzter Stunde vor dem Schritt zu warnen, den Sie heute gehen wollen. Sicher wollen Sie die Frau, die Sie heute zum Altar führen, nur in der Voraussetzung ehelichen, daß sie ein unbescholtenes Mädchen ist, das vor Ihnen noch keinen anderen Mann geliebt und vor Ihnen keinem andern Intimitäten gestattet hat. Der beiliegende Brief, der, wie Sie sogleich erkennen werden, von der Hand Ihrer Braut, Fräulein Leonore Steinberg, geschrieben ist, wird Sie überzeugen, daß Sie durchaus nicht der erste sind und daß Sie belogen und betrogen wurden. Was Sie zu tun gedenken, wenn Sie diesen Brief gelesen haben, der an einen andern Mann gerichtet ist, steht bei Ihnen allein. Ich habe das Meine getan und Ihnen die Augen geöffnet. Einer, der es gut mit Ihnen meint.«

Verächtlich wollte Heinz diesen anonymen Brief dahin befördern, wo solche Schreiben hingehören, aber dann zuckten seine Finger doch nach dem andern Briefblatt, um es zu entfalten und durchzulesen. Er erkannte sofort Lores Handschrift, die ziemlich charakteristisch war. Halb widerwillig, halb unruhig, wenn auch durchaus noch nicht zweifelnd an seiner Frau, begann er zu lesen – und schon bei den ersten Worten stutzte er und verfärbte sich. Seine Augen starrten groß und düster auf diese Zeilen von Lores Hand. Konnte er seinen Augen trauen – hatte Lore wirklich diesen Brief geschrieben? Er lautete:

»Mein inniggeliebter, dummer Fritz! Das Gerücht, von dem du hörtest, ist natürlich falsch. Wie kannst Du nur glauben, daß ich mich verlobt habe, ohne Dir etwas davon zu sagen. Du würdest das doch selbstverständlich zuerst von mir erfahren. Vorläufig denke ich noch nicht daran, das Joch der Ehe auf mich zu nehmen. Es fällt mir nicht ein, meine Freiheit aufzugeben und Dir untreu zu werden. Fritzelein, sollte wirklich einmal die Notwendigkeit an mich herantreten, mich zu verheiraten – man weiß ja nicht, was in der Zeiten Hintergrund schlummert –, dann erfährst Du es natürlich zuerst. Wir haben uns doch gegenseitig das Wort gegeben, keine Geheimnisse voreinander zu haben. Du wirst mir auch sofort Nachricht geben, wenn Du mir einmal untreu werden willst. Und ich verspreche Dir, dann meine Eifersucht zu bezwingen und Deinem Ehegespons nicht die Augen auszukratzen.

Ach, Fritzelein, könnt' ich doch wieder einmal einige Wochen bei Dir sein. Hier bei meinen Verwandten finde ich so gar nichts, was mein Herz erfüllt, sie sind alle so herzenskalt, und ich darbe, ohne daß sie eine Ahnung davon haben. Wie gern würde ich wieder einmal, allen strengen Tanten und Aufpassern zum Trotz, die es uns mißgönnen wollen, nachts in Dein Schlafzimmer schlüpfen oder Dich heimlich in das meine einlassen. Was haben wir da für herrliche Stunden verlebt, Fritzelein, was für wonnige Zukunftsträume geträumt. Es war die herrlichste Zeit für mich, seit meine Eltern mich allein zurückgelassen haben. Ich bin so einsam, Fritzelein, und habe so große Sehnsucht nach Dir, aber so bald kann ich mich hier nicht freimachen. Ich hoffe, nächsten Sommer wieder einige Wochen Urlaub zu bekommen von Onkel und Tante, und dann sehen wir uns wieder, Fritzelein. Wie werde ich dann glücklich sein bei Dir. Bitte schreib mir recht oft und ausführlich. Deine Briefe sind mein einziger Trost in einsamen Stunden. Hab mich lieb, Fritzelein, und vergiß nicht

Deine treue Lore.«

Heinz Velden fiel entgeistert in einen Sessel und starrte mit brennenden Augen auf den Brief hinab. Sie blieben auf der Unterschrift haften: Deine treue Lore.

So hatte sie auch die wenigen Briefe, die er von ihr bekommen hatte, unterzeichnet. Deine treue Lore? Was für eine furchtbare Entdeckung hatte er da gemacht? Konnte das sein? Konnte seine Lore, die er so heiß und innig liebte, die ihm als der Inbegriff eines reinen, lauteren, wahrhaften Charakters erschienen war, konnte sie ihn so belogen und betrogen haben? Wer der Mann war, an den sie so geschrieben hatte, interessierte ihn vorläufig gar nicht, auch daß das Datum bei diesem Brief fehlte, war unwichtig. Wichtig war nur, daß Lore – seine Lore, an einen andern Mann, zu irgendeiner Zeit einen solchen Brief geschrieben hatte, der auf so große Intimitäten schließen ließ. Wenn es nicht zweifellos Lores Handschrift gewesen wäre, so hätte er den Brief einfach zerrissen und unbeachtet gelassen, aber es gab keinen Zweifel. Und es ging aus diesem Schreiben hervor, daß sie einen andern Mann geliebt und einem anderen angehört hatte, obwohl sie ihm so oft versicherte, daß er der erste Mann sei, dem sie ihre Liebe geschenkt habe, daß ihr nie vorher einer lieb und teuer gewesen war.

Ihn allein hatte sie zu lieben vorgegeben, wenn er ihr in zärtlichen Stunden sagte, daß er sein Herz nur einer Frau zu eigen geben könne, die rein und unberührt geblieben sei. Mit großen, unschuldsvollen Augen hatte sie ihn dann angesehen. Und nun gab es einen Mann, dem sie solche Briefe hatte schreiben können?

Ein heißer, bitterer Schmerz, eine wilde Verzweiflung überfielen ihn. Sein ganzes leuchtendes Glück mußte in Trümmer gehen, wenn Lore ein so verlogenes Geschöpf war. Was für ein Tor war er gewesen, wenn er an ihre Treue, an ihre Reinheit geglaubt hatte! Mit jedem Wort, mit jedem Blick, mit jedem Atemzug hatte sie ihn betrogen, betrog ihn vielleicht noch. Vielleicht waren die Beziehungen zu diesem Mann noch nicht gelöst. Warum, um Gottes willen, hatte sie nicht ihn geheiratet? Hatte er sie schmählich verlassen, nachdem sie ihm alles gegeben? Oder lag sonst ein Hindernis zwischen ihnen, das eine Verbindung unmöglich machte? War er vielleicht ein verheirateter Mann, der einer andern gehörte und nicht von ihr loskam? Aber – wie leichtfertig klang dann dieser Brief. Nein – verheiratet konnte er auch nicht sein, denn Lore schrieb ja: Du wirst mir doch auch sofort Nachricht geben, wenn Du mir einmal untreu werden willst.

War er denn bei Sinnen? Konnte dies alles wirklich seine Lore geschrieben haben, die Frau, die er heute in heißer Liebe und größter Hochachtung zu seinem Weib gemacht hatte? Wenn das wahr war, wenn sie das wirklich geschrieben hatte, was ging ihn dann die Frau da drüben an, der er mit allen Fasern seines Seins entgegengestrebt, die er über alles geliebt hatte. Sie wußte doch, daß er nur eine reine, unberührte Frau lieben, daß er nur einer solchen seinen Namen geben konnte. Oft genug hatte er mit ihr davon gesprochen, daß er im Leben seiner Frau der erste und einzige sein müsse, um glücklich zu werden.

Dieses Verlangen teilte Heinz Velden mit den meisten Männern, aber gerade bei ihm war der Wunsch besonders stark und mächtig.

Und nun hielt er diesen Brief in der Hand. Konnte es denn sein, daß er so namenlos betrogen worden war oder äffte ihn ein Spuk? Aber es war doch Lores Handschrift, ihr Name stand unter diesem Brief. Großer Gott – mußte er das Furchtbare glauben?

Und wieder las er den Brief, der alles in Trümmer schlug, was er für sein Glück gehalten hatte. Wie ein Verzweifelter starrte er darauf nieder, mit brennenden Augen und unsagbarem Schmerz im Herzen. Wie lange er so gesessen hatte, wußte er nicht, als er plötzlich mit wildem Entschluß aufsprang. Er riß die Tür zu dem anstoßenden Salon auf, den Brief Lores in der Hand haltend. Seine Frau trat in demselben Moment aus ihrem Schlafzimmer über die Schwelle. Ein weiches, ganz weißes Kleid fiel in schlichten Falten an ihr herab. Wie die Verkörperung weiblicher Reinheit und Unschuld stand sie vor ihm, mit einem zaghaften, glücklichen Lächeln. Auf ihrem blonden Haar glänzten im Schein der inzwischen angezündeten, elektrischen Lampen metallische Lichter, und ihre schönen Augen schauten ihn innig an.

Konnte das ein Trug sein? War es auszudenken, daß diese Frau eine Lügnerin und Betrügerin war?

Und jetzt ging ein Erschrecken über Lores Züge. Sie sah bestürzt in das blasse, verstörte Gesicht ihres Mannes, das so sehr verändert war, seit sie es zuletzt gesehen hatte.

»Heinz – um Gottes willen, was ist geschehen –, wie siehst du aus?« fragte sie erschrocken.

Er riß sich zusammen, hielt ihr den Brief mit der Überschrift: »Mein inniggeliebter, dummer Fritz« dicht vor die Augen und fragte mit heiserer, rauher Stimme:

»Hast du das geschrieben?«

Sie sah auf den Bogen hinab, stutzte einen Augenblick und errötete jäh. Aber ihre Augen blickten trotzdem offen und unschuldsvoll in die seinen, nur ein wenig erstaunt darüber, diesen Brief in seinen Händen zu sehen.

»Ja, ich habe diesen Brief geschrieben, wie kommst du dazu, Heinz?«

Er lachte schneidend auf.

»Wie ich dazu komme, ist wohl nicht von Wichtigkeit. Da – verwahre ihn gut, daß er nicht in unrechte Hände fällt. Und nun gute Nacht! Ich bin nicht imstande, deine Gesellschaft heute abend zu ertragen.« Damit warf er ihr den Brief vor die Füße und verließ rasch den Salon. Drüben in seinem Zimmer stülpte er den Hut auf, steckte seine Brieftasche und den anonymen Brief zu sich und stürmte hinaus. Er mußte ins Freie, mußte allein sein mit seiner Qual und seinem Schmerz.

Lore sah ihm fassungslos erschrocken nach. In ihren Augen lag eine bange Frage, ein absolutes Nichtverstehen. So stand sie eine Weile wie gelähmt. Dann raffte sie sich auf, wollte ihrem Gatten nacheilen, ihn beruhigen und beschwichtigen, denn sie hatte sehr wohl bemerkt, wie aufgeregt und erschüttert er war. Aber da hörte sie schon drüben die Tür seines Zimmers nach dem Korridor zuschlagen. Also eilte sie an die Salontür zum Korridor. Als sie dieselbe geöffnet hatte merkte sie, daß Heinz schon auf der Treppe verschwunden war. Ohne Aufsehen zu erregen konnte sie ihm unmöglich nachlaufen und ihn zurückrufen, und so zog sie langsam, noch immer ganz benommen, die Tür wieder hinter sich zu.

Fassungslos lehnte sie eine ganze Weile an der geschlossenen Tür und sah sich mit erschrockenen Augen um. Und da fiel ihr Blick auf den am Boden liegenden Brief. Sie hob ihn mit bebenden Händen auf. Was mochte nur in diesem dummen Brief stehen, das ihn so erregt hatte, was ließ ihn so eisig kalt und schroff zu ihr sprechen?

Sie überflog die Zeilen – erst ganz verwundert und begriffsstutzig, dann aber kam es wie eine Erleuchtung über sie. Jetzt erst begriff sie, was ihren Mann so furchtbar erregt hatte. Und die Tränen, die ihr aus den Augen stürzten, lösten die Bangigkeit von ihrer Seele. Ein schattenhaftes Lächeln irrte sogar dabei um ihren Mund.

»Ach Heinz, lieber törichter Heinz, jetzt weiß ich erst, was dich so entsetzt hat – jetzt verstehe ich dich. Du lieber dummer Mann, deshalb läufst du deiner armen Frau am Hochzeitstag davon«, sagte sie vor sich hin.

Aber der Druck, der auf ihrer Seele lag, hob sich. Er sollte schon schnell einsehen lernen, von welch einem schrecklichen Irrtum er befangen war. Er sollte ihr alles abbitten, was er von ihr geglaubt und was er ihr jetzt in seiner törichten Eifersucht angetan hatte.

Nochmals las sie den Brief durch und preßte die Hand aufs Herz. Dieser dumme, dumme Brief, wo hatte ihn Heinz nur herbekommen? Er war ja schon vor einigen Jahren geschrieben worden. Was mußte er sich denken, als er ihn las? Wahrhaftig, sie durfte ihm nicht einmal zürnen, daß er so sinnlos hinausgestürmt war und daß er sie so düster angesehen hatte. Sie versetzte sich in seine Lage, und ein heißes Erbarmen mit ihm erfüllte ihr Herz. Wenn sie nur gewußt hätte, wo sie ihn suchen konnte, sie wäre ihm gefolgt und hätte ihm mit wenigen Worten alles Entsetzen, allen Groll aus dem Herzen nehmen können.

Wie sie beide nachher lachen wollten über dies dumme Mißverständnis, wenn er wieder bei ihr war und sie ihm alles gesagt hatte ... Oh, dieser dumme, dumme Brief! Und wahrscheinlich war sie auch noch sehr rot geworden, denn als sie die Überschrift dieses Briefes gelesen hatte, als er ihn ihr vor die Augen hielt, wußte sie doch nicht, was gerade in diesem Brief stand, und sie erinnerte sich nur im Flug, daß sie in diesem Briefwechsel manches kleine, mädchenhafte Geheimnis ausgeplaudert hatte, wovon ihr Gatte nichts wissen sollte, wenigstens jetzt noch nicht.

Armer Heinz! Nun glaubte er wohl, seine Frau sei ein falsches, lügnerisches Ungeheuer und – mein Gott – hier diese dumme Stelle mit dem Schlafzimmer! –

Lore drückte erschrocken die Hände auf das Herz und verstand erst jetzt ganz die Aufregung ihres Gatten. Wenn er nur endlich wiederkommen wollte, damit sie alles aufklären konnte. Armer, lieber Heinz – sie konnte ihm nicht grollen, sah sie doch aus alledem, wie sehr er sie liebte. Wie ihm das Herz weh tun mochte, weil er sie für lügnerisch und schlecht halten mußte.

Sehnsüchtig erwartete sie seine Rückkehr. Aber sie wartete vergeblich, Stunde um Stunde. Ruhelos wanderte sie aus einem Zimmer in das andere und sah immer wieder mit bangen Augen zum Fenster hinaus. Das war nun ihr Hochzeitstag.

Und sie wurde immer blasser und müder. Unberührt standen der Imbiß und das Teegeschirr auf dem Tisch, wo es von dem Zimmerkellner hingestellt worden war, während sie sich umkleidete. Die Nacht verging fast zur Hälfte, und noch immer war Heinz nicht zurückgekehrt. Sie war todmüde und warf sich schließlich in ihrem Schlafzimmer auf den Diwan, die Tür zum Salon offenstehen lassend, damit sie gleich hörte, wenn Heinz zurückkam. Sie wollte nur ein wenig ruhen, aber schließlich fielen ihr doch die Augen zu und sie versank in tiefen Schlaf. Hatte sie doch viele unruhige Wochen hinter sich und einen aufregenden Tag und eine noch aufregendere Nacht. Obwohl sie sich fest vorgenommen hatte, wach zu bleiben, bis ihr Mann zurückkam, schlief sie fest ein.

II.

Heinz Velden war wie von Sinnen aus dem Hotel gestürmt und über den Platz nach der Promenade gelaufen, die sich rings um die innere Stadt zog. Die breitästigen Linden wollten zu blühen beginnen und ließen schon den würzigen Duft ihrer Blüten ahnen. Ohne Zweck und Ziel lief er immerfort, um seiner treibenden Unruhe Herr zu werden. Wie lange er so gegangen war, wußte er nicht, als er endlich todmüde auf eine Promenadenbank fiel. Es war still und menschenleer um ihn geworden, und es brannten nur noch einzelne Laternen, denn die Nacht war schon weit vorgeschritten. Als er dann nach einer Weile mit ausdruckslosen Augen um sich sah, merkte er, daß er auf seiner Wanderung wieder in nächster Nähe des Hotels angekommen war. Er starrte hinüber, seine brennenden Augen suchten die Fenster, hinter denen Lore weilen mochte. Er wußte nicht genau, welche es waren. Aber da im ersten Stock waren noch einige Zimmer erleuchtet. Das mochten wohl der Salon und ihr Schlafzimmer sein. Also hatte auch sie keine Ruhe gefunden in dieser Nacht – in dieser Nacht, die doch die glücklichste seines Lebens hatte werden sollen. Hinter jenen Fenstern hatte er den Gipfel seines Glücks erreichen wollen, und nun lag dies Glück in Scherben.

War es denn auszudenken, daß Lore, seine angebetete Lore, ein so verlogenes, verderbtes Geschöpf sein konnte? Warum nur hatte sie jenen Mann nicht geheiratet? Sie war doch reich und unabhängig, es konnte doch kein ernstes Hindernis zwischen ihr und jenem Manne gegeben haben. Oder – hatte er sie treulos verlassen, nachdem sie sich ihm zu eigen gegeben? Es gab solch gewissenlose Schurken.

Ein heißer, ohnmächtiger Grimm stieg in ihm auf gegen jenen Mann. Hatte sie sich angstvoll in seine Arme geflüchtet, um bei ihm Vergessen zu suchen?

Ein weiches, erbarmendes Gefühl für Lore wollte ihn überkommen, aber er zwang es nieder. Nein – kein Mitleid, kein Erbarmen mit ihr. Ehrlich hätte sie wenigstens sein müssen, hätte ihm nicht eine so verächtliche Komödie vorspielen dürfen. Sie hätte ihn nicht in dem Wahn lassen dürfen, daß er der erste und einzige Mann sei, der in ihr Leben getreten war. Nein – es konnte keine Gemeinschaft geben zwischen ihm und ihr nach dieser Entdeckung. Zu sehr hatte er sie geliebt, liebte sie zu seiner Qual noch, als daß er es hätte ertragen können, jetzt, nachdem er diese Erfahrung gemacht, mit ihr in ehelicher Gemeinschaft zu leben. Sie war seine Frau nach Recht und Gesetz, aber sie war es durch Betrug geworden. Nie hätte er sie unter solchen Voraussetzungen zu seiner Frau gemacht, hätte er gewußt, daß sie ihn belogen und betrogen hatte. Es gab jetzt nur eins, was ihm erträglich sein würde – eine sofortige Trennung.

Aus dem Himmel des höchsten Glückes war Heinz Velden herabgestürzt – es blieb ihm nur ein heißer, bittrer Schmerz, eine grausame Enttäuschung. Mochte er auch noch so milde richten – eins blieb –, sie hatte ihn mit den unschuldsvollsten Augen fortgesetzt belogen und betrogen. Er konnte sie nicht mehr als seine Frau betrachten nach dieser Entdeckung. Die Erkenntnis ihres Unwertes würde ihm eine Ehe mit ihr unmöglich machen, dazu dachte er zu hoch von der Ehe.

Er durfte sie überhaupt nicht wiedersehen, sonst wurde er vielleicht schwach und konnte sich nicht losreißen. Es mußte alles zu Ende sein zwischen ihnen – für immer. Das stand fest bei ihm, und bei seinem Charakter war auch eine andere Lösung nicht möglich.

Er grübelte, wie er die Trennung sogleich ins Werk setzen konnte, ohne Lore der Öffentlichkeit preiszugeben. Sein ritterlicher Sinn ließ es nicht zu, sie bloßzustellen. Und er liebte sie trotz allem noch viel zu sehr, als daß er ihr diese notwendige Trennung nicht so leicht wie möglich hätte machen wollen.

In all dem Grübeln überfiel ihn dann wieder ein heißer Zorn auf Lore. Er hätte sie zwischen seinen Fäusten schütteln mögen, daß sie ihm das angetan hatte. Diesen Zorn vertrieb aber dann wieder ein dumpfes Mitleid mit ihr. Wie war es nur gekommen, daß sie so falsch und schlecht geworden war? Sie, die doch seines Lebens höchstes Glück hatte werden sollen, die er so hoch gestellt hatte in seinem Herzen.

Er rief sich die ganze seelige Liebeszeit ins Gedächtnis zurück, die ihn so sehr beglückt hatte. Eines Abends traf er

Lore in einer großen Gesellschaft, die er mit seinem Freund Georg Raimund besucht hatte. Gerade damals bewarb er sich mit diesem Freund um ein Engagement im Ausland, wo ihm ein befriedigendes Tätigkeitsfeld geboten wurde. Es handelte sich um den Bau einer besonders gefährlich angelegten Bergbahn auf Java. Sie sollte ein Wunder an Kühnheit und gewaltigem Wagemut werden. Besonders kühne und tatkräftige Ingenieure aller Nationen wurden für diesen Bahnbau gesucht. Und Heinz und seinen Freund hatte es gereizt, da mitzutun. Gerade die Großartigkeit und Kühnheit des Projektes hatte die beiden jungen, völlig unabhängigen Männer bestochen. Er hatte seine Bewerbung um eine Anstellung bei diesem Bahnbau mit der des Freundes abgeschickt, gerade, an dem Tage, da er Lore Steinberg kennenlernte.

Wie eine zauberhafte Lichtgestalt hatte sie vor ihm gestanden, als er ihr vorgestellt worden war. Mit ihren großen, lieben Augen hatte sie in die seinen gesehen, und unter seinem aufstrahlenden Blick war eine tiefe, verräterische Röte in ihr Antlitz gestiegen. Er wußte nachher nicht mehr, was sie zusammen gesprochen hatten. Sein ganzes Innere war rebellisch geworden bei Lores Anblick.

Und dann hatten sie miteinander getanzt, und während dieses Tanzes war ihm gewesen, als schwebe er mit ihr auf einer rosigen Wolke dahin – durch einen unbegrenzten Raum. Der Duft ihres goldig schimmernden Haares war berauschend zu ihm aufgestiegen, ihre jugendschöne Gestalt hatte sich in seine Arme geschmiegt und ihm war gewesen, als fühle er ein leises Beben dieser schlanken Mädchengestalt. Auch sie war, wie sie ihm später gestanden hatte, wie in einem schönen Traum mit ihm dahingeflogen. Nach dem Tanz hatten sie wieder eine Weile in einer stillen Ecke des Festsaals miteinander geplaudert, und dabei hatte er mit steigendem Entzücken gemerkt, daß sie nicht eine jener eitlen, gedankenlosen Zierpuppen war, denen er in Gesellschaft so oft begegnete. Er hatte gemeint, ein tiefgründiges, gehaltvolles Menschenkind in ihr gefunden zu haben, voll idealer Anschauungen und voll eines tiefen, sittlichen Ernstes. Das hatte er damals geglaubt, beglückt, einem so wundervollen Wesen begegnet zu sein.

Die beim ersten Sehen jäh erwachte Liebe war stärker und stärker geworden, und ein nie gekanntes Glücksgefühl hatte seine Seele erfüllt. Damals konnte er noch nicht ahnen, daß sie eine reiche Erbin war. Denn ihr Auftreten war bescheiden und schlicht.

Als er später erfuhr, daß sie sehr reich sei, war ihm das schon ganz gleichgültig. Was galt es ihm, ob reich oder arm? Er wußte nur, daß er sie liebte mit aller Inbrunst seines Herzens. Eine heiße Freude erfüllte ihn, als er zu spüren glaubte, daß auch er Lore nicht gleichgültig war, sehr bald hatte er an ihre Liebe geglaubt.

Oh – wie täuschend gut hatte sie ihre Rolle gespielt! Er stöhnte tief auf und biß die Zähne aufeinander. Lug und Trug war alles gewesen, was ihn so beseeligt hatte.

Er sah sie bald jeden Tag, und alles, was nicht mit Lore Steinberg zusammenhing, verlor damals jede Bedeutung für ihn.

Eines Tages war er wieder mit seinem Freunde Raimund zusammengetroffen und dieser hatte ihm gesagt: »Auf alle Fälle wollen wir schon unsere Pässe in Ordnung bringen lassen, Heinz, ich glaube bestimmt, daß wir von Java günstige Nachrichten bekommen.«

Heinz hatte diese Angelegenheit fast ganz über seiner jungen Liebe vergessen, aber er widersprach dem Freunde nicht. So wurden die Pässe und die Visa bestellt. Als es geschehen war, schämte sich Heinz, daß er nicht offen gegen den Freund gewesen war, und als sie das nächste Mal zusammentrafen, sagte er zu ihm:

»Georg, ich gehe wahrscheinlich nicht mit nach Java.«

Der Freund hatte ihn betroffen angesehen.

»Nicht mit nach Java? Nanu, Heinz, was ist denn plötzlich in dich gefahren?«

Heinz hatte mit heißen Augen vor sich hingesehen.

»Ich habe mein Herz verloren, Georg, so gründlich verloren, daß ich nicht mehr daran denken kann, in eine Wildnis zu gehen, in die ich keine Frau mitnehmen kann. Vom ersten Augenblick an, da ich diese Frau sah, wußte ich, daß sie mich für immer fesseln würde.«

»Heinz, du glaubst doch nicht an eine Liebe auf den ersten Blick – das gibt es doch nur in Romanen.«

»Doch, ich glaube daran, Georg, an mir hat sich dieses Wunder vollzogen. Und ich habe jetzt nur noch einen Wunsch – daß ich sie mir erringen kann.«

Betroffen hatte ihn der Freund angesehen.

»Heinz – du willst also einer Frau wegen all deine kühnen, hochfliegenden Pläne aufgeben? Hast du dir das auch reiflich überlegt?«

»Ja, ich werde mir mit der Zeit auch hier in Deutschland einen Wirkungskreis erobern, der mich befriedigt.«

»Du weißt, daß das lange dauern kann, Heinz. Wenn du das nur nicht bereust.«

»Wenn ich das Mädchen, das ich liebe, gewinnen kann, dann werde ich nichts bereuen.«

Ganz besorgt hatte Georg Raimund den Freund angesehen.

»Du wirst doch nicht krank sein, Heinz, ich verstehe dich nicht.«

Heinz hatte gelacht.

»Nein, nicht krank, aber unsinnig glücklich. Das kannst du nicht verstehen – vor zwei Monaten hätte ich es auch noch nicht verstanden, hätte nicht geglaubt, daß ich so tief und stark für eine Frau empfinden könnte. Ich nehme dir dein spöttisches Erstaunen nicht übel, erlebe nur erst mal selbst so ein starkes Gefühl, dann wirst du mich verstehen, Georg.«

»So willst du mich also wirklich allein nach Java gehen lassen?«

»Wenn ich ihr Jawort bekomme, ja. Ich werde mir in den

nächsten Tagen Gewißheit holen. Nur wenn ich, was Gott verhüten möge, einen Korb von ihr bekomme, dann begleite ich dich. Aber daran will ich gar nicht denken.«

»Und darf man wenigstens wissen, wer diese Zauberin ist, die meinen sonst so vernünftigen Freund Heinz behext hat?«

»Nein, Georg, ich will auch dir gegenüber den Namen nicht aussprechen, der all mein Glück umschließt, solange ich nicht ihr Jawort habe.«

»Herrgott, Heinz, sie muß ja ein Ausbund an Schönheit sein.«

»Ich weiß nicht einmal, ob sie schön ist nach strengen Schönheitsregeln. Aber hold und lieblich ist sie und ein wundervoller Mensch.«

Georg hatte geseufzt.

»Also ein ganz rettungsloser Fall. Du bist ja poetisch wie ein Pennäler. Soll ich dich nun wirklich in dein Unglück stürzen lassen?«

Oh, wie recht hatte Georg Raimund gehabt. Das ließ er freilich damals nicht gelten, die Worte des Freundes waren ihm wie eine Entweihung seiner heiligsten Gefühle gewesen. Lore war ihm ja die Verkörperung aller irdischen Glückseligkeit. Es hatte ihn nur wenig interessiert, als von Java Nachricht einlief, daß für ihn und den Freund eine äußerst günstige Position bei jener Bergbahn offenstand, während Georg Raimund darüber sehr froh und glücklich war und nur bedauerte, daß der Freund ihn nicht begleiten wollte.

Er hatte sich Lores Jawort errungen, und als er nun erfuhr, daß sie eine reiche Erbin war, war das nur deshalb von Bedeutung für ihn, weil ihrer Vereinigung nichts im Wege stand. Er brauchte nun nicht zu warten, bis er für sie und für sich ein Nest gebaut hatte.

Georg Raimund hatte seinen Vertrag abgeschlossen und sollte in einigen Monaten seine Reise nach Java antreten. Weil er noch immer hoffte, daß Heinz »zur Vernunft«

kommen würde, hatte er nach Java berichtet, daß es noch unentschieden sei, ob Doktor Heinz Velden ihn begleiten würde. Und darauf kam die Antwort, daß sein Freund jederzeit eintreten könne, für tüchtige Ingenieure würde immer Platz sein.

Als Heinz dann verlobt war, strich auch sein Freund Georg die Segel vor Lores Holdseligkeit und begrub die Hoffnung, daß ihn Heinz begleiten würde. Nur im Scherz zeigte er ihm kurz vor seiner Hochzeit den Brief aus Java.

»Du siehst, Heinz, ich hatte dich noch nicht ganz aufgegeben, und ich hoffte noch immer, du könntest deine Entschlüsse ändern. Seit ich allerdings wußte, wer deine Auserwählte ist, habe ich mir gesagt, daß du das bessere Teil erwählt hast. Na, ich wünsche dir von Herzen Glück. Deine schöne Braut ist es schon wert, daß ein Mann ihretwegen hochfliegende Pläne aufgibt –!«

Als Heinz in seinen Erinnerungen so weit gekommen war, stöhnte er wieder tief auf. Nein, nein, sie war es nicht wert gewesen. Lug und Trug war sein Glück, und nun – alles vorbei. Er konnte Lore nicht wiedersehen, das wurde ihm immer klarer. Er konnte nicht die Röte der Scham, das drückende Schuldbewußtsein auf ihrem Antlitz lesen. Vorbei war es mit allem Glück, vorbei mit Liebe und Ehe.

Aber was sollte nun geschehen, wie sollte er sich von ihr trennen, ohne sie bloßzustellen?

Grübelnd sah er vor sich hin. Und plötzlich richtete er sich mit einem Ruck auf. Er dachte an jenes Schriftstück aus Java, das ihm seinen Platz offenhielt, er dachte daran, daß sein Paß in Ordnung war und daß sein Freund morgen mit dem Dampfer von Bremerhaven abreisen würde. Wenn er diesen Dampfer noch erreichte? Soviel er wußte, ging er erst am Spätnachmittag in See.

War das nicht ein Ausweg aus aller Not? Kam er so nicht am besten über das alles weg und aus Lores Nähe?

Mit einem wilden Entschluß sprang er auf und ging zum Hotel zurück. Wenn er den Dampfer noch erreichte –

ja –, dann war ihm geholfen. Es war das beste und klügste, wenn er außer Landes ging. Dann konnte Lore sich von ihm scheiden lassen wegen böswilligen Verlassens. Sie mochte dann ihren Verwandten erzählen, was sie wollte – mochte alle Schuld auf ihn schieben. Ja, so war es das beste. Er wollte gleich im Hotel beim Portier Erkundigungen einziehen, wann er morgen früh abreisen und wann er in Bremerhaven eintreffen konnte. Nichts stand ihm im Wege, mit nach Java zu gehen, alle seine Papiere waren in Ordnung. Paß und Visum hatte er noch von der Zeit kurz vor seiner Verlobung. Zwischen dieser Verlobung und seiner Hochzeit lag ja nur ein Zeitraum von zwei Monaten.

Er ließ sich nicht die Zeit, sich länger zu besinnen.

Als er das Hotel betrat, saß der Nachtportier gähnend in seiner Loge.

»Wann geht der erste Zug morgen früh nach Berlin, Portier?« fragte er. »Ich habe eine Nachricht bekommen, die mich zwingt, schnellstens nach Berlin zurückzukehren und von da nach Bremerhaven zu reisen, wie ist die beste Verbindung?«

Der Portier hatte sich gewohnheitsgemäß schnell orientiert.

Morgen früh D-Zug 5.08 nach Berlin. In Berlin an 7.35. Von Berlin ab Lehrter Bahnhof 9 Uhr und Bremerhaven respektive Wesermünde Ankunft 3.09«, sagte er kurz.

Heinz nickte.

»Sehr gut, dann komme ich vielleicht noch zurecht. Ich fahre also morgen früh 5.08 Uhr ab.«

»Wünscht der Herr geweckt zu werden?«

Heinz wollte auf alle Fälle vermeiden, daß Lore etwas von seiner Abreise merkte.

»Nein, ich danke, ich wache selbst auf. Meine Frau soll nicht gestört werden. Sie reist erst später ab und wird selbst bestimmen, wann. Ich bespreche das noch mit ihr.«

So wollte Heinz vermeiden, daß seine alleinige Abreise auffiel. Er fuhr im Fahrstuhl nach oben. Leise öffnete er die

Tür seines Zimmers, leise zog er sie hinter sich zu und schloß sie ab. Dann lauschte er atemlos nach dem Salon hinüber. Nichts regte sich, es war alles still. Behutsam öffnete er die Tür einen schmalen Spalt. Drüben im Salon brannte noch das elektrische Licht, und auch aus Lores anstoßendem Schlafzimmer drang ein Lichtschein. Aber alles war still. Lore hatte wohl auf ihn gewartet und war dann eingeschlafen. Daß sie die Tür zu ihrem Schlafzimmer hatte offenstehen lassen, bewies ihm, daß sie ihn noch hatte sprechen wollen. Das durfte nicht sein, hoffentlich schlief sie, bis er fort war. Es würde für beide Teile nur unnötige Erörterungen geben und – er fürchtete sich, ihr noch einmal zu begegnen, er fühlte sich nicht stark genug, trotz seines Grolls etwaigen Bitten von ihr zu trotzen. Leise, mit einem wild aufbäumenden Schmerzgefühl schloß er seine Türe ab, die nach dem Salon führte. Er wollte auf alle Fälle sicher sein vor einer nochmaligen Begegnung mit ihr. Zu Bett wollte er gar nicht gehen. Seine Koffer standen zwar noch gepackt, aber er wollte noch an Lore schreiben, wollte auch auf alle Fälle seine Stellung kündigen. Bis sein Urlaub vorüber war, war auch die Kündigungsfrist verstrichen, und so konnte er sich schon jetzt als frei betrachten.

Für die Tropen war er allerdings gar nicht ausgerüstet. Wohl hatte er sich mit Georg Raimund zusammen vor seiner Verlobung mancherlei angeschafft, aber das hatte er dann dem Freunde überlassen und dieser würde wohl gern mit ihm teilen, wenn er ihn begleitete. Sonst war er ja gut gerüstet für die Reise, seine Koffer enthielten alles Nötige.

Weil die Villa, die er mit Lore beziehen wollte, noch nicht fertig eingerichtet war, hatte er die Sachen, die er nicht mit auf die Hochzeitsreise nahm, einstweilen beim Spediteur untergestellt. Von diesem konnte er sich nachschicken lassen, was er brauchte. – Das alles erschien ihm aber jetzt unwichtig.

Müde, wie nach schwerer Arbeit sank Heinz in einen Sessel

vor dem kleinen Schreibtisch. Er stützte den Kopf in die Hand und starrte trübe vor sich hin. Was sollte er Lore schreiben? Er fand die rechten Worte nicht und sagte sich doch, daß er nicht abreisen durfte, ohne ihr die nötigen Winke zu geben, wie sie einen Skandal vermeiden konnte. Er wollte sie nicht in eine peinliche Situation bringen. Wenn sie ihn auch noch so schwer gekränkt hatte, so trug sie doch seinen Namen, und er wollte sie schonen, soweit es in seiner Macht stand.

Weil er die rechten Worte nicht finden konnte, erledigte er erst seinen Kündigungsbrief und den Brief an seinen Spediteur. Dann zog er nochmals den anonymen Brief hervor und las ihn noch einmal durch. Den wollte er Lore hinterlassen. Sicher stammte er von einem Feind von ihr – vielleicht kannte sie die Schrift, die freilich verstellt erschien. Sie konnte sich dann vielleicht wehren und wußte jedenfalls, wessen er fähig war. Auch ihren Paß, den Trauschein und sonstige für sie wichtige Papiere, die er in Verwahrung hatte, legte er für sie zurecht. Die wollte er, ehe er ging, mit seinem Abschiedsbrief zusammen im Salon auf den Tisch legen, wenn er es tun konnte, ohne von ihr gesehen zu werden. Sonst konnte das alles auch hier auf seinem Schreibtisch liegenbleiben, sie würde es schon finden. Und dann wollte er ihre Photographie, die sie ihm in der Brautzeit geschenkt hatte, aus seiner Brieftasche, entfernen und sie auch zu den Briefen legen und für sie zurücklassen. Aber er vermochte es nicht. Zwar redete er sich ein, er wolle vermeiden, in ihr Gesicht zu sehen, aber – es war doch wohl noch ein anderes Gefühl, das ihn bewog, das Bild steckenzulassen, wo es war.

Die Zeit verging nur zu schnell. Er mußte endlich an Lore schreiben.

Er hatte sich sehr kurz fassen wollen, aber es ergab sich, daß noch mancherlei gesagt werden mußte. Oft hielt er inne und starrte vor sich hin, aber endlich war der Brief fertig. Nun hatte er noch eine gute Stunde Zeit.

Wieder lauschte er mit angehaltenem Atem hinüber, und als noch alles still blieb, warf er sich auf den Diwan, einen tiefen Seufzer ausstoßend. Mit einer wahren Inbrunst vergrub er sich in seinen Schmerz. Draußen war es schon hell, und leise erwachten die Geräusche des neuen Tages.

Als es Zeit war, erhob er sich, um sich fertigzumachen. So schwer ihm auch der Abschied fiel, so sehr fürchtete er doch, daß ein Zufall ihm Lore noch einmal in den Weg führen konnte. Mit der größten Vorsicht öffnete er wieder die Tür zum Salon, leise betrat er ihn, auf dem weichen Teppich jedes Geräusch vermeidend, legte den Brief mitten auf den Tisch und die anderen Papiere etwas davon entfernt, so daß Lore der Brief gleich in die Augen fallen mußte. Einen düster schmerzlichen Blick warf er auf die offene Tür des Schlafzimmers, in dem noch immer, wie im Salon, das Licht brannte. Sie war also wirklich eingeschlafen und hatte das Erwachen des Tages nicht bemerkt. Nur schwer widerstand er der Verlockung, noch einen Blick auf sie zu werfen – einen letzten Abschiedsblick. Aber er fürchtete, sich bemerkbar zu machen. Leise und behutsam ging er wieder in sein Zimmer zurück und schloß die Verbindungstür ab – bis der Hausdiener seine Koffer hinausgeschafft hatte. Dringlich gebot er diesem, kein Geräusch zu machen, damit seine Frau nicht im Schlafe gestört werde.

Erst als er nun auch das Zimmer verließ, schloß er die Verbindungstür zum Salon wieder leise auf. Dann verließ er sein Zimmer und schloß es ab.

Den Schlüssel übergab er dem Portier mit der Weisung, daß das Zimmer niemand betreten dürfe, bis seine Frau darüber verfügt habe.

Hastig nahm er ein primitives Frühstück ein, das ihm ein verschlafener Kellner servierte.

Als er dann das Hotel verließ, atmete er wie erlöst auf. Er hatte bis zum letzten Moment gefürchtet, daß Lore seinen Weg kreuzen könne und hatte nun ein Gefühl, als sei er einer schweren Gefahr entronnen – und doch war er zugleich unglücklich, daß er ihr entronnen war.

Noch immer wurde er von widerstreitenden Empfindungen hin und her gerissen. Den kurzen Weg bis zum Bahnhof legte er zu Fuß zurück, es lohnte sich nicht, einen Wagen zu nehmen.

Der Hausdiener war mit seinem Gepäck schon vorausgegangen.

Als Heinz in die große Bahnhofshalle trat, die so grau und nüchtern im erwachenden Morgen lag, fiel es ihm wie eine Zentnerlast aufs Herz. Er dachte daran, wie er gestern mit Lore hier angekommen war. Ihm war, als fühle er noch ihren weichen Arm auf dem seinen. Sie hatte sich so fest auf ihn gestützt, hatte ihn so lieb angesehen und gesagt:

»Wie schön, Heinz, daß ich nun einen Beschützer fürs Leben habe, auf den ich bauen kann, der mich nie verlassen wird. Nun werde ich niemals mehr allein sein.«

Es riß an seinem Herzen. Nun war sie doch wieder allein – er hatte sie allein lassen müssen –, weil es keine Gemeinschaft zwischen ihnen geben konnte. Ihm war, als müsse er umkehren, müsse sie in seine Arme nehmen und sie bitten:

»Sage mir, daß alles nicht wahr ist, Lore, daß ich nur schrecklich geträumt habe. Du kannst nicht ein so falsches Spiel mit mir getrieben haben. Irgendein toller Spuk muß mich äffen. Wir lieben uns doch, Lore, es kann doch nicht sein, daß du mich belogen hast.«

Aber er biß die Zähne zusammen. Es war kein Traum, kein Spuk. Sie hatte ihm ja selbst gestanden, daß sie diesen Brief geschrieben hatte, und die helle Röte war ihr dabei ins Gesicht gestiegen. Ja – geschämt hatte sie sich wenigstens, als sie entlarvt vor ihm stand.

Nein, nein, es konnte keine Gemeinschaft zwischen ihnen geben. Das hielt er sich immer wieder vor, wenn er weich werden wollte. Zu hoch dachte er von der Ehe, als daß er sich jetzt noch eine solche zwischen sich und Lore denken konnte. Es wäre ein viel größeres Unglück gewesen, wenn er geblieben wäre. Dann hätte er auch noch seine Selbstachtung verloren. Das durfte nicht sein. Es half nichts, er mußte fort, hinaus in ein wildes, ruheloses Leben. Vorbei war es für immer für ihn mit Glück und Liebe, nie mehr würde er einer Frau glauben, da diese ihn betrügen konnte. Alle Süßigkeiten einer Gemeinsamkeit waren für immer vorüber – und sie mußte sich damit abfinden, daß er sie verließ. Ob es ihr wenigstens leid tat?

Aber fort, nur fort mit solchen Gedanken. Wie gut, daß er gleich wußte, wohin er gehen sollte. Er konnte sich wenigstens in die Arbeit vergraben. Sie würde ihm am besten helfen, mit seiner Enttäuschung fertig zu werden.

Und mit festen, harten Schritten ging er am Zuge entlang, stieg in ein Abteil, das ganz leer war, und warf sich in die Kissen zurück. Wenige Minuten später rollte der Zug davon. Erst als er schon in Bewegung war, sprang Heinz noch einmal auf und beugte sich weit aus dem offenen Fenster. Mit hungrigen Augen spähte er den Bahnsteig entlang, als hoffe und fürchte er zugleich, daß eine – ach so geliebte Gestalt auftauchen würde. Aber der Bahnsteig lag in seiner grauen, nüchternen Alltäglichkeit vor seinen Augen. Kein liebes Bild belebte ihn, kein Tüchlein wehte ihm einen Abschiedsgruß zu.

Vorbei – vorbei! –

Er warf sich in die Polster zurück. Zum Glück blieb er allein und brauchte sein Gesicht nicht zu einem gleichgültigen Ausdruck zu zwingen. Ungestört konnte er sich seinen Schmerz hingeben und mit düsteren Blicken vor sich hinstarren, solange er wollte.

In Berlin angekommen, fuhr er sogleich zum Lehrter Bahnhof. Er hatte ja nichts zu besorgen. Dazu hätte es ihm auch an Zeit gefehlt.

Er mußte daran denken, ob Lore wohl allein ihre Villa beziehen werde oder ob sie wieder zu ihren Verwandten zurückkehren würde. Sie war so froh gewesen, nicht mehr im Hause ihres Onkels bleiben zu müssen. Sie verstand sich nicht mit ihren Verwandten, und das hatte er nur zu gut begreifen können. Die Frau Geheimrätin würde sicher triumphieren, daß »der vermögenslose, unbedeutende Ingenieur« nun nicht mehr zu ihrer illustren Familie gehörte. Sie hatte ihm immer wieder zu verstehen gegeben, daß er gar keine Berechtigung habe, sich eine reiche Erbin zu erobern. Sie würde absolut nicht verstehen können, daß er die reiche Erbin so leicht aufgegeben hatte – sofern ihr Lore nicht eine andere Lesart beibrachte. Was würde sie nur ihren Verwandten sagen darüber, daß ihr Gatte sie verlassen hatte? Die Wahrheit sicher nicht. Ob Lore Unannehmlichkeiten hatte?

Er wehrte diese Frage von sich ab. Sie hatte ja eine bejammernswerte Routine im Lügen. Was ging es ihn jetzt noch an, was sie ihren Verwandten erzählen würde? Er war fertig mit ihr – mußte für alle Zeiten mit ihr fertig sein. Gottlob war sie finanziell ganz unabhängig. Mit ihrer Verheiratung hatte ihr Onkel und Vormund seine Rechte und Pflichten niedergelegt, und Heinz hatte darauf gedrungen, daß zwischen ihnen Gütertrennung eingeführt wurde. So konnte Lore sich jederzeit Geld verschaffen, soviel sie wollte, und konnte sich ihr Leben einrichten, wie es ihr behagte.

Das war ihm doch eine Beruhigung. Immer wieder umkreiste sie doch seine heimliche Sorge, wenn er es sich auch nicht eingestehen wollte.

In einer Ecke des Wartesaales – alle Wartesäle haben etwas Nüchternes und Unfreundliches, man weiß nicht, warum – ließ er sich nieder und bestellte ein Glas Portwein. Er fühlte sich unbehaglich und übernächtigt. Der Wein war von sehr mäßiger Qualität, aber er schluckte ihn hinunter. Er hatte das Gefühl, als sei er noch nie im Leben so bedrückt gewesen wie in dieser Stunde. Froh, daß die Wartezeit zu Ende war, suchte er sein Abteil auf. Diesmal mußte er es mit einem dicken Herrn teilen, der bei jeder Gelegenheit leise vor sich hin schimpfte und sich immer wieder mit dem Taschentuch über den kahlen Schädel fuhr. Heinz war so nervös, daß er ihn am liebsten zur Ruhe verwiesen hätte, und schließlich trat er auf den Gang und sah zum Fenster hinaus.

Würde er den Dampfer noch erreichen? Diese Frage beschäftigte ihn außer seinem Leid am meisten, und obwohl der Zug eilig dahinraste, erschien ihm das Tempo zu langsam.

Aber endlich hatte er sein Ziel erreicht und erfuhr zu seiner Befriedigung, daß der Dampfer etwa in einer Stunde abgehen werde. Er eilte, sich einen Platz zu sichern, und es gelang ihm auch. Kurz vor Abgang des Dampfers kam er an Bord.

III.

Lore war so fest eingeschlafen gewesen, daß sie nichts von der Rückkehr und Abreise ihres Gatten gemerkt hatte. Sie fuhr erst erschrocken aus ihrem Schlummer empor, als sich unten auf der Straße ein paar Chauffeure, die fast mit ihren Wagen an der Ecke zusammengefahren wären, mit lauten Schimpfworten gegenseitig traktierten.

Verwirrt sah Lore um sich. Sie wußte im ersten Moment gar nicht, wo sie sich befand. Obwohl sie traumlos geschlafen hatte, war ihr, als sei sie aus einem quälenden bösen Traum erwacht. Irgendein dumpfes Empfinden lag beklemmend auf ihrer Seele. Sie strich sich das Haar aus der Stirn und sah schlaftrunken um sich. Und da erblickte sie die nach dem Salon offenstehende Tür, sah drüben und hier im Schlafzimmer die Lampen noch brennen und wußte mit einem Male wieder, was geschehen war.

Ihre Hochzeitsnacht war vorüber – der helle Tag war angebrochen.

Erschrocken faßte sie nach ihrem Herzen. Wo war Heinz?

War er noch immer nicht zurückgekehrt? Aber sicher war er doch wenigstens drüben in seinem Schlafzimmer. Wie dumm, daß sie so fest geschlafen und ihn nicht hatte kommen hören. Nun quälte sich der arme liebe Mann noch immer mit den bösen Gedanken an den dummen Brief. Das sollte gleich zu Ende sein.

Sie erhob sich eiligst und ordnete ihr Haar und ihren Anzug ein wenig vor dem Spiegel. Dann schritt sie schnell in den Salon hinüber. Sie wollte in das Schlafzimmer ihres Mannes gehen; da bemerkte sie den Brief, den er auf den Tisch gelegt hatte. Gottlob – er war also zurückgekommen. Ein leises Schelmenlächeln huschte über ihr Gesicht. Wie er sich seiner unbegründeten Eifersucht schämen würde, wenn sie ihn aufklärte! Sie wollte diesen Brief von ihm gar nicht erst lesen, sicher machte er seinem ganzen Groll darin Luft. Ungeöffnet sollte er seinen Brief zurückbekommen.

Schelmisch lächelnd las sie ihren Namen auf dem Kuvert. Frau Leonore Velden! Puh, wie förmlich das klang. Oh, ein wenig Strafe mußte er doch haben, daß er so leicht etwas Schlechtes von ihr geglaubt hatte. Freilich – er konnte ja nicht anders, nachdem er den dummen Brief gelesen und sie ihm versichert hatte, daß er tatsächlich von ihr war. Eigentlich müßte sie seinen Brief doch lesen, er würde alle Qualen seiner verratenen Liebe darin niedergeschrieben haben. Aber nein – erst ihm die Last vom Herzen nehmen. Und ihn ein wenig auszanken, und dann mit ihm lachen über seine törichte Flucht. Sie huschte zu der Tür seines Schlafzimmers hinüber und klopfte an. Aber nichts regte sich da drüben. Ein leises Unbehagen überfiel sie, und sie klopfte nun lauter und dringender an die Tür. Auch jetzt wieder kein Laut. Ein lähmendes Gefühl überkam sie. Sie starrte einen Moment auf die verschlossene Tür, und das Lächeln war von ihrem Antlitz verschwunden. Von einer inneren, unbestimmten Angst getrieben, drückte sie die Klinke nieder, und die Tür öffnete sich. Zaghaft blickte

Lore in das Zimmer hinein, und ihr Antlitz wurde blaß und starr, als sie sah, daß das Zimmer leer und das Bett ganz unberührt war.

»Heinz!«

Wie in höchster Not rief sie seinen Namen, als müsse er sie hören. Aber es blieb still, und das Zimmer sah so unheimlich leer und unbewohnt aus. Keine Koffer mehr da, kein Gegenstand, der von der Anwesenheit ihres Gatten in diesem Hotel gesprochen hätte.

Eine qualvolle Angst überfiel sie. Wo war Heinz? Sie mußte sich an die Umrahmung der Tür lehnen, weil ihr die Knie versagten. Angstvoll sah sie um sich. Und da fiel ihr Blick auf seinen Brief. Sie taumelte zu dem Tisch hinüber und sank, nach dem Briefe greifend, in einen Sessel. Mit zitternden Händen riß sie den Brief auf und zog zwei Briefe heraus. Zuerst entfaltete sie den anonymen Brief, den ihr Mann gestern mit dem ihren zusammen erhalten hatte. Sie überflog ihn und warf ihn mit einem Gefühl des Abscheus von sich. Wer hatte ihr das getan? Was besaß sie für einen Feind, der sie so haßte, daß er ihr das antat?

Aber sie konnte sich damit jetzt nicht aufhalten, erst mußte sie lesen, was ihr Mann geschrieben hatte. Und sie las:

»Lore! Was in diesen schlaflosen Stunden in meinem Innern vorgegangen ist, damit will ich Dich nicht behelligen, es wird Dich wohl nicht sehr interessieren. Das Resultat all meiner Qualen und Grübeleien will ich Dir nun mitteilen. Es kann keine eheliche Gemeinschaft zwischen uns geben, Lore – ich habe Dich zu tief und zu heiß geliebt, als daß ich darüber hinwegkommen könnte, daß du mich mit jedem Wort, mit jedem Gedanken belogen und betrogen hast.

Hättest Du mir ehrlich und offen gesagt, daß es vor mir in Deinem Leben einen Mann gab, dem Du alles gegegeben hast, dann hätte ich Dich nicht zu meiner Frau gemacht. Du kennst meine Ansicht über diesen Punkt, ich habe sie Dir nie verheimlicht. Vielleicht hätte ich Dich bedauern können, daß der Mann, den Du liebst, nicht der Deine geworden ist.

Ich kann es nicht begreifen und verstehen, daß Du mich kaltblütig mit so unschuldsvollen Augen belogen hast, daß Du es wahrscheinlich auch in Zukunft getan hättest.

Ich gehe von Dir, Lore, und will und kann Dich nicht wiedersehen, denn die Wunde, die Du mir geschlagen hast, ist noch zu frisch. Noch liebe ich Dich zu sehr, als daß ich mir zutrauen dürfte, Dir gegenüber in meinen Beschlüssen fest zu bleiben, wenn Du mich vielleicht um Verzeihung bitten würdest. Dann würde ich vielleicht schwach, ließe mich bewegen, bei Dir zu bleiben, und dann würden wir beide noch viel unglücklicher werden. Ich kann nur eine Frau an meine Seite stellen, die ich nicht nur liebe, sondern auch hochachte. So habe ich denn beschlossen, Dich zu verlassen. Ich reise mit dem ersten Zug nach Berlin und dann weiter nach Bremerhaven. Dort hoffe ich den Dampfer noch zu erreichen, der, wie Du weißt, meinen Freund Raimund nach Java bringen soll, den ich auch begleitet hätte, wärst Du nicht in mein Leben getreten. Ich weiß, daß ich bei dem Bahnbau Anstellung finde, harte Arbeit. In dieser Arbeit will ich Vergessen suchen. Vielleicht überwinde ich dort, daß ich ein Glück verloren habe, das vielleicht zu groß war, um beständig sein zu können.

Ich gebe Dich also frei, Lore. Du kannst die Scheidung gegen mich einleiten – ich werde es nicht tun. Wenn Du mich auf böswilliges Verlassen hin verklagst, fällt alle Schuld auf mich. Deinen Verwandten und Bekannten sage über unsere Trennung was Du willst. Ich werde jede Deiner Angaben respektieren. Die Scheidung soll für Dich unter möglichster Schonung vor sich gehen. Alles, was ich tun kann, Dir diese peinliche Angelegenheit zu erleichtern, soll geschehen. Mit meinem Willen werde ich Deinen Weg nie mehr kreuzen. Hier im Hotel habe ich angegeben, daß eine wichtige Nachricht mich nach Bremerhaven führt, daß ich alles mit Dir besprochen habe und daß Du mir folgen wirst. So ist jede Verdächtigung im Hotel vermieden, und ich hoffe, daß unsere jähe Trennung sich in einer für Dich günstigen Weise erklären lassen wird. Mit Geld bist Du versehen. Deine Papiere lasse ich Dir zurück, auch den Trauschein. Ich wünsche Dir, daß Dein ferneres Schicksal ohne Stürme verlaufen wird. Und – solltest Du dereinst ein neues Glück finden, baue es nicht wieder auf einer Lüge auf. Dann wird es beständiger sein. Wahrscheinlich trifft Dich unsere Trennung nicht so schwer wie mich, denn – Du hast mich wohl nie geliebt, hast Dich wohl nur aus mir unbekannten Vernunftgründen zu einer Ehe mit mir entschlossen. Dein Herz gehört noch dem Manne, dem Du Dich zu eigen gegeben hast. Warum nur hast Du nicht *ihn* geheiratet? Warum nahmst Du *meine* Bewerbung an? Wußtest Du nicht, wie schwer Du Dich damit an mir vergingst? Habe ich Dich nicht in mein Herz blicken lassen bis auf den Grund? Scheutest Du Dich nicht, ein Herz, das Dich so namenlos liebte, so zu kränken? Du mußtest doch wissen, daß Du mich bis ins Innerste treffen würdest, falls ich Deinen Betrug erfuhr. Hattest Du keine Angst vor dieser Entdeckung? Du wurdest rot, als ich Dir Deinen Brief vor die Augen hielt, der Deinen Betrug enthüllte. Du schämtest Dich also wenigstens Deiner Lüge.

Lebe wohl, Lore! Ich habe weiter keinen Wunsch, als daß es mir gelingen möge, Dich zu vergessen. Vergiß auch Du mich – Dir wird es leichter werden. Ich will versuchen Dir zu verzeihen – noch kann ich es nicht, noch brennt die Wunde, die Du mir geschlagen hast, zu heiß. Ich hab' Dich zu sehr geliebt, und ich wünsche Dir, daß Du nie erleiden mögest, was ich jetzt um Dich leide.

Heinz Velden.«

Lore warf die Arme auf den Tisch und barg ihr Gesicht darinnen. Befreiende Tränen lösten endlich den Druck von ihrer Seele. Sie preßte den Brief an ihre zuckenden Lippen.

Hätte sie noch nicht gewußt, wie sehr Heinz sie liebte – dieser Brief zeigte es ihr. Aus jedem seiner Worte, auch aus den tadelnden, sprach seine Liebe. Trotz des Schmerzes, den sie durch seine Flucht erdulden mußte, fühlte sie beseeligt, wie sehr sie geliebt wurde. Und die vornehme Art, wie er vor der Öffentlichkeit alle Schuld auf sich nehmen wollte, zeigte ihr, was für ein edler Charakter er war.

Heinz – lieber törichter Mann –, dachte sie, was schaffst du uns für Qual durch deine hastige Flucht! Hättest du nur eine Minute auf mich gehört, dann wäre dir und mir viel erspart geblieben.

Aber sie sagte sich auch, daß sie an seiner Stelle nicht anders gehandelt hätte. Sie konnte ihm keinen Vorwurf machen.

Aber lange hing sie jetzt diesem Gedanken nicht nach. Sie fragte sich, was sie tun konnte, um weiteres Unglück von sich und ihm abzuwenden.

Vor allen Dingen muß ich versuchen, ihn von der Abreise mit dem Dampfer abzuhalten, sagte sie sich.

Aber wie sollte sie das fertigbringen? Ihm ein Telegramm senden? Nein, das ging nicht. Sie mußte ihm selber folgen. Auf der Stelle mußte sie abreisen. Hoffentlich erreichte er den Dampfer nicht mehr. Dann war ja Zeit gewonnen. Oder – vielleicht kam sie selber noch vor Abfahrt des Dampfers nach Bremerhaven. Jedenfalls mußte sie es versuchen.

Aber wenn sie ihn nicht mehr erreichte, wenn er wirklich mit dem Dampfer abfuhr, ehe sie nach Bremerhaven kam?

Das Herz wollte ihr stillstehen bei diesem Gedanken. Aber dann richtete sie sich mit blitzenden Augen entschlossen auf und biß die Zähne zusammen. Dann folge ich ihm nach Java. Durch die ganze Welt werde ich ihm folgen, denn er liebt mich, wie ich ihn liebe, und nur ein unseliges Mißverständnis oder eine Schurkerei trennt uns.

Eine Schurkerei?

Sie nahm den anonymen Brief wieder auf. Etwas in

dieser Handschrift erschien ihr bekannt, obwohl sie sichtlich verstellt war. Wo hatte sie nur diese steilen, eckigen Buchstaben schon gesehen?

Aber jetzt hatte sie keine Zeit, darüber nachzugrübeln. Sie eilte in ihr Schlafzimmer, wo auf dem Nachttisch der Hörer des Haustelefons stand. Sie rief den Portier an.

»Ist mein Mann noch pünktlich mit dem ersten Zug fortgekommen, Herr Portier?«

»Jawohl, gnädige Frau.«

»Und wann geht der nächste Zug ab? Ich möchte meinem Mann so schnell wie möglich folgen.«

Es fährt ein D-Zug 8.35 Uhr nach Berlin, gnädige Frau. Dann geht erst nachmittags 5.57 Uhr wieder einer.«

»Jetzt ist es sieben Uhr. Ich muß unbedingt den Zug 8.35 Uhr erreichen. Wann kann ich dann von Berlin nach Bremerhaven weiterfahren?«

»Sie kommen um 11.02 Uhr in Berlin an. Es geht von Berlin aus dann erst nachmittags 6.38 Uhr ein D-Zug nach Bremerhaven, und Sie kommen erst nachts 1.45 Uhr dort an.«

»Und wann kann mein Mann günstigenfalls in Bremerhaven eintreffen?«

»Heute nachmittag 3.09 Uhr.«

»Gut, ich danke Ihnen. Ich reise also 8.35 Uhr ab.«

Lore hängte auf und stand eine Weile bewegungslos. Heinz kam also heute nachmittag schon nach Bremerhaven, und sie würde erst in später Nacht dort sein. Wenn sie nur eine Ahnung gehabt hätte, wann der Dampfer in See ging. Hoffentlich nicht heute schon. Sie war ärgerlich, daß sie es sich nicht gemerkt hatte, als Georg Raimund davon sprach. Nur daß der Dampfer »Urania« hieß, wußte sie. Sie hätte ja in Bremerhaven bei der Rederei telegraphisch anfragen können, aber sie hatte keine Zeit, die Antwort abzuwarten. Jetzt mußte sie sich beeilen, daß sie den Zug noch erreichte.

Lore klingelte dem Zimmermädchen und bat sie, ihr beim Einpacken zu helfen. Als das geschehen war, zog sie das Reisekleid von gestern an und hatte noch Zeit, das Frühstück einzunehmen.

Dann fuhr sie zum Bahnhof.

Trotz Herzeleid, Angst und Sorge stahl sich ein mattes Lächeln um ihren Mund. Eine verstoßene Frau, die hinter dem entflohenen Gatten herreist, um ihn sich zurückzuerobern, diese Rolle zu spielen, hätte sie niemals erwartet. Aber sie konnte doch nicht ruhig zusehen, wie ihr Glück ihr zwischen den Fingern zerrann. Und sie hatte den Trost ihrer Schuldlosigkeit. Auch Heinz war schuldlos an dieser Verwirrung – schuld war einzig und allein der anonyme Briefschreiber.

In Berlin angekommen, wußte sie nicht, was sie beginnen sollte, bis ihr Zug nach Bremerhaven abging. Auf keinen Fall wollte sie von ihren Verwandten oder Bekannten gesehen werden. So suchte sie ein ganz abseits liegendes Restaurant auf, um etwas zu sich zu nehmen, und blieb hier einige Stunden. Dann fuhr sie zum Lehrter Bahnhof und verbrachte die Zeit bis zum Abgang des Zuges im Wartesaal. Die Zeit dünkte ihr unerträglich lang, aber es fehlte ihr auch der Wille, sie kurzweiliger zu gestalten. Endlich saß sie wieder im fahrenden Zug.

Als sie in der Nacht an ihrem Bestimmungsort ankam, suchte sie ein Hotel auf und erkundigte sich dort, wann die »Urania« abgehe. Sie erfuhr, daß der Dampfer am vergangenen Nachmittag gegen vier Uhr in See gegangen sei.

Diese Nachricht machte sie fassungslos. Sie wußte, daß Heinz gegen drei Uhr hier hatte ankommen müssen. Also würde er den Dampfer noch erreicht haben und schwamm nun schon über das Weltmeer.

Sie verlebte eine furchtbare Nacht im Hotel, fand keinen Schlaf und grübelte darüber nach, was sie nun tun sollte. Ihr junges Herz schrie in heißer Sehnsucht nach dem Mann ihrer Liebe, der nun immer weiter davonfuhr. So allein und verlassen war sie sich in ihrem ganzen Leben noch nicht vorgekommen. Aber in all ihrem Kummer konnte sie Heinz keinen Vorwurf machen. Er war so schuldlos wie sie selbst. Eines stand fest bei ihr – sie wollte Heinz folgen, bis sie ihn wiedergefunden hatte, und wenn sie die ganze Welt nach ihm durchstreifen mußte. Am andern Morgen ging sie zum Reisebüro und ließ sich die Passagierliste der »Urania« vorlegen. Ihr Herzschlag drohte auszusetzen, als sie unter den letzten Namen den ihres Mannes las. Sie hatte keine Kraft, sich aufrecht zu halten und sank bleich und matt in einen Sessel. Der Beamte sah sie besorgt an.

»Kann ich Ihnen helfen, gnädiges Fräulein, Sie scheinen nicht wohl zu sein«, sagte er.

»Ein Glas Wasser, bitte«, hauchte Lore.

Sie wollte sich dem teilnehmenden Blick des Beamten entziehen. Als der Beamte ihr das Wasser brachte, hatte sie sich schon wieder in der Gewalt und fragte scheinbar ruhig:

»Wann geht der nächste Dampfer nach Cheribon auf Java?«

Cheribon war die Station, von der aus Georg Raimund in das Innere von Java gehen wollte, um seinen Bestimmungsort zu erreichen. Das wußte sie von ihrem Gatten. Sie hatte zum Glück allerlei über die Reisepläne Georg Raimunds gehört und über seine Route, und da es dieselbe war, die ihr Mann eingeschlagen hatte, war sie sehr froh, das zu wissen.

Der Beamte gab ihr Bescheid. Der Dampfer sollte erst am 20. Juni abfahren.

»Früher gibt es keinen?« fragte sie ganz verzagt.

»Passagierdampfer leider nicht.«

»Und ist es ein gutes Schiff, das am 20. Juni abgeht?«

»Unser bestes, gnädiges Fräulein.«

Lore richtete sich entschlossen auf.

»Gut, so belegen Sie mir eine Luxuskabine für diesen Dampfer. Wie heißt er?« sagte sie mit fester Stimme.

»›Liberia‹, gnädiges Fräulein.«

»Gut, also auf der ›Liberia‹ eine Luxuskabine.«

»Sehr wohl – und auf welchen Namen, bitte?«

»Frau Leonore Velden.«

Der Beamte stutzte und sah mit einem Seitenblick auf die Passagierliste der »Urania«.

Doktor Heinz Velden. So hatte der junge Herr geheißen, der gestern noch in letzter Stunde eine Kabine erster Klasse auf der »Urania« belegt hatte.

Die Beamten eines Schiffahrtsbüros erleben allerlei Dramen. Hier schien sich seiner Meinung nach auch eines abzuspielen.

Lore bemerkte den fragenden Blick.

»Ich reise meinem Manne nach, der auf Java pünktlich ein Engagement antreten mußte, und den ich nicht gleich begleiten konnte, weil Familienverhältnisse mich noch aufhielten. Ich hoffte aber doch die ›Urania‹ noch zu erreichen, um die weite Reise in Gesellschaft meines Gatten zurücklegen zu können und war sehr erschrocken, als ich zu spät kam. Nun muß ich leider allein reisen«, sagte sie so ruhig sie konnte.

»Sie sind auf unseren Dampfern sehr gut aufgehoben, und der Herr Kapitän wird Sie sicher in seine besondere Hut nehmen, wenn Sie ihn darum bitten.«

Lore versuchte zu lächeln.

»Das will ich mir merken«, sagte sie und erkundigte sich dann genau, was für Formalitäten vor der Abreise erfüllt werden mußten, was für Papiere sie brauchte, was die Überfahrt kostete und was sonst noch wissenswert war.

Aus alledem ging hervor, daß Lore erst noch einmal nach Berlin reisen mußte, um sich das Visum zu beschaffen. Auch war es notwendig, sich eine Ausrüstung für die Reise zu besorgen. Das konnte auch in Berlin geschehen, wo sie die einschlägigen Geschäfte kannte. Leider hatte sie genug Zeit, sich das alles in Ruhe besorgen zu können bis zum Abgang der »Liberia«. Nicht einen Moment war sie im Zweifel gewesen, daß sie ihrem Manne folgen mußte. Es erschien ihr so selbstverständlich. Natürlich quälte es sie sehr, daß er nun wochenlang auf Erlösung von seiner Herzensqual warten mußte. Über ihren eigenen Schmerz ging ihr der ihres Gatten. Daß sie ihn nicht aufklären konnte über ihre absolute Schuldlosigkeit, bedrückte sie noch mehr, als die Trennung von ihm. Sie wußte ja wenigstens, daß er sie liebte und daß alles zwischen ihnen wieder gut werden mußte, wenn sie ihn nur erst erreichte. Aber ihr armer Heinz fuhr einer ungewissen Zukunft entgegen mit der furchtbaren Gewißheit, daß er von ihr betrogen wurde. Zuweilen wollte sie ein wenig zornig auf ihn werden. Dann dachte sie: Er hätte doch trotz allem an mich glauben müssen.

Und immer wieder fragte sie sich, wer der anonyme Briefschreiber sein könne. Aber sie kam zu keinem Ergebnis.

Ihr Gepäck ließ sie im Hotel. Für ihre Reiseausrüstung wollte sie sich in Berlin neue Koffer besorgen. Sie würde für die Tropen allerlei Sachen einkaufen müssen, da die für die Hochzeitsreise mitgenommenen Neuanschaffungen nicht geeignet für Java waren.

Ein wehes Lächeln huschte bei diesen Erwägungen um ihren Mund. All die neuen hübschen Toiletten hatte sie sich angeschafft, um Heinz darin zu gefallen. Nun würde sie sie auf der Überfahrt tragen müssen, ohne daß er sie darin bewundern konnte.

Arme kleine Frau Lore – du wirst eine sehr lange und sehr einsame Hochzeitsreise machen müssen, dachte sie, und die Tränen schossen ihr wieder in die Augen. Aber sie biß tapfer die Zähne zusammen. Wo sollte das hinführen, wenn sie schon jetzt verzagt war? Sie machte sich klar, daß diese Reise vielleicht noch schwere Anforderungen an sie stellen würde. Da mußte sie tapfer sein. Winkte ihr doch ein süßer Lohn, wenn sie endlich wieder in den Armen ihres Gatten ruhen konnte. Und so zwang sie alles, was sie weichmütig und verzagt machen wollte, in sich nieder. Nur die Sehnsucht brannte in ihrem Herzen.

In Berlin angekommen, suchte Lore ein abseits liegendes Hotel auf, in dem sie Wohnung nehmen konnte bis zu ihrer Abreise. Denn es stand fest bei ihr, daß ihre Verwandten und Bekannten nichts von ihrer unterbrochenen Hochzeitsreise erfahren sollten. Niemand durfte ahnen, daß sie jetzt allein in Berlin war, während ihr Gatte auf dem Dampfer »Urania« nach Java fuhr. Das hätte nur Aufsehen erregt und viel neugierige Fragen mit sich gebracht. Wenn sie in den nächsten Tagen ihre Besorgungen machte, ging sie immer mit einem dichten Schleier aus. Zuerst brachte sie Visum und Paß in Ordnung. Dann suchte sie ihre Bank auf. Wie gut war es, daß Heinz bei ihrer Verheiratung auf Gütertrennung bestanden hatte. So war sie unabhängig auch von ihrem Onkel geworden. Heinz hatte lächelnd gemeint: »Vor deinem Geld habe ich einen Mordsrespekt, Lore, ich will damit nichts zu tun haben. Du mußt die Bestimmung darüber schon selbst in die Hand nehmen. Das einzige, wozu ich mich verstehen werde, ist, daß ich dir bei der Verwaltung deines Vermögens, soweit es mir möglich ist, gute Ratschläge geben werde. Das Verfügungsrecht muß unbedingt in deiner Hand bleiben.«

So war sie mit absoluter Bankvollmacht ausgestattet und im Besitz eines Scheckbuches. Sie wollte sich bei ihrem Bankier erkundigen, wie sie sich auf ihrer Reise nach Java am praktischsten mit Geldmitteln versorgen konnte. Wäre die Veranlassung nicht eine so schmerzliche gewesen, hätte es ihr Vergnügen gemacht, einmal so ganz selbständig auf Reisen zu gehen und über Geld zu verfügen. Früher hatten Onkel und Tante bestimmt, was sie ausgeben durfte.

Der Beamte auf der Bank, mit dem sie in den letzten Tagen einiges Geschäftliche erledigt hatte, stand ihr mit Rat und Tat zur Seite. Sie sagte ihm freilich nur, daß sie mit ihrem Gatten nach Java gehen werde, aber ungehindert dort über beliebige Summen verfügen wolle.

Es wickelte sich alles ganz ohne Hindernisse ab. Einmal lief ihr freilich Cousine Hilde in den Weg, aber sie war so sehr in eine Unterhaltung mit dem Amtsgerichtsrat Scherr vertieft, daß sie nicht auf Lore achtete.

Einige Sorge machte ihr nun noch ihr Haushalt. Nach Ablauf ihrer Hochzeitsreise wollte sie ihren Einzug in die väterliche Villa halten. Sie stand seit dem Tode ihres Vaters unter der Aufsicht des langjährigen Pförtners und seiner Frau. Diese beiden ehrlichen alten Leute sollten auch bei dem jungen Paar ihre Stellung behalten. In der Villa wurden jetzt schon allerhand Vorbereitungen getroffen, und es waren auch neue Dienstboten eingestellt worden. Da Lore auf unabsehbare Zeit verreiste, würde es notwendig sein, die Dienstboten wieder zu entlassen. Sobald die Villa zu ihrem Empfang bereit war, konnte sie vorläufig wieder verschlossen werden und unter der Aufsicht der Pförtnerleute bleiben. Ohne ihren Mann kehrte sie nicht wieder heim. Es war nicht abzusehen, wie lange sich Heinz auf Java binden würde, da er sich frei glaubte.

Sicher würde Tante Klara ihr diese Sorge abnehmen. So etwas tat sie gern. Zu ihr gehen und sie persönlich darum bitten, war ausgeschlossen. Den scharfen Augen Tante Klaras würde es nicht entgehen, daß etwas zwischen dem jungen Paar nicht stimmte, auch wenn Lore sich noch so diplomatisch herausgeredet hätte. Bekam sie dann gar heraus, daß Lore ihrem Gatten allein nach Java folgen wollte, würde sie sicher Himmel und Hölle in Bewegung setzen, um das zu hintertreiben. Lore hörte schon im Geiste die tausend Einwendungen. Nein, Tante Klara mußte brieflich um diesen Dienst gebeten werden. Lore wollte diesen Brief mit einer kurzen Erklärung vor ihrer Abreise mit der »Liberia« an die Tante absenden.

Sogleich, als Lore in Berlin mit ihren Reisevorbereitungen fertig war, fuhr sie wieder nach Bremerhaven zurück. Sie hatte noch einige Tage Zeit bis zur Abfahrt des Dampfers, und nun, da sie nichts mehr zu besorgen hatte, ergriff sie eine nervöse Unruhe. – Es kam ihr nun auch zum Bewußtsein, daß diese Reise, die sie so ohne jeden Schutz und jede Begleitung zurücklegen wollte, ein sehr kühnes Unternehmen für sie war. Wohl war sie schon viel gereist. Auch Seereisen hatte sie gemacht: nach Ägypten, durch das Mittelmeer und eine Nordlandfahrt. Auch war sie verschiedener Sprachen mächtig. Aber nie war sie allein gereist, höchstens zum Besuch ihrer Freundin, die auf einem Gut in Thüringen gelebt hatte, ehe sie sich verheiratete. Und jetzt wollte sie nun ganz allein eine so weite Reise unternehmen! Auf dem Dampfer war sie noch verhältnismäßig sicher, aber wenn sie auf Java ankam, wenn sie tief in das unbekannte Land hineinmußte, in zum Teil unzivilisierte Gegenden, so war das schon ein Wagnis für eine junge Dame.

Sie rief sich ins Gedächtnis zurück, was sie von Heinz und seinem Freund über Java gehört hatte. Eine heimliche Angst und Unruhe wollte sie befallen, als sie alles überdachte.

Lore biß die Zähne zusammen. Sie malte sich das Wiedersehen mit Heinz in leuchtenden Farben aus. Was er wohl für ein Gesicht machen würde, wenn sie ihm sagte: »Alles, was du von mir geglaubt hast, ist nicht wahr. Nie liebte ich einen andern als dich. Und bis in die Wildnis dieser Bergwelt bin ich dir gefolgt, um dir deine Herzensruhe wiederzugeben und wieder bei dir sein zu können.«

Welch seliger Moment! Die Hoffnung darauf würde sie über alle Hindernisse und Schwierigkeiten hinwegtrösten.

Am letzten Abend vor ihrer Abreise schrieb sie an Tante Klara:

»Du wirst sehr erstaunt sein, von mir zu hören, daß unsere Hochzeitsreise viel weiter geht, als beschlossen war. Mein Mann hat unterwegs von der Bergbahngesellschaft auf Java Bescheid erhalten, daß sein Vertrag mit dieser Gesellschaft nicht zu lösen ist, wie Heinz angenommen hatte. Ich erzählte Dir doch davon, daß er nach Java gehen wollte. Da er also nun doch verpflichtet ist, dorthin zu gehen, bleibt uns nichts anderes übrig, als es gemeinsam zu tun. Wir reisen mit der ›Liberia‹ von Bremerhaven ab und fahren bis nach Cheribon, wo wir uns ausschiffen und tiefer ins Land hineingehen bis zu dem Wirkungsort meines Mannes. Um mich braucht Ihr Euch nicht zu sorgen, Heinz wird mir schon alles behaglich machen. Ich freue mich, etwas von der Welt zu sehen. Wir haben leider keine Zeit, vorher noch nach Berlin zu kommen. Und nun habe ich eine große Bitte, liebe Tante. Sie betrifft Vaters Villa. Wir wissen noch gar nicht, wann wir nach Berlin zurückkehren. Heinz wird sich natürlich möglichst schnell von seinem Vertrag zu lösen versuchen. Und so bitte ich Dich herzlich, die Villa wieder unter Verschluß zu legen, die Dienstboten zu entlassen und den Pförtner und seine Frau damit zu beauftragen, nach dem Rechten zu sehen. Ich weiß, daß alles bei Dir in den besten Händen ist. Wir werden Dir sehr dankbar sein und für Dich und die Cousinen originelle Geschenke mitbringen, um unserem Dank Ausdruck zu geben. Sobald wir unser Reiseziel erreicht haben, geben wir Euch Nachricht. Hilde und Lisa werden staunen, daß wir unsere Hochzeitsreise notgedrungen so weit ausdehnen müssen. Grüße sie herzlich von mir, auch Onkel Karl. Und nun muß ich schließen, denn morgen früh begeben wir uns an Bord der ›Liberia‹. Ich danke Dir schon im voraus für alle Mühe und hoffe, sie Dir vergelten zu können. Mit vielen herzlichen Grüßen, auch von meinen Mann.

Deine Lore.«

Aufatmend schloß Lore diesen Brief. Er war ihr sehr schwer geworden, denn Unwahrheiten waren ihr verhaßt. Aber es ging nicht anders. Ein großes Lamento würde es im geheimrätlichen Hause ohnehin noch geben. Heinz würde sich den letzten Rest von Gunst bei Onkel und Tante verscherzt haben, weil er so »leichtsinnig« gewesen war, zu heiraten, ohne einen solchen Vertrag zu lösen. Aber es war immerhin noch besser, als wenn man dort die Wahrheit erfuhr. Daß Heinz bei Onkel und Tante unbeliebt war, konnte niemand wundernehmen, der sie kannte. Heinz war impulsiv, warmherzig, sogar ein wenig ideal veranlagt und ein Feind blöden Formelkrams. Onkel und Tante aber hingen an Äußerlichkeiten und an leeren Formen. Sie nahmen Heinz jedes freie Wort übel, zumal sie dem armen Ingenieur dazu jede Berechtigung absprachen. Er aber verdachte es Geheimrats sehr, daß Lore in ihrem Hause an Liebe und Wärme hatte darben müssen. So war gegenseitig nicht viel Sympathie vorhanden.

Lore las den Brief noch einmal durch, und als sie dabei auf das Wort »Hochzeitsreise« stieß, zuckte es weh und schmerzlich um ihre Lippen, und ihre schönen, klaren Augen wurden trübe. Aber an sich wollte sie gar nicht denken. Sie hatte es immer noch besser, als ihr armer Heinz, denn sie wußte wenigstens, daß sich die Wolken, die an ihrem Glückshimmel hingen, zerstreuen ließen. Heinz aber wußte das nicht. Er glaubte, sein Glück liege in Scherben.

Sehnsüchtig flogen ihre Gedanken hinter ihm her. Ach, daß sie hätte fliegen können über das Meer hinweg, um ihn einzuholen und ihn wieder froh und glücklich zu machen. Sie sah ihn im Geiste, seine hohe, kraftvolle Gestalt, den markanten Kopf, den er so stolz auf den Schultern trug, und den festen, energischen Zug um den schmallippigen Mund. Und seine tiefliegenden grauen Augen sah sie vor sich, nicht mit dem düsteren, schmerzlichen Ausdruck, wie sie ihn zuletzt gesehen, sondern mit dem weichen, liebevollen Blick, den er nur für sie gehabt hatte. Die Sehnsucht übermannte sie wieder. Sie warf die Arme über den Tisch und grub ihr Gesicht hinein, um ihre Tränen fließen zu lassen.

Heinz, mein Heinz, wirst du auch nicht aufhören, mich zu lieben, wirst du mich nicht vergessen?

Diese Frage flüsterte sie vor sich hin. Und sie zog seinen Abschiedsbrief, wie so oft, hervor und las ihn wieder und wieder durch. Und aus jedem Wort wurde ihr klar, wie sehr sie geliebt wurde. Nein – Heinz würde sie nicht vergessen, würde nicht aufhören, sie zu lieben. Er war kein wetterwendischer Geselle. Sein Charakter war beständig und treu.

Getröstet sah sie wieder mutiger in die Welt und ging zur Ruhe, zum letztenmal vor der Abreise. Am anderen Morgen ging sie an Bord der »Liberia« ließ sich ihre Kabine anweisen und fand einen hübschen, eleganten Raum, in dem sie es sich schon behaglich einrichten wollte. Wie gut, ach, wie gut, daß sie Geld genug besaß, um sich auf der weiten Reise alle möglichen Bequemlichkeiten verschaffen zu können! Wenn sie arm gewesen wäre, dann hätte sie die Reise gar nicht unternehmen können.

Etwas wie kühne Unternehmungslust überkam sie an Bord des großen, schönen Dampfers. Die Entfernung zwischen Heinz und ihr würde nun nicht mehr mit jeder Stunde größer werden. Von heute an würde sie ihm näher und näher kommen.

Heinz, lieber Heinz, wenn du eine Ahnung hättest, was deine Frau vorhat, was würdest du wohl sagen?

Sie packte ihre Sachen aus und richtete sich mit Hilfe der freundlichen Stewardeß wohnlich ein.

IV.

Heinz Velden war in allerletzter Stunde angekommen. Noch war er keine halbe Stunde an Bord der »Urania«, als sich der Schiffskoloß zitternd und bebend unter ihm zu bewegen begann. Er hatte noch keine Zeit gehabt, sich nach seinem Freund Raimund umzusehen, denn er mußte sich um sein Gepäck kümmern und hatte noch allerlei Formalitäten zu erfüllen. Und im Tumult der Abfahrt war es überhaupt schwer, jemand auf dem Dampfer zu finden.

Heinz hatte sich seine Kabine angesehen und angeordnet, daß sein Gepäck dahin geschafft wurde. Inzwischen ging er auf die Deckpromenade, um noch einen Blick auf das entschwindende Land zu werfen. Als er die Treppe heraufkam, sah er an der Reling eine schlanke Männergestalt stehen. Sogleich erkannte er den Freund, der unverwandt zu dem Lande hinüberstarrte. Heinz trat neben ihn und legte die Hand auf seine Schulter.

»Georg!«

Georg Raimund wandte sich mit einem Ruck um und starrte dem Freund fassungslos ins Gesicht.

»Heinz? Das ist doch ein Spuk! Bist du das selbst – oder ist es dein Geist?« fragte er ganz benommen.

»Ich bin es, Georg.«

»Aber Heinz – Menschenskind! Du bist doch jetzt ordnungsgemäß auf der Hochzeitsreise? Was soll denn das heißen? Und wie siehst du um Gottes willen aus? Hergott, so rede doch – was ist denn passiert?«

»Ich will mit dir gehen, Georg.«

»Doch nicht nach Java?«

»Ja – nach Java.«

»Was willst du denn da, um Gottes willen?«

»Die Bergbahn bauen helfen. Du sagtest mir doch, meine Stellung sei mir offengehalten.«

Georg Raimund nahm die Mütze ab und strich sich über das Haar, als sei ihm zu heiß geworden.

»Aber – deine Frau, Heinz? Wo ist deine Frau?«

»Vermutlich noch in Leipzig, wo ich sie verließ.«

»Wo du sie verließest? Ja, Mensch, wie soll ich das verstehen?«

Es zuckte bitter um Heinz Veldens Mund.

»Du kannst es freilich nicht verstehen – verstehe ich es doch selber kaum. Georg – du bist mir immer ein treuer Freund gewesen – willst du mir etwas versprechen?«

Georg Raimund starrte den Freund noch immer fassungslos an.

Ja doch – was denn?« stieß er hervor.

»Versprich mir, mich nicht mit Fragen zu quälen. Ich – ich habe meine Frau verlassen – für immer –, noch am

Abend unseres Hochzeitstages. Es ist etwas geschehen, was eine Ehe zwischen uns unmöglich machte. Ich konnte nicht anders, ich mußte mich von ihr trennen. Du weißt, wie ich sie geliebt habe, ich – ja –, ich liebe sie noch, zu meiner Qual. Und doch mußte ich sie verlassen. Ich kann dir nicht sagen, warum, nicht einmal dir. Und das muß dir genügen. Ich gehe mit dir nach Java und – sie wird die Scheidung einreichen und –«

Er brach ab und stützte die Arme auf die Reling und starrte mit zuckendem Gesicht hinab in das gurgelnde, aufschäumende Wasser.

Georg Raimund schwieg beklommen und sah von der Seite in das blasse Gesicht des Freundes. Er begriff nur, daß etwas Ernstes, Schwerwiegendes Heinz zu diesem Schritt gezwungen hatte. Etwas mußte ihn bis in die tiefsten Tiefen aufgerüttelt und erschüttert haben. So aus dem Gleichgewicht hatte er ihn noch nie gesehen. Daß er ihm jetzt keine größere Wohltat erweisen konnte, als ihm zu helfen, dies zerstörte Gleichgewicht wenigstens äußerlich wiederzufinden, wußte er, und so schob er seine Hand unter seinen Arm und sagte ernst:

»Ich frage dich nicht, Heinz, ich kenne dich und weiß, daß etwas geschehen sein muß, was dich ganz aus den Fugen gebracht hat. Sag mir nur eins, kann ich etwas für dich tun?«

Heinz biß die Zähne zusammen, ehe er antwortete:

»Nein, das kann kein Mensch, auch du nicht. Nur frage mich nicht.«

»Sei ruhig, ich frage nicht. Ich merke dir an, daß es dir bis ins Mark gegangen ist, was geschah. Das genügt mir, um mich zu veranlassen, dir beizustehen, soviel ich kann, damit du darüber hinwegkommst.«

Heinz faßte seine Hand mit krampfhaftem Druck.

»Ich danke dir.«

Um ihn abzulenken, fragte Georg:

»Hast du alles beieinander, was du drüben brauchst?«

Heinz strich sich über die Stirn, als müsse er sich besinnen.

»Ich glaube, es fehlt an allem, Georg. Es kam so schnell, und ich wollte die ›Urania‹ noch erreichen, um mit dir zu reisen.«

»Na, dann ist's ja gut, daß ich dank deiner Hilfe so ausreichend versorgt bin. Ich glaube ich habe für uns beide genug. Wir haben ja ziemlich dieselben Maße. Und deine Papiere sind doch in Ordnung?«

»Ja, du weißt, daß ich schon alles besorgt hatte. Paß und Visum laufen auf Jahre hinaus.«

Georg legte dem Freund die Hand auf den Arm.

»Dann also Zähne zusammenbeißen, Heinz, und nicht zurückblicken. Wenn es nicht sein kann, dann wirst du auch ohne Frau auskommen können. Ein ganzer Kerl kommt über vieles weg. Freilich – wie es dich gepackt hatte, ich weiß, das wird Herzblut kosten. Du bist von schwerblütiger Art. Wenn ich mir nur erklären könnte – aber nein, ich frage nicht! Komm, Heinz, wir wollen uns in unseren Kabinen einrichten.«

So versuchte Georg dem Freund seine Fassung wiederzugeben.

Die beiden Freunde wohnten Tür an Tür, und während sie ihre Sachen auspackten, lief Georg immer wieder zu Heinz hinüber und suchte ihn aufzumuntern. Einmal fand er ihn, den Kopf in beide Hände gestützt, wie ein Verzweifelter vor sich hinstarrend. Georg legte ihm die Hand auf die Schulter.

»Sei doch vernünftig, Heinz. Keine Frau ist wert, daß ein tüchtiger Kerl wegen ihr zugrunde geht. Freilich – die Lore –, das war eine, um die es sich lohnte – ich konnte dich so gut verstehen, daß du so ganz in ihr aufzugehen schienst –, ein prachtvolles Geschöpf, wahrhaftig –«

Heinz sprang auf.

»Schweig – ich bitte dich, schweig still von ihr. Ich kann nicht von ihr sprechen.«

»Na – dann wollen wir mal deinen Smoking auf den Bügel hängen, er hat es nötig. Aber in der feuchten Seeluft wird er schnell seine elegante Form wiederbekommen, andernfalls mußt du ihn aufbügeln lassen. Hier an Bord wirst du ihn oft genug tragen müssen. Aber wenn wir erst an unserm Bestimmungsort angelangt sind, wird er überflüssig sein. Unsern Kulis werden wir damit kaum imponieren können.«

Heinz faßte sich bei diesen anscheinend lustigen Worten des Freundes und packte weiter aus. Georg plauderte noch eine Weile in munterem Tone fort.

»War doch ein genialer Einfall von mir, bei der Gesellschaft dein Kommen offenzulassen. Ich weiß gar nicht, wie ich eigentlich darauf kam. Aber man tut manchmal im Unterbewußtsein ganz vernünftige Dinge. So weißt du nun, daß dir dort eine Anstellung sicher ist.«

Heinz atmete tief auf.

»Du ahnst nicht, wie froh ich darüber bin.«

»Und deine Stellung in Berlin hast du gekündigt?«

»Ja.«

»Na, dann ist ja alles in bester Ordnung. Hänge mal deinen Ulster über diesen Bügel. Der ist auch viel zu elegant für die Bergwildnis.«

Und dann lief Georg wieder in seine Kabine und brachte allerlei herbei, was zu einer Tropenausrüstung notwendig ist. Er teilte redlich zwischen sich und Heinz und stellte lachend fest, daß sie beide genügend ausgerüstet seien.

»Siehst du, wie gut es war, daß du nichts von all diesen Sachen wieder verkauftest, sondern sie mir überließest, als du den Gedanken, mit nach Java zu gehen, endgültig aufgabst. Nun kommen sie dir wieder zustatten.«

»Eigentlich hatte ich sie dir geschenkt, Georg.«

»Ja, du warst nobel. So etwas trägt immer Zinsen. Und nun bin ich nobel und gebe sie dir zurück. So haben wir beide die doppelte Freude daran, einmal im Geben und einmal im Nehmen.«

»Du bist ein guter Kerl, Georg.«

»Ach, laß mich zufrieden. Gut sind nur die Dummen.«

»Dann bist du sehr dumm«, sagte Heinz mit einem matten Lächeln.

Georg freute sich über dieses erste Lächeln des Freundes, wenn es auch noch gequält aussah. Es würde schon noch besser werden.

Georg plauderte weiter.

»Weißt du, Heinz, ich bin ein verflucht egoistischer Mensch. Wenn ich wirklich ein guter Kerl wäre, dann müßte ich es doch eigentlich bedauern, daß du mich begleitest. Es ist vielleicht ganz gut, daß ich nicht weiß, was dich veranlaßt hat, deine Frau zu verlassen und mit nach Java zu gehen. So kann ich mir einreden, daß es nichts Schlimmes ist und daß du bald darüber hinwegkommen wirst. Da kann ich mich dann ungestört deiner Gesellschaft freuen.«

Heinz strich sich über die Stirn.

»Freu dich nur, Georg, es ändert nichts an der Sache. Ich bin jedenfalls sehr froh, daß du bei mir bist. Wäre das nicht der Fall – ich wüßte nicht, wie ich diese Tage überstehen sollte.«

Die letzten Worte kamen wie ein Stöhnen über seine Lippen. Georg sah ihn mitleidig an.

»So tief hat es dich getroffen, Heinz?«

»Du weißt ja, was sie mir war«, stieß Heinz heiser hervor und warf sich in einen Sessel, das Gesicht auf dem Tisch in seinen Armen bergend.

Georg wagte nicht, ihn zu trösten. Er wußte, daß Heinz so leicht nicht aus den Fugen geriet und tief verwundet sein mußte, um so zusammenzubrechen. Langsam und bedächtig packte er Stück für Stück aus des Freundes Koffern, immer wieder nach ihm hinschauend. Als sich Heinz endlich langsam aufrichtete und sich unwillig über die Stirne fuhr, sagte Georg aufmunternd:

»Wir wollen schon darüber hinwegkommen, Heinz, sei nur ruhig, in hundert Jahren ist das alles nicht mehr wichtig.«

Heinz starrte vor sich hin. In hundert Jahren – ja –, da war aller Erdenschmerz längst vorüber – vergessen. Aber ein Jahr hat 365 Tage und jeder Tag 24 Stunden, und jede Stunde würde fortan mit Leid gefüllt sein. Er wußte, daß er Lore nie vergessen würde. Ja – ja –, er sehnte sich nach ihr mit allen Fasern seines Seins, obwohl er wußte, daß sie ihn betrogen hatte. Seine Liebe zu ihr wollte nicht sterben an der Verachtung, die er für sie fühlte. Wenn er die Augen schloß, sah er sie vor sich in ihrer ganzen, holdseligen Lieblichkeit, sah ihre schönen tiefblauen Augen mit dem reinen, unschuldsvollen Blick, dem seelenvollen Leuchten und fragte sich wieder und wieder: Wie ist es möglich, daß diese Augen lügen konnten?

Ob sie den andern auch so angesehen hatte? Den andern hatte sie ja geliebt, so geliebt, daß sie sich selbst vergaß um dieser Liebe willen.

Wenn er daran dachte, mußte er die Zähne zusammenbeißen, damit er nicht laut aufstöhnte vor Schmerz. Wo sie wohl jetzt sein mochte? Ob sie sich noch in Leipzig aufhielt, oder ob sie schon wieder nach Berlin zurückgekehrt war? Und was würde sie als Grund für sein Verschwinden angeben? Sie würde lügen müssen – immer lügen. Denn sie würde sich nicht selbst beschuldigen wollen. Wieder fragte er sich, wer ihm wohl jenen Brief geschickt haben mochte. Es mußte ein Mensch sein, der ihr feindlich gesinnt war, jemand, der um ihre Liebe zu dem andern wußte. Wie aber war jener anonyme Briefschreiber zu Lores Brief an den andern gekommen? War der andere so wenig diskret, daß fremde Menschen von seinem Briefwechsel mit Lore erfahren und sich gar in den Besitz eines solchen Briefes setzen konnten? War es vielleicht eine eifersüchtige Nebenbuhlerin, oder ein Mann, der Lore auch geliebt hatte und sie keinem andern gönnte? Keinesfalls war der Brief aus einem edlen Motiv an seinem Hochzeitstage an ihn gesandt worden. Nicht Teilnahme für ihn, sondern Feindschaft gegen Lore hatte diese Handlungsweise diktiert.

Ahnte Lore, wer ihr Feind war? Und würde sie sich vor ihm schützen können? Wie gern hätte er das getan – trotz allem.

»Hörst du, Heinz, oben auf Deck ist schon Musik zum Fünfuhrtee. Tanzmusik scheint auch hier an Bord zu allen Tageszeiten zu grassieren. Kennst du noch einen Fleck auf der ganzen weiten Welt, wo man nicht morgens, mittags, abends und nachts onesteppt, twosteppt, foxtrottelt oder sich im Charleston die Knie verrenkt? Auch hier an Bord geht es lustig so weiter. Ich glaube, es gibt in unserem bewegungsfreudigen Zeitalter auch Menschen die nachts im Bett noch Tanzübungen ausführen.«

Heinz mußte lachen, und das hatte Georg nur gewollt.

»Du hast schon recht, Georg, es wird ein bißchen zuviel getanzt.«

»Trotzdem schlage ich vor, wir gehen hinauf und sehen uns den Unfug eine Weile an. Es ist immer erfreulich, wenn andere Menschen sich närrischer gebärden, als man es selber tut. Und eine Tasse Tee nehme ich auch ganz gern. Außerdem können wir uns bei dieser Gelegenheit wenigstens die Mitpassagiere ansehen.«

Heinz band sich eine Krawatte um.

»Ich bin gleich fertig, Georg, und begleite dich gern hinauf, schon weil ich nach frischer Luft und einer belebenden Seebrise verlange. Mir brummt der Kopf.«

»Das wird schnell besser werden.«

Die beiden Herren begaben sich an Deck und fanden oben eine sehr vergnügte Gesellschaft. Sie nahmen an einem kleinen Tisch etwas abseits von dem Tanztrubel Platz, und gleich darauf stand schon ein Fünfuhrtee vor ihnen.

Nicht alle auf Deck befindlichen Passagiere beteiligten sich am Tanz, und zuweilen spielte die ausgezeichnete Kapelle auch andere Sachen als Tänze. Sehr viel junge Leute waren anscheinend nicht an Bord. In der Hauptsache waren es Herren im mittleren Alter. Einige junge Damen, die ihre Blicke schon eroberungssüchtig auf die beiden Freunde richteten, auch einige schöne Frauen im reiferen Alter, einige Damen, die wohl jenseits der Fünfzig, noch Anspruch auf Jugend machten – und einige grauhaarige Damen, die den Mut hatten, sich in Kleidung und Gebaren als Matronen zu geben, bevölkerten den Dampfer. Kinder waren ebenfalls unter den Passagieren, und auch diese tanzten. Hier und da sah man eine wirklich interessante Erscheinung auftauchen – einige Herren, denen man den Globetrotter ansah, eine bildschöne Dame Ende der zwanziger Jahre, die unbedingt Künstlerin war und bereits einen Hofstaat um sich versammelt hatte, und mehrere sehr bedeutend aussehende Herren, Koryphähen der Handelswelt, die wahrscheinlich überseeische Geschäfte von großer Bedeutung abzuschließen gedachten. Solche Schiffsgesellschaften pflegen immer interessant zu sein. Aber von den Herren waren die beiden Freunde unbedingt die interessantesten Gestalten, und deshalb flogen fast sämtliche Frauenblicke immer wieder zu ihnen herüber. Georg Raimund verschmähte es nicht, hie und da einen Blick zu erwidern, aber für Heinz existierten jetzt Frauen überhaupt nicht. Keine von all diesen Damen hätte sich, seinem Geschmack nach, mit Lore messen können. Er war ein sehr beständiger Charakter und durchaus kein Schmetterling, der von Blume zu Blume flatterte. Dazu war er zu tiefgründig. Georg machte ihn auf diese oder jene schöne Frau aufmerksam, um ihn abzulenken, aber Heinz sah sie interesselos an – und dachte an Lore.

V.

Die »Liberia« fuhr schon seit einigen Tagen auf dem Meere. Lore hatte sich in ihrer Luxuskabine sehr behaglich eingerichtet. Während der ersten Tage war schlechtes Wetter – Gewitterregen und Sturm wechselten miteinander ab. Die Wellen gingen hoch, und selbst an Bord dieses großen, ruhigen Dampfers waren einige Passagiere seekrank geworden. Lore blieb verschont. Sie hielt sich viel im Freien auf.

Einen Verkehr anzuknüpfen, hatte sie wenig Lust, aber bei der Tafel im Speisesaal hatte sie ihren Platz an einem Tisch mit einem Geschwisterpaar angewiesen bekommen. Die Geschwister Brown hatten einen englischen Vater und eine deutsche Mutter und kamen von einem längeren Aufenthalt bei ihrer deutschen Großmutter wieder zurück. Ihre Eltern wohnten in Kolombo auf Ceylon.

Ellen Brown war zweiundzwanzig Jahre alt wie Lore, und ihr Bruder Fredy zählte knapp zwanzig Jahre. Ellen war eine selbständig erzogene junge Dame, sehr bestimmt und energisch, aber dabei liebenswürdig und heiter. Fredy Brown war ein übermütiger, lustiger Junge, immer zu tollen Streichen aufgelegt, immer beweglich und betriebsam, und immer mit dem Mundwerk voraus. Gelegentlich konnte er nach Art junger Menschen ein wenig ruppig werden, aber meist nur, wenn er ein weicheres Gefühl, das er ironisch seine »deutsche Ader« nannte, verstecken wollte. Sonst war er ein liebenswürdiger junger Mann mit einem natürlichen, ritterlichen Empfinden den Frauen gegenüber.

Bald empfand Lore Fredy Browns strahlende Heiterkeit als Sorgenbrecher, und an Ellen Brown schloß sie sich herzlicher an.

Sie hatte den Geschwistern gesagt, daß sie ihrem Gatten der auf Java als Ingenieur bei dem Bau der Slamatbahn angestellt sei, dorthin folgen wolle. Fredy fand es »smart«, daß Frau Doktor Velden so schneidig allein auf die Reise gegangen sei. Es gefiel ihm überhaupt alles an Lore, er erklärte sich zu ihrem Ritter und Kavalier – und verliebte sich Hals über Kopf in die schöne blonde Deutsche, und zwar mit einer echt jungenhaften Überschwenglichkeit, die ihm von seiner Schwester manche Neckerei eintrug.

Während der regnerischen und stürmischen Tage kam Lore nur bei den Mahlzeiten mit den Geschwistern zusammen, aber dann suchten sie mehr und mehr gegenseitig ihre Gesellschaft, und als Ellen Lore bat, sie einfach Miß Ellen zu nennen, sagte Lore unter der Bedingung zu, daß Ellen sie Frau Lore nenne. Fredy bettelte natürlich sofort, daß er sie auch Frau Lore nennen dürfe und daß sie ihn Mister Fredy rufen solle.

Lore stimmte lächelnd zu. Sie merkte sehr wohl, daß Fredy sie anschwärmte, aber sie wußte auch, daß dies nicht tragisch zu nehmen sei.

Unter den andern Passagieren fand Lore niemand, der ihr besonders angenehm oder sympathisch war. Dafür fielen ihr aber einige Typen auf, die ihr unheimlich erschienen. Am unangenehmsten war ihr ein Chinese in europäischer Kleidung, mit einem hündisch kriechenden Wesen und heimtückischen Augen. Er war fast immer in Gesellschaft eines Südrussen, der Lore ebenso unheimlich erschien, ohne daß sie wußte, warum. Der Russe, Herr Boris Metschikoff, trug große, auffallende Brillantringe und kleidete sich sehr elegant, während der Chinese immer sehr unscheinbar auftrat und dem Russen gegenüber doppelt unterwürfig und zuvorkommend war.

Gerade diese beiden ihr so unangenehmen Männer schienen aber von Anfang an ein sehr großes Interesse für sie zu haben. Sie begegneten ihr mit Achtung, erwiesen ihr allerlei Artigkeiten und hielten sich, wo es anging, in ihrer Nähe auf. Lore bemerkte das sehr wohl, konnte sich aber weder diese Aufmerksamkeit noch ihre Abneigung gegen die beiden erklären. Sie fühlte mehr als sie es sah, daß sie immer von ihnen beobachtet wurde. Sah sie aber zufällig zu ihnen hinüber, dann gaben sie schnell ihren Blicken eine andere Richtung und täuschten Gleichgültigkeit vor.

Als man in die Nähe von Lissabon kam, merkte Lore mit

großem Mißvergnügen, daß sich der Chinese noch mehr als sonst in ihrer Nähe aufhielt und immer da auftauchte, wo sie allein zu sein wünschte, um ihren Gedanken ungestört nachhängen zu können. Es war, als krieche ihr ein widerliches Insekt über den Weg, wenn der Chinese in ihrer Nähe auftauchte.

Eines Tages, man sollte bald in Lissabon anlaufen, hatte sie sich in einen stillen Winkel auf Deck zurückgezogen. Ellen und Fredy Brown hatten sich von ihr getrennt, um ihre Kabinen aufzusuchen. Da tauchte der Chinese wieder dicht vor ihr auf und sah sie mit so unheimlich faszinierenden Augen an, daß sie entsetzt aufsprang und sich in ihre Kabine flüchtete. Dort schalt sie sich nun freilich selber wegen ihrer Abneigung gegen diesen Menschen. Um sich die Zeit zu vertreiben, nahm sie aus ihrem Koffer ein braunes Kästchen, in dem sie die Briefe ihrer einzigen Freundin, Elfriede Karsten, verwahrte. Solange diese Freundin nicht verheiratet war, hatte sie im regsten Briefwechsel mit ihr gestanden. Jetzt schrieben sie sich seltener. Kurz vor ihrer Abreise mit der »Liberia« hatte Lore auch einen langen, ausführlichen Brief an die Freundin geschrieben und hatte ihr offen anvertraut, daß sie allein nach Java reisen wollte und warum sie das tat. Daß sie gerade bei der Freundin volles Verständnis für ihre Handlungsweise finden würde, davon war Lore überzeugt.

Lore las einen der Briefe nach dem andern wieder durch und gedachte der Zeit, da sie mit der Freundin so sorglos glücklich gewesen war. Und als sie auf den Grund des Kästchens geriet, sah sie ein kleines Notizbuch liegen. Sie nahm es heraus und blätterte darin. Es enthielt Gedichte, Sprüche und Liedertexte, die ihr besonders gefallen hatten. Die meisten hatte sie mit eigener Hand geschrieben, aber einige hatten auch Bekannte hineingekritzelt, weil sie darum gebeten hatte.

Lores Augen blieben dann plötzlich auf einem Spruch haften:

»Die Welt ist – Schmetterling, bleib sitzen – bald so –, bald so.«

Es war aber nicht der Spruch, der sie plötzlich fesselte, sondern die Handschrift, die diesen Spruch in das Buch geschrieben hatte. Und sie dachte daran, wie sie eines Tages den Vetter ihre Freundin gebeten hatte, ihr diesen Spruch, den sie von ihm gehört, in das Buch zu notieren. Und ihre Augen sahen starr und nachdenklich auf diese Handschrift. Sie hatte gestutzt, als sie sie erblickte und sprang jetzt auf, um ihre Schmuckkassette aus dem Koffer zu nehmen. Hier verwahrte sie den Abschiedsbrief ihres Mannes und – den anonymen Brief, den er an seinem Hochzeitstage erhalten hatte. Hastig entfaltete sie das anonyme Schreiben und sah auf die seltsam steile, spitze Schrift. Sie war augenscheinlich verstellt, aber da blieb trotzdem kein Zweifel: es war dieselbe Schrift, die den Spruch in ihr Notizbuch geschrieben hatte – die Schrift Herbert Frensens, des Vetters ihrer Freundin.

Lore fiel kraftlos in den Sessel zurück. Jetzt wußte sie wer sich mit schurkischer Absicht zwischen sie und ihren Gatten gedrängt, wer an allem Unglück, das sie betroffen hatte schuld war. Niemand anders als Herbert Frensen! Mit einem Male wurde alles klar in ihr. Herbert Frensen hatte sie einst umworben und sie mit seiner wilden Leidenschaft erschreckt, die nicht von niedriger Berechnung frei zu sein schien. Sie wußte, daß er ein elender Mitgiftjäger war. Immer in Geldnöten, hatte er auf ihre Hand gehofft. Untüchtig, faul und leichtsinnig im höchsten Grade, ein verzogenes Muttersöhnchen, hatte er nach dem Tode seiner Mutter das von ihr ererbte Vermögen in schlimmer Gesellschaft durchgebracht. Danach trieb er sich als Schmarotzer bei seinen Verwandten herum. So war er auch mit Lore zusammen Gast auf dem thüringischen Gute ihrer Freundin Elfriede gewesen, das nach dem Tode ihrer Eltern von den beiden Schwestern ihres Vaters und dem Gatten der ältesten dieser Schwestern der ihr Vormund war, verwaltet wurde, bis zu ihrer Großjährigkeit. Herbert Frensen war der Neffe ihres Vormundes gewesen.

Sobald er von seinen Verwandten hörte, daß Lore ebenfalls Waise war und von ihrem Vater ein großes Vermögen geerbt hatte, machte er ihr auf Tod und Leben den Hof, und seine Verwandten, außer Elfriede, sahen es gern, denn sie wollten diesen Schmarotzer gern wieder loswerden. Sie begünstigten seine Bewerbung. Lores Freundin aber hatte sie vor dem Vetter gewarnt und ihr reinen Wein über ihn eingeschenkt. Lore dachte auch ohnedies nicht daran, sich von diesem unangenehmen Menschen einfangen zu lassen. Energisch machte sie ihm klar, daß er bei ihr nichts zu hoffen habe. Herbert Frensen war aber, zu allen andern Fehlern, auch noch maßlos eitel und wollte es nicht verstehen. Er glaubte, kein Mädchen könne ihm widerstehen, wenn er nur ernsthaft um sie werben würde. Und kühn aufs Ganze gehend, überrumpelte er Lore eines Tages im Park, als sie zufällig eine Weile mit ihm allein war. Er wollte sie einfach umschlingen und küssen. Lore war so maßlos empört über seine Frechheit, daß sie sich losriß, und, als es nicht anders ging, ihm mit fester Hand ins Gesicht schlug.

»Da haben Sie meine Antwort auf Ihre beleidigende Werbung, die schon mehr ein Überfall ist. Ich hoffe, sie ist deutlich genug. Herr Frensen, und lassen Sie mich allein«, hatte sie mit bleichem Gesicht und flammenden Augen gesagt, eisige Verrachtung in der Stimme.

Wütend hatte er Lore angestarrt. Die gierige Leidenschaft für sie war einem grimmigen Haß gewichen.

Das sollen Sie mir büßen, Lore Steinberg. Sie haben es sich selbst zuzuschreiben, daß sich meine Liebe in Haß verwandelt. Ich räche den Schimpf, den Sie mir angetan haben.«

Ganz deutlich erinnerte sich Lore jetzt wieder dieser Szene. Sie sah Herbert Frensens haßentstelltes Gesicht vor sich. Jäh hatte er sich damals von ihr abgewandt und war davongelaufen.

Lore war in Tränen ausgebrochen, weil ein Mann es gewagt hatte, sie in seine Arme zu reißen. Die Freundin, der sie alles gesagt hatte, tröstete sie.

»Er ist ein Lump, Lore. Es war ganz richtig ihn zu züchtigen für seine Frechheit.«

Und seit jener Zeit hatte Lore Herbert Frensen nicht mehr gesehen. Er war plötzlich abgereist, und man sprach in ihrer Gegenwart nicht mehr von ihm. Im Anfang hatte sie zuweilen noch ein unbehagliches, quälendes Gefühl, wenn sie an ihn dachte. Seine Drohung hatte sie nicht ernst genommen. Sie ahnte damals nicht, daß er sie wahr machen könne. Und nun, oh, wie gut hatte er sie getroffen! Wie er sich in den Besitz des Schreibens gesetzt, das er ihrem Mann am Hochzeitstage einsandte, ahnte sie nicht. Er hatte aber genau gewußt, daß dieser Brief einen ganz harmlosen Sinn hatte. Daß er auf ihren Gatten ganz anders wirken mußte, zumal mit seinen falschen, gehässigen Worten, das war genau berechnet. Heinz mußte ja befangen werden durch dieses Schreiben.

Aufatmend legte Lore den anonymen Brief zu dem Notizbuch. Sicher wußte Frensen nicht, daß er den Spruch in ihr Notizbuch geschrieben hatte.

Als sie sich etwas gefaßt hatte, schrieb sie an ihre Freundin und teilte ihr die Entdeckung mit. Der Brief konnte in Lissabon zur Post gegeben werden. Sie verließ ihre Kabine, um an Deck zu gehen. Als sie aber die Tür öffnete, stieß sie auf den Mongolen Ko-Kam-Tai, der offensichtlich gelauscht hatte. Lore sah ihn erschrocken an. Er verneigte sich tief und sah ihr mit kriechender Freundlichkeit ins Gesicht. Dann sagte er auf englisch:

»Verzeihung, Missis, daß ein niedriger Diener Ihnen in den Weg gelaufen ist.«

Dabei sah er sie wieder so seltsam an, und Lore glaubte zu fühlen, daß er sie in ihre Kabine zurückdrängen wollte. Auf der Treppe nach oben, die zu dem Vorplatz zu den Gesellschaftsräumen führte, begegnete ihr auch noch der

Kaukasier Boris Metschikoff, der ständige Begleiter des Mongolen. Auch er verneigte sich verbindlich und sah sie dabei forschend an.

Lore war froh, als sie an ihm vorüber war, obwohl sie mit sich selber zankte, daß sie sich von einer sicher grundlosen Antipathie zu Torheiten verleiten ließ. Sie ging auf dem Vorplatz zu einer Vitrine, die zu den Verkaufsständen für Bücher und Reiseandenken gehörte und sah sich die Auslagen an. Dann – sie wußte nicht, warum sie es tat – beugte sie sich über das Geländer und sah nach unten. Und da erblickte sie den Kaukasier und den Mongolen die zusammenstanden und leise miteinander sprachen.

Sie redeten in einer fremden Sprache, und Lore konnte es nicht verstehen. Aber dann sagte der Kaukasier ein Wort, das sie begriff: Akquisition. Und gleich darauf kam ihr Name. Sie stutzte und überlegte. Was hatte der Mann gemeint? Nannte er sie eine Akquisition? Und in welchem Sinne?

Leise zog sie sich zurück von ihrem Beobachtungsposten und ging durch die Gesellschaftsräume hinaus auf die Deckpromenade, die jetzt sehr wenig belebt war.

An der Kommandobrücke begegnete ihr der Kapitän der »Liberia«.

»Haben Sie eine Minute Zeit für mich, Herr Kapitän?«

»Gewiß, gnädige Frau, womit kann ich Ihnen dienen?«

Lore sah mit bittendem Blick zu ihm auf.

»Herr Kapitän, ich bin gezwungen, die weite Reise allein zu machen. Mein Mann mußte vorausreisen. Er ist als Ingenieur bei der Slamatbahn auf Java angestellt. Der Beamte, bei dem ich meine Kabine belegte, versicherte mir, Sie würden mich unter Ihren Schutz nehmen, wenn ich Sie darum bitten würde. Ich bitte Sie nun darum.«

Der Kapitän, ein stattlicher Herr mit einem bartlosen Gesicht und weltmännischen Manieren, verneigte sich artig. Lore machte einen sehr sympathischen Eindruck auf ihn.

»Sie dürfen überzeugt sein, gnädige Frau, daß Sie auf der ›Liberia‹ meinen vollen Schutz genießen. Gehen Sie freilich an Land, wenn wir unterwegs fremde Häfen anlaufen, dann müssen Sie sich einen andern Beschützer suchen. Es wird sich schon jemand finden.«

»Gewiß, Herr Kapitän, der junge Mister Brown und seine Schwester haben mir zugesagt, daß wir etwaige Ausflüge gemeinsam machen.«

Der Kapitän lächelte.

»Ist das der übermütige junge Herr, der in den Sturmtagen so gut für Stimmung sorgte durch seine Unbekümmertheit? Er fährt mit seiner Schwester nach Kolombo?«

»So ist es, Herr Kapitän.«

»Nun, er ist noch ein wenig jung, aber ich glaube, er steht seinen Mann. Sie reisen nach Cheribon, gnädige Frau?«

»Ja.«

»Sie wissen hoffentlich, daß Sie dann in Singapore auf einen andern Dampfer umsteigen müssen.«

Betroffen sah ihn Lore an.

»Nein, das wußte ich nicht.«

»Ja, die ›Liberia‹ geht nach Hongkong. Sie legt nicht in den javanischen Häfen an. Also in Singapore müssen Sie die ›Liberia‹ verlassen.«

»Werde ich dort gleich Anschluß bekommen?«

»Sofort! Und ich werde Sie dann der Obhut des Kapitäns übergeben. Seien Sie unbesorgt.«

»Ich danke Ihnen sehr, Herr Kapitän.«

»Es bedarf keines Dankes, ich tue meine Pflicht.«

»Ich will Sie aber jetzt nicht länger aufhalten. Sie hatten in den Sturmtagen anstrengenden Dienst.«

Er lachte.

»Und Sie alle hatten eine etwas unbehagliche Fahrt. Aber das ist überstanden. Wir bekommen jetzt gutes Wetter und ruhige Fahrt.«

»Das höre ich gern.«

»Waren Sie bange?«

»Nicht sehr. Aber schönes Wetter ist mir schon lieber. Die Seekrankheit ist scheußlich unangenehm.«

»Ich hoffe, Sie bleiben davon verschont.«

»Damit verabschiedete sich der Kapitän lächelnd von Lore, deren Herz nun schon etwas leichter war. Daß sie in Singapore umsteigen mußte, war ihr nicht angenehm, aber da der Kapitän sie dem Führer des andern Dampfers empfehlen wollte, fühlte sie sich schon halb getröstet.

Sie setzte ihren Weg fort und war froh, daß sich die Deckpromenade langsam belebte, denn Herr Ko-Kam-Tai und Herr Metschikoff suchten wieder ihre Nähe.

Bald erschien auch die Schiffskapelle und begann zu spielen. Bei den ersten Tönen sah Lore Fredy Brown und seine Schwester auftauchen. Lachend begrüßten sie sie.

»Gottlob, die Sonne scheint, und das Meer ist wieder ruhig. Ich hätte auch nicht mehr gewußt, was ich bei dem schlechten Wetter mit meinem Bruder anfangen sollte. Er trieb aus Langeweile allerhand Allotria.«

Fredy sah seine Schwester vorwurfsvoll an.

»Allotria aus Langeweile nennst du meinen Seelenzustand, Ellen? Du bist herzlos! Du weißt sehr wohl, daß ich vor Sehnsucht nach Frau Lores Gesellschaft beinahe Herzkrämpfe bekommen habe.«

Lore mußte über sein komisches Gesicht lachen, und seine Schwester lachte mit.

»Sie sehen aber trotz der drohenden Herzkrämpfe frisch und blühend aus, Mister Fredy«, sagte Lore.

Er nahm eine tragische Miene an.

»Das ist ja das Elend, daß mir nie jemand glaubt, wie ich leide. Meine frischen Farben bringen mich noch um. Sie sollten wenigstens Erbarmen mit mir haben, Frau Lore, und meine herzlose Schwester nicht unterstützen in ihren kalten Spötteleien, die mir das Herz brechen.«

Lore mußte wieder lachen.

»Gottlob sehen Ihre lustigen Augen ganz anders aus, als man nach Ihren Worten schließen sollte.«

Fredy seufzte steinerweichend.

»Ich werde Ihnen ein Gedicht von einer deutschen Dichterin zitieren:

Weißt du nicht – während die Lippen lachen
Schweigend das Herz sich verbluten kann.
Das ist bei mir der Fall, Frau Lore.«

Sie reichte ihm die Hand.

»Mein tiefstes Beileid, denn Ihr Fall ist aussichtslos.« Mit ungestümer Inbrunst drückte er ihre Hand an seine Lippen.

Wenn Sie nur ein wenig Mitleid mit mir haben.«

»Weshalb soll ich Sie eigentlich bemitleiden?« fragte Lore lächelnd.

»Weil ich nicht zehn Jahre älter bin und Ihr Herr Gemahl die einzige Frau, die ich erobern möchte, schon geheiratet hat.«

Mit reizender Schelmerei sah Lore ihn an.

»In zehn Jahren werden Ihnen noch viel Frauen über den Weg laufen, die Ihnen gefallen, und dann wird Ihnen auch eines Tages die rechte begegnen – und hoffentlich dann für Sie frei sein. Bis dahin werden Sie sich wahrscheinlich ganz wohl fühlen in Ihrem Seelenschmerz.«

»Oh, Frau Lore, wollen Sie über mich spotten?«

»Nein, Sie nur ein wenig necken.«

»Gut, das will ich Ihnen gestatten, wenn Sie mir etwas versprechen.«

»Und das wäre?«

»Sie sollen mir gestatten, während der ganzen Reise Ihr getreuer Ritter zu sein. Niemandem als mir dürfen Sie diese Gunst schenken.«

Lore hob mit feierlicher Geste die Hand. »Ich schwöre es«, sagte sie pathetisch.

Wieder küßte Mister Fredy ihr begeistert die Hand. Dann zeigte er seiner lachenden Schwester eine kleine Grimasse.

»Warte nur, Ellen, auch deine Stunde schlägt einmal, dann zahle ich dir deinen Spott heim mit Zins und Zinseszins.«

Sie nahm ihn lachend beim blonden Schopf. »Stoße nicht so fürchterliche Drohungen aus, Fredy, ich meine es doch nicht schlimm.«

Er sprang übermütig über einen Klappsessel hinweg. »Jetzt hast du Angst, Ellen.«

»Furchtbare Angst!« seufzte sie lachend.

»Nun, ich werde großmütig sein, wenn es soweit ist.«

Unter diesen munteren Gesprächen waren sie rund um die Deckpromenade gelaufen. Lore ließ sich gern von den Geschwistern aufheitern, und Fredys jungenhafte Schwärmerei war so harmos, daß sie darüber lachen konnte. Er war darauf bedacht, sie ihren traurigen Gedanken zu entziehen.

»Sie müssen nicht immerfort an Ihren Gatten denken, Frau Lore«, sagte er, als sie wieder einmal ein trauriges Gesicht machte. Lore sah ihn mit einem seltsamen Blick an. Was wußte er von ihrer Sorge und Angst?

Als sie sich müde gelaufen hatten, suchten sie ein behagliches Plätzchen, wo sie den Tee einnehmen konnten. Da tauchten plötzlich wieder Ko-Kam-Tai und Metschikoff in ihrer Nähe auf und ließen sich am Nebentisch nieder. Das konnte kaum mehr Zufall sein.

Fredy sah wenig liebenswürdig hinüber. Es war ihm schon aufgefallen, daß sich die beiden sehr für Lore zu interessieren schienen, obgleich sie es zu verbergen suchten.

»Diese beiden Gentlemen kann ich nicht ausstehen«, sagte er wütend.

Seine Schwester legte ihm die Hand auf den Arm.

»Nicht so laut, Fredy!«

»Oh, von mir aus können sie es gern gehört haben. Findest du sie vielleicht angenehm?«

»Nein, ganz gewiß nicht.«

»Das beruhigt mich über deine Menschenkenntnis. Und Sie, Frau Lore?«

»Oh, ich habe noch nie Menschen gesehen, die mir von Anfang an so unangenehm waren. Sie haben für mich etwas Unheimliches.«

»Eigentlich müßten wir an den Anblick eines Mongolen gewöhnt sein, in Kolombo sieht man so viele«, sagte Miß Ellen in ihrer ruhigen, verständigen Art.

»Sie leben schon lange in Kolombo?«

»Seit meinem zwölften Jahre, Frau Lore. Damals ging der Vater als Direktor der englischen Bank hinüber. Fredy war erst zehn Jahre alt, und er war sehr enttäuscht, daß in Kolombo nicht die Tiger und Löwen, die er unbedingt jagen wollte, auf der Straße herumliefen.«

»Well! Kolombo ist ein zahmes Nest«, sagte Fredy mißbilligend.

»Sie haben sich also gut eingelebt?«

»Man macht aus der Not eine Tugend«, sagte Miß Ellen lächelnd. »Aber alles in allem lebt man auf Ceylon ganz gut. Zur heißen Zeit gehen wir ins Gebirge. Und alle drei Jahre besuchen wir unsere europäischen Verwandten in England und Deutschland. Die längste Zeit gehört dann unserer deutschen Großmutter, einer entzückenden weißhaarigen Dame. Sie ist immer glückselig, wenn wir zu ihr kommen, obwohl ihr Fredy stets das Haus auf den Kopf stellt.«

»Vergiß nicht zu erwähnen, daß das unserm geliebten Großchen sehr wohltut. Sie benutzt meine Anwesenheit jedesmal als Verjüngungskur. Sie sagt, ich bringe sie besser in Form als zehn Heilkuren«, bemerkte Fredy, einen Sandwich mit elegantem Schwung zwischen sein kräftiges Gebiß befördernd.

»Da wird der Abschied wahrscheinlich immer sehr schwer?« fragte Lore.

»Großchen – ja. Und wir armen Würmer werden dann elend hin und her gerissen zwischen Abschiedsschmerz von Großchen und der bevorstehenden Wiedersehensfreude, wenn wir zu den Eltern zurückkommen. Sie werden sich schon sehr nach uns bangen, und wir werden sie arg vernachlässigt finden in ihrer Erziehung«, sagte Fredy mit einer Falte auf der Stirn, als sei er ein sorgenvoller Familienvater, der seine Kinder lange unbeaufsichtigt lassen mußte.

Lore sah ihn erstaunt und ungläubig an.

»Bei uns ist verkehrte Welt, Frau Lore. Wir erziehen unsere Eltern. Das ist modern, aber sie sind recht gut geraten, und wir lieben sie abgöttisch.«

Lore seufzte. »Sie scheinen ein reizendes Familienleben zu führen.«

Ellen nickte froh. »Ja, gottlob, wir gehen füreinander durchs Feuer. Aber Sie müssen das recht verstehen: im Scherz lassen sich die Eltern von uns erziehen, im Ernst ist es umgekehrt. Aber Sie seufzten bei Ihrer Frage so tief, Frau Lore. Haben Sie etwa auf ein schönes, harmonisches Familienleben verzichten müssen?«

Lore strich sich über die Stirn und kämpfte mit den Tränen. Ellen streichelte ihre Hand.

»Verzeihen Sie, ich wollte nicht neugierig sein. Aber es liegt etwas über Ihrem Wesen wie geheime Schwermut.«

Eine leichte Röte stieg in Lores Gesicht. Dann sagte sie schlicht:

»Ich lebte mit meinen Eltern auch in einem wunderbar harmonischen Verhältnis, aber ich habe sie beide verloren. Meine Mutter starb schon vor fünf Jahren, und meinen Vater verlor ich zwei Jahre später. Und dann war ich bei Verwandten, die mich nicht verstanden, und die ich nicht verstehen konnte.«

»Um so glücklicher werden Sie sich dann in Ihrer Ehe fühlen. Sind Sie schon lange verheiratet?«

Lore errötete jäh.

»Nein, erst seit ganz kurzer Zeit.«

»Oh – und da mußten Sie sich schon von Ihrem Gatten trennen?« fragte Ellen, und Fredy rief hastig und unbedacht:

»Wie konnte das Ihr Herr Gemahl nur zulassen? Ich hätte es nicht getan – um keinen Preis.«

Lore zwang ein Lächeln in ihr Gesicht.

»Die Verhältnisse sind manchmal mächtiger als wir. Gern

hat er mich nicht zurückgelassen.«

Fredy fuhr durch seinen Haarschopf, als sei ihm zu heiß. »Das kann ich mir denken.«

»Nun, Sie werden bald wieder vereint sein«, tröstete Ellen gütig. »Er wird Sie ja in Cheribon erwarten.«

Lore wollte nicht verraten, daß dies ausgeschlossen sei. Sie sagte deshalb nur: »Das hoffe ich.«

»Dann wird die Freude groß sein – und ich sitze inzwischen betrübt in Kolombo«, meinte Fredy tiefsinnig.

Lore wollte dem Gespräch eine andere Wendung geben: »Ich habe übrigens heute vom Kapitän erfahren, daß ich in Singapore auf einen andern Dampfer übersiedeln muß.«

»Oh, das ist nicht angenehm. Aber Sie haben dann nicht mehr weit. Werden Sie lange auf Java bleiben?«

»Bis meines Mannes vertragliche Verpflichtung gelöst ist. Er wird sich so bald wie möglich freimachen.«

»Wie konnte Ihr Herr Gemahl nur so eine Verpflichtung eingehen? Sie passen doch nicht in eine Wildnis, in der es noch nicht einmal eine Bahn gibt«, sagte Fredy ziemlich ruppig in seiner unbestimmten Eifersucht auf Frau Lores Gatten.

Lore seufzte leise.

»Er hatte sie schon übernommen, ehe wir heirateten«, suchte sie ihren Mann zu verteidigen.

»Ach so – dann freilich –, dann kann man ihm keinen Vorwurf machen.«

Ellen sah ihn lachend an.

»Das wirst du wohl auf alle Fälle bleiben lassen müssen, denn mir scheint, du kannst dich bei Frau Lore nur einschmeicheln, wenn du alles gut und richtig findest, was ihr Herr Gemahl tut. Aber was sagst du zu meiner Kombination, Fredy?«

»Fabelhaft! Eine Nase hast du, Ellen, großartig.«

Lore sah fragend auf die Gechwister.

»Darf ich fragen, was Sie kombiniert haben, Miß Ellen?«

Diese lachte ein wenig verlegen.

»Es ist nämlich eine Hauptleidenschaft von mir, zu kombinieren. Ich wußte von Ihnen, daß Ihr Herr Gemahl Anstellung als Ingenieur an der Slamatbahn hat und – daß Sie eine Luxuskabine benutzen. Eine so weite Reise in einer Luxuskabine ist sehr teuer, und ich brachte das nicht in Einklang mit dem Einkommen eines Ingenieurs, wenn er auch noch so gut bezahlt würde. Da kombinierte ich und sagte zu meinem Bruder: Frau Lore muß sehr vermögend sein, und ihr Gatte würde nicht eine solche Stellung angenommen haben, in der er seiner Frau so wenig Annehmlichkeiten bieten kann, wenn er es vorher gewußt hätte, daß sie seine Frau würde. – Sie sehen, daß ich richtig kombinierte. Außerdem sehen Sie auch, daß wir uns sehr den Kopf über Sie zerbrochen haben.«

»Was ich hoffentlich zu meinem Gunsten buchen kann«, sagte Lore lächelnd.

»Zu Ihren Gunsten ist eine sehr laue Bezeichnung für das, was wir für Sie empfinden, Frau Lore. Von meiner Seite aus ist das Interesse sehr intensiv, sehr brennend«, warf Fredy ein und sah mit Entzücken in Lores Gesicht.

Sie lächelte ihm gütig zu. Fredys Verehrung war so harmlos und jünglingshaft überschwenglich, daß sie ihm nicht zürnen konnte. In demselben Augenblick bemerkte sie, daß der Mongole sie mit seinen dunklen Vogelaugen anstarrte. Er und Metschikoff hatten sich, scheinbare Gleichgültigkeit vortäuschend, sehr bemüht, das Gespräch am Nebentisch soweit wie möglich zu verstehen. Als Lore nun den Blick Ko-Kam-Tais auffing, gab sie ihrem Sessel einen Ruck, damit sie ihm den Rücken zudrehen konnte. Dabei entfiel ihr die kleine Handtasche. Im gleichen Moment sprang der Mongole auf, noch ehe Fredy sich erheben konnte, und überreichte Lore mit einem Lächeln und tiefer Verbeugung die Tasche.

Lore dankte nur mit einem stummen Kopfneigen, und ihr war, als müsse sie die Tasche heftig abreiben, weil sie dieser Mensch in der Hand gehabt hatte. Fredy sah mit finsterem Blick zu dem Rivalen hinüber.

»Der soll doch seine Hände von Dingen lassen, die Ihnen gehören, Frau Lore«, stieß er ärgerlich hervor.

Ko-Kam-Tai aber nahm seinen Platz mit dem ihm eigenen schleichenden Bewegungen wieder ein, und obwohl er Fredys Ausruf verstanden hatte, lächelte er. Metschikoff aber spielte sichtlich nervös mit seinen Brillantringen, die Steine von fabelhafter Größe und von reinstem Feuer zeigten. Lore sah jetzt vom Nebentisch nichts mehr als das Spiel dieser breiten, brutalen Hände.

Es gibt Empfindungen in unserem Innern, die wir nicht unbeachtet lassen, sondern als Warner ansehen sollten. Hätte Lore diesem Warner Gehör geschenkt und sich nicht immer wieder wegen ihrer »grundlosen Abneigung« ausgescholten, es wäre besser gewesen.

VI.

Heinz Velden und Georg Raimund hatten inzwischen auf der »Urania« schon eine weite Reise zurückgelegt. Der Indische Ozean war erreicht. Heinz Veldens Gemütsstimmung hatte sich nicht im mindesten gebessert. Wohl zwang er sich äußerlich zu einem gleichmütigen Wesen und verfiel nicht mehr in die heftigen Verzweiflungsausbrüche, aber Georg Raimund kannte ihn zu gut, um nicht zu wissen, daß er noch immer völlig aus dem Gleichgewicht war.

Sie hatten an Bord verschiedene Bekanntschaften gemacht. Die beiden interessanten jungen Männer wurden viel umworben von der Damenwelt. Georg Raimund hatte bald sein Interesse auf eine der jungen Damen, die sich an Bord befanden, gerichtet.

Auf dem Dampfer war ein deutscher Plantagenbesitzer aus Java in Gesellschaft seiner Tochter. Hermann Frank kam von einem längeren Aufenthalt in der alten Heimat zurück. Seine Tochter Käthe war ein reizendes, lebensfrisches Geschöpf, zwanzig Jahre alt und, wie Georg Raimund bald festgestellt hatte, ein »prachtvoll natürliches und vernünftiges Menschenkind«.

Und der sonst so schwer zu fesselnde Mann hatte sogleich ernstlich Feuer gefangen.

Die Bekanntschaft von Vater und Tochter einerseits mit den beiden jungen Ingenieuren andererseits hatte sich bald zu einer sehr angenehmen gestaltet. Sie sprachen davon, daß sie zu der Slamatbahngesellschaft gehörten, und da hatte Herr Frank interessiert aufgehorcht. Er berichtete, daß seine Besitzung Tjobulah in der Nähe von Madjenang lag und daß seine Ländereien ihren Wert vervielfachen würden, wenn die Slamatbahn erst daran vorüberführe. Er konnte dann seine Erzeugnisse mit der Bahn bis Poerbalingga und von dort bis an die südliche Küste, bis nach Tjilatjap, senden oder nordwärts bis nach Cheribon. Von diesen beiden Plätzen konnte er sie übers Meer verfrachten. Er hatte bereits in Deutschland deswegen neue Verbindungen angeknüpft und war auch in Holland gewesen. Die Slamatbahn war also ungemein wichtig für ihn.

Interessiert hörten die beiden Freunde diesen Ausführungen zu, und daß sich Georg Raimund trotzdem noch Zeit nahm, in Käthe Franks reizendes Gesicht zu sehen, verriet, daß er sich ernstlich in sie verliebt hatte. Damals, als er von Heinz Veldens Verlobung hörte, hatte er skeptisch gefragt, ob es eine Liebe auf den ersten Blick gäbe. Jetzt wußte er es.

Die vier Menschen waren während der Fahrt viel zusammen. Hermann Frank kannte Land und Leute und die Verhältnisse auf Java sehr genau und konnte den beiden Freunden allerlei praktische Winke geben. Und als man sich schon besser kannte, sagte Herr Frank in seiner ruhigen, freundlichen und bestimmten Art:

»Natürlich rechnen wir darauf, daß Sie häufig unsere

Gäste sind. Das wird uns freuen, was Käthe?«

Käthe Franks Augen glänzten zustimmend. Sie sah Georg Raimund ebenso gern in die Augen, wie er in die ihren, sie war keine Zierpuppe und hielt ehrlich seine Blicke aus.

»Wenn wir nicht lästig fallen, kommen wir gern«, beeilte sich Georg zu sagen.

»Lästig fallen? Na, Sie haben eben keine Ahnung, was für uns Gäste sind, und gar deutsche Gäste. Meine Frau und mein Sohn werden sich freuen, wenn ich Ihren Besuch anmelde.«

»Ihre Frau Gemahlin war nicht mit in Deutschland?«

Hermann Frank schüttelte den Kopf.

»Nein, Herr Doktor, das geht absolut nicht. Meine Frau und mein Sohn müssen auf Tjobulah nach dem Rechten sehen, wenn ich nicht da bin. Wir wechseln immer ab, wenn ein Klimawechsel für unsere Gesundheit notwendig wird. Einmal gehe ich mit meiner Tochter und das andere Mal geht meine Frau mit meinem Sohn. Das ist der einzige Wermutstropfen in unserem sehr innigen Familienleben, diese lange Trennung. Aber was sein muß, das muß sein.«

»Sie leben schon lange auf Java?«

»Hm! Lassen Sie mich einmal nachrechnen. Ich war so etwa in Ihrem Alter, nicht viel über Dreißig, als ich nach Java ging. Mein kleines väterliches Erbteil war mir ausgezahlt worden, ein winziges Sümmchen, aber ich hatte immer die Sehnsucht, mal ein eigenes Stück Grund und Boden zu haben. Daran war nun in Deutschland mit der kleinen Summe nicht zu denken. Ich war Landwirt mit Leib und Seele, aber es behagte mir nicht, anderer Leute Besitz in die Höhe zu bringen. Es wurde mir zu eng im deutschen Vaterlande. Und ich wollte auch noch aus einem andern Grunde schnell vorwärtskommen – ich hatte eine Frau lieb, die ich gern in ein eigenes Haus geführt hätte. Da hörte ich zufällig von Java, von der Möglichkeit, dort schnell vorwärtszukommen, wenn man tüchtig arbeiten konnte. Und das konnte ich. So legte ich mein kleines Vermögen dort an.

Als ich hinkam, war ich freilich enttäuscht. Meine Besitzung lag in einer gottverlassenen Gegend. Aber ich merkte bald, wie alles unter meiner Hand gedieh. Das war eine Freude für mich. Harte Arbeit gab es allerdings, bis der Boden bereitet war, aber dann lohnte er auch die Mühe. Ich konnte bald mehr Land dazukaufen, obwohl der Absatz der Erzeugnisse durch den schwierigen Transport nicht sehr lohnend war. Nach drei Jahren holte ich mir meine Frau herüber, und nun ging alles noch einmal so gut. Mit einem Lebenskameraden, wie ich ihn gefunden habe, mußte es glücken. Und jetzt kann ich sehr zufrieden sein. Ich habe einen schönen Besitz, eine tüchtige Frau und meine beiden Kinder – na, Käthe, guck mal ein bißchen weg, sonst wirst du rot, wenn ich zuviel Gutes von dir sage. Ja, meine Herren, Gott hat meine Arbeit gesegnet. Und wenn jetzt die Bahn über Tjobulah gelegt wird und wir eine Station bekommen, dann bin ich ein gemachter Mann.«

»Wir wollen also wünschen, daß Sie eine Station bekommen«, sagte Heinz, von der geraden, ehrlichen Art Franks sympathisch berührt.

»Nun, daran ist nicht zu zweifeln. Ich habe schon die Zusage der Behörden. Aber für Ihre guten Wünsche danke ich trotzdem.«

Man kam sich täglich näher. Und zwischen Käthe Frank und Georg Raimund blühte langsam eine junge, heiße und starke Liebe auf. Georg Raimund hatte bisher nie daran gedacht zu heiraten. Jetzt zum ersten Male wachte der Wunsch in ihm auf, eine Lebensgefährtin an seine Seite zu stellen. So ein tapferes, vernünftiges und lebensfrisches Geschöpf wie Käthe Frank hatte er noch nicht kennengelernt. Es entzückte ihn, wie fest sie das Leben anfaßte und wie sie sich in den schwierigsten Situationen zurechtfand.

Heinz Velden merkte sehr wohl, daß Georgs Herz in Flammen stand. Er gönnte dem Freund sein Glück, aber zugleich überfiel ihn von neuem der Schmerz um die Verlorene.

Käthe Frank sah zuweilen mit ihren guten, verständigen Augen auf Heinz Velden, und eines Tages sagte sie zu Georg:

»Ihr Freund ist immer so melancholisch, Herr Doktor, hat er etwas Liebes in Deutschland zurückgelassen?«

»Eine andere Erklärung gibt es wohl bei Ihnen nicht für Melancholie, als die Trennung von etwas Liebem, mein gnädiges Fräulein?« scherzte Georg. Sie blitzte ihn mit ihren dunklen Augen an.

»Also erstens möchte ich Sie bitten, das gnädige Fräulein aus dem Spiel zu lassen. Nennen Sie mich einfach Fräulein Frank. Das gnädige Fräulein liegt mir nicht. Wenn man so bei der Arbeit zufassen muß wie ich und es auch noch mit Vergnügen tut, dann ist diese Anrede ein Mißton.«

»Zanken Sie doch nicht! Diese Anrede ist nun einmal bei uns im Gesellschaftsleben eingeführt worden, und wenn man sie nicht anwendet, gilt man als ungezogen. Da Sie es nicht wünschen, werde ich Sie also mit Ihrer Erlaubnis *vorläufig* Fräulein Frank nennen«, erwiderte Georg, sie mit lachenden und doch heißen Augen ansehend. Das betonte *»Vorläufig«* trieb ihr das Blut ins Gesicht, aber sie hielt tapfer seinen Blick aus und fuhr scheinbar ruhig fort:

»Und zweitens, Herr Doktor, gibt es bei mir allerhand Erklärungen für Melancholie, aber sie scheinen mir alle bei Ihrem Freund nicht zuzutreffen. Ich habe es im Gefühl, daß er eine unglückliche Liebe mit sich herumträgt.«

»Sie sind sehr scharfsichtig, Fräulein Frank.«

»Also stimmt es?«

»So ziemlich.«

Daß Heinz verheiratet war, darüber sprachen die Freunde wie auf Verabredung zu niemand.

Käthe sah zu Heinz hinüber, der sich mit ihrem Vater unterhielt.

»Er tut mir sehr leid, er ist ein so sympathischer Mensch.«

Etwas wie Eifersucht zuckte in Georg auf.

»Können Sie mir nicht auch ein wenig von dieser Sympathie abgeben? Ich hätte gute Verwendung dafür.«

Sie sah ihn schelmisch an.

»Mal sehen, was sich tun läßt. Bei guter Führung haben Sie einige Aussicht.«

Er fing ihre Hand ein und preßte sie an seine Lippen. Sie zog sie lachend zurück.

»Handküsse legen wir ad acta zu dem gnädigen Fräulein«, sagte sie energisch.

Er machte ein ganz harmloses Gesicht, als er erwiderte: »Andere Küsse sind mir auch lieber.«

Da schoß das Blut dunkel in ihre Wangen. Ohne ein Wort zu erwidern, wandte sie sich ab und trat zu ihrem Vater, der unweit mit Heinz an einem Tisch auf der Deckpromenade saß. Georg folgte ihr ein wenig beklommen. Hatte er sich mit seinen kühnen Worten die Anwartschaft auf ihre Sympathie verscherzt? Sie wich seinen Blicken aus.

Ich bin einfach Luft für sie, weil mir das Herz mit der Zunge durchgegangen ist. Aber ein prachtvolles Geschöpf ist sie. Wie sie mich schneidet! Ist das nun ein gutes oder ein schlechtes Zeichen? Bei Frauen weiß man das nie so recht. Wenn sie mich doch bloß ein einziges Mal wieder ansehen würde, dachte er.

Aber sie tat es nicht. Den ganzen Tag nicht mehr. Der Nachmittag und der Abend vergingen, ohne daß sie ihm ein Wort oder einen Blick gegönnt hätte. Und mit Heinz war sie doppelt freundlich und sah ihn mit so lieben Augen teilnahmsvoll an. Georg wurde ganz nervös und wußte nicht, was er tun sollte, um sie wieder zu versöhnen.

Am nächsten Morgen, als er von seinen täglichen Turnübungen aus dem Turnsaal kam und nun zum Frühstück gehen wollte, stieß er an der Treppe mit Käthe zusammen. Sie wollte mit stummem Gruß an ihm vorübergehen, aber er vertrat ihr den Weg.

»Um Gottes willen, Fräulein Frank, übersehen Sie mich heute nicht wieder so wie gestern. Ich glaube, ich habe diese Nacht schauderhaft geschlafen und ganz sicher Alpdrücken gehabt.«

Sie sah ihn kühl von oben bis unten an.

So, so? Sie *glauben* es nur?«

»Nein, nein, es war wirklich der Fall. Sie haben mich aber auch zu unliebenswürdig behandelt.«

Käthe blieb ganz formell.

»Ich wüßte nicht.«

»Nein? Sie wissen es nicht einmal? Das ist ganz schlimm. Ach seien Sie doch nicht so schrecklich formell zu mir. Wenn Sie wüßten, was ich ausgestanden habe, seit Sie mich wie Luft behandeln.«

»Vielleicht gehen Sie in sich und überlegen, ob Sie das nicht verdient haben. Es ist Ihnen wohl etwas sehr Ungewohntes, wenn man Ihnen zeigt, daß Sie zu kühn waren?«

»Ja, etwas ganz Ungewohntes.«

Sie sah ihn zornig an.

»Also die Damen, mit denen Sie bisher verkehrten, ließen sich das willig gefallen?«

Mit einem jammervoll betrübten Blick sah er sie an.

»Ach nein, das habe ich noch nie versucht.«

»So. Und mich hielten Sie demnach für ein Versuchskaninchen? Dafür habe ich nicht das mindeste Talent, Herr Doktor.«

Und sie wollte wieder an ihm vorbei. Aber er hob bittend die Hände.

»So ist es doch nicht gemeint. Ich wollte nur sagen, daß mir noch keiner Dame gegenüber das Herz mit der Zunge davongelaufen ist. Strafen Sie mich doch nicht so hart dafür. Ich hoffte sehr, daß ich mir Ihre Sympathie erringen könne, und nun scheint mir, daß Sie sie mir vollständig entzogen haben.«

»Sie haben es auch sehr ungeschickt angefangen«, erwiderte sie etwas sanfter, aber noch immer in Abwehrstellung.

»Seien Sie doch nicht so grausam! Das liegt Ihnen gar

nicht. Bitte, bitte, nicht mehr böse sein. Ich will auch – mein Gott –, was soll ich Ihnen denn jetzt versprechen, ohne nicht schon im voraus zu wissen, daß ich doch wortbrüchig werden könnte?«

Aus seinen letzten Worten sprach schon wieder der Schalk, und sie mußte lachen.

»Versprechen Sie lieber nichts. Ich will diesmal Gnade vor Recht ergehen lassen und Ihnen glauben, daß Sie mich nicht kränken wollten.«

Er wurde sehr ernst.

»Ich Sie kränken? Nein, das dürfen Sie nicht von mir glauben. Alles andere möchte ich lieber tun. Wenn Sie nur wüßten, Fräulein Frank, wie mir ums Herz ist.«

Sie wehrte hastig ab.

»Nein, nein, das will ich gar nicht wissen. Ich fürchte, Sie würden dabei doch wieder übers Ziel hinausschießen. Wir wollen lieber von anderen Dingen reden. Haben Sie schon gefrühstückt?«

Mit einem erleichterten Atemzug schloß er sich ihr an.

»Nein, ich hoffte, daß ich das in Ihrer und Ihres Herrn Vaters Gesellschaft tun dürfte. Offen gesagt, ich habe einen Bärenhunger.«

Spöttisch sah sie ihn an.

»So tief hat es Sie bekümmert, daß Sie bei mir in Ungnade gefallen waren?«

»Gerade das hat mich doch so hungrig gemacht. Sie glauben nicht, wie anstrengend das für mich war«, sagte er, sie mit schalkhaftem Lächeln ansehend.

Sie mußte über ihn lachen, ob sie wollte oder nicht. »Da müssen Sie eine originelle Konstitution haben, Herr Doktor.«

»Oh, Sie haben wahrscheinlich noch nie am eigenen Leibe gespürt, wie einem zumute wird, wenn man in Ungnade gefallen ist. Das ist angreifend.«

Käthe lachte hell auf.

»Also schnell an den Frühstückstisch! Herr Doktor Velden und mein Vater erwarten uns schon.«

»Sagen Sie mir nur schnell noch, daß Sie mir ernsthaft verzeihen und daß ich mir Ihre Sympathie nicht verscherzt habe. Im Wiederholungsfalle –«

»Halt! Ein Wiederholungsfall ist ausgeschlossen. Für diesmal habe ich verziehen – Punktum!«

Er hätte am liebsten den kleinen Mund, der dieses energische Punktum in die Luft schrieb, mit Küssen bedeckt. Aber er begnügte sich klugerweise mit einem demütigen:

»Heißen Dank, Fräulein Frank.«

Sie traten gleich darauf an den für sie bereiteten Frühstückstisch. Man war übereingekommen, die Mahlzeiten beisammen an einem Tisch zu nehmen.

Im wiederhergestellten besten Einvernehmen scherzten Käthe und Georg miteinander. Selbst Heinz mußte zuweilen über die beiden frohen Menschen lachen. Käthe legte es direkt darauf an, ihn seiner trüben Stimmung zu entreißen, aber es gelang ihr nur vorübergehend. Georg beteiligte sich an ihren Bemühungen. Er mißgönnte Heinz nicht einmal Käthes Interesse, denn es hatte weiter keinen Eindruck auf sie gemacht, daß sein Herz nicht mehr frei war. Es war wirklich nur ein gütiges, echt weibliches Mitleid, das sie für ihn fühlte. Und Georg war großmütig genug, ihm das zu gönnen. Denn trotz ihrer Strafpredigt war seine Hoffnung, daß er Käthe Frank nicht gleichgültig war, gestiegen.

VII.

Lore und die Geschwister Brown lagen auf Deck in bequemen Liegestühlen und plauderten zusammen. Die »Liberia« näherte sich jetzt Port Said, und dort sollte ein längerer Aufenthalt genommen werden, weil das Schiff Kohlen lud.

»Sie schließen sich uns doch an, wenn wir in Port Said an Land gehen?« fragte Fredy die von ihm so schwärmerisch verehrte junge Frau.

Diese zuckte die Achseln.

»Ich finde, es kommt bei solchen Ausflügen an Land meistens nicht viel heraus. In Lissabon fand ich es langweilig. Und mir ist überhaupt jeder Aufenthalt schmerzlich.«

Fredy sah sie vorwurfsvoll an.

»Auf einem Tag mehr oder weniger wird es doch nicht ankommen. Ihr Herr Gemahl kann schon noch einen Tag warten.«

Lore seufzte. Sie wußte ja, welche qualvolle Zeit Heinz verbringen würde, bis sie ihm Erlösung brachte.

Fredy rückte sich aus seiner halbliegenden Stellung empor.

»Nun, seufzen Sie doch nicht so steinerweichend«, stieß er in seiner jungenhaften Eifersucht ruppig hervor.

»Fredy, du bist unartig«, schalt seine Schwester.

»Lassen Sie ihn doch, Miß Ellen, er meint es ja nicht böse.«

Durch diese Fürsprache wurde Fredy butterweich. »Nein, Ellen hat recht, ich bin ein unartiger Schlingel. Aber dafür sind Sie himmlisch gut, Frau Lore. Sie wissen eben, wie einem ums Herz sein kann. Ellen weiß das nicht, wenn sie sich auch sehr für den Schiffsarzt interessiert, der ihr immer schöne Augen macht.«

Ellen wurde zu ihrem Leidwesen sehr rot.

»Fredy, du bist wirklich manchmal unausstehlich.«

Er lachte.

»Warum denn nur? Weil ich das von dem Schiffsarzt gesagt habe? Sei doch nicht so empfindlich! Mir spielst du ganz anders mit. Aber ich bin großmütig und erkläre dir feierlich, daß ich Doktor Werner den Schiffsarzt, sehr gut leiden mag. Er ist ein netter Mensch, und seine Mutter lebt in Düsseldorf, wo unser Großchen wohnt. Das verpflichtet doch schon allein zur Sympathie. Denke mal, Ellen, wenn du als junge Frau nach Düsseldorf kämest, welch eine Freude für Großchen!«

»Wenn du dieses Thema nicht augenblicklich fallenläßt, gehe ich fort.«

»Du kannst jetzt unmöglich aussteigen, Ellen.«

Ellen sah Lore hilflos an.

»Was tut man nur mit diesem Schlingel, Frau Lore?«

»Lassen Sie ihn nur ruhig reden, Miß Ellen. Ich weiß ja, daß er gern ein wenig neckt.«

Fredy küßte Lore die Hand.

»Sie sind doch die reizendste und gütigste Frau, die ich kenne, Frau Lore. Und Sie müssen doch sagen, Ellen hat mich herausgefordert.«

Lore sah ihn begütigend an.

»Ein Kavalier darf eine Dame niemals in Verlegenheit bringen, auch seine Schwester nicht«, sagte sie sanft.

Sein frisches Gesicht wurde dunkelrot. Eine Weile schwieg er. Dann faßte er die Hand seiner Schwester. »Ich schäme mich, Ellen, sei nicht böse.«

Sie strich ihm über seinen Schopf.

»Ist ja schon gut, Fredy. Ich bin dumm, daß ich so einen Scherz nicht verstehen konnte. Aber nun sagen Sie doch, Frau Lore, gehen Sie mit uns an Land in Port Said?«

»Sie müssen einfach mitkommen, Frau Lore, denn Sie haben keine Ahnung wie es an Bord aussieht, wenn Kohlen gebunkert werden. Wir haben es schon mal durchgemacht, weil wir durchaus nicht an Land gehen wollten. Ich sage Ihnen, der ganze Dampfer ist von oben bis unten mit einer dicken Rußschicht überzogen. Der Kohlenstaub macht auch vor verschlossenen Türen nicht halt. Überall fliegt er herum.«

Lore mußte lachen.

»Sagen Sie mir, Miß Ellen, ob es wirklich so schlimm ist. Mister Fredys Schilderung scheint mir doch kaum glaubwürdig.«

»Aber sie ist nicht einmal sehr übertrieben. Ich rate Ihnen wirklich, sich uns anzuschließen, denn wir bleiben keinesfalls an Bord, solange die ›Liberia‹ Kohlen faßt.«

»Dann ist es also Selbsterhaltungstrieb, wenn ich mich Ihnen anschließe?«

»Ganz gewiß!«

»Was fängt man in Port Said an? Es soll eine häßliche und uninteressante Stadt sein.«

»Das kann man ohne Übertreibung sagen. Viel Interessantes ist wirklich nicht zu sehen. Eine Rundfahrt durch die Stadt wird sie davon überzeugen. Aber die Hauptsache ist, daß man von Bord kommt. Wir lunchen dann in irgendeinem Hotel und sehen zu, wie wir uns die Zeit vertreiben. Vielleicht kann man auch einen Ausflug zum Leuchtturm machen. Wir werden sehen was die andern Passagiere der ›Liberia‹ tun und schließen uns dem Teil an, der uns am sympathischsten ist. Und nun ist wohl Zeit, daß wir uns für die Abendtafel umkleiden. Ich sehe, daß alle Passagiere sich schon zurückgezogen haben.«

Damit erhob sich Miß Ellen, und Fredy sprang auf. Lore blieb ein wenig schläfrig zurück in ihrem Liegestuhl.

»Kommen Sie nicht mit nach unten?« fragte Fredy.

»Ich möchte noch ein paar Minuten liegenbleiben. Die Stille tut so wohl. Ich beeile mich dann mit dem Umkleiden.«

»Auf Wiedersehen, Frau Lore!«

Die Deckpromenade war menschenleer. Lore schloß die Augen und träumte vor sich hin. Die Hitze hatte sie ein wenig schlaff und willenlos gemacht. Nach einer Weile öffnete sie die Augen wieder und wollte sich erheben. Da sah sie plötzlich Ko-Kam-Tai wie hingezaubert vor sich stehen. Er hatte sich ihr auf leisen Sohlen in seiner schleichenden Art genähert, stand nun über Lore gebeugt und sah sie mit seinen unheimlichen Augen durchdringend an. Lore schauerte zusammen, wollte aufstehen und fliehen, aber sie vermochte sich nicht zu rühren. Der Mongole machte seltsame Bewegungen mit den Händen vor ihrem Gesicht und sagte, ganz entgegen seiner sonstigen kriechenden Art, befehlend:

»Schlafen Sie!«

Lore hörte das schon nicht mehr, sie wußte nichts mehr von sich, schloß die Augen und sagte mit monotoner Stimme:

»Ich schlafe.«

Der Mann behielt sie scharf im Auge und sprach weiter mit der befehlenden Stimme. Lore gab ihm willen- und bewußtlos die gewünschten Antworten. Er strich mit seinen blutlosen und doch so nervigen Händen über ihre Stirn und ihre Schläfen und suggerierte ihr seine Befehle. Alle Muskeln seines falschen Gesichtes zeigten angespannte Energie. Und Lore unterlag der hypnotischen Willensübertragung vielleicht nur, weil sie so matt und so müde gewesen war, denn sie war sonst eine klare und bewußte Persönlichkeit.

Das ganze Experiment dauerte nur kurze Zeit, denn Ko-Kam-Tai wußte, daß er nicht ungestört sein würde. Wohl stand Metschikoff Wache, um ihm sofort ein Warnungszeichen zu geben, wenn jemand kam. Aber er konnte nicht lange experimentieren, wenn sein Plan gelingen sollte.

Als er seinen Zweck erreicht hatte, richtete er sich auf und sagte noch ein letztes Wort in befehlendem Ton:

»Wachen Sie auf!«

Und dann verzog sich sein Gesicht wieder zu der freundlich heuchlerischen Miene, und in seiner schleichenden Art zurücktretend, sagte er zu der jetzt erwachten Lore, die ihn mit großen, erstaunten Augen ansah:

»Verzeihung, Mylady, es ist höchste Zeit zur Abendtafel, und mir schien, als seien Sie hier ein wenig eingeschlafen.«

Lore erhob sich rasch, taumelte ein wenig, wie in einem Traum befangen und eilte davon, nur stumm dankend mit dem Kopf nickend. Sie war froh, als sie Ko-Kam-Tai nicht mehr sah und hatte keine Ahnung, was mit ihr geschehen war. Als sie allein in ihrer Kabine war, beeilte sie sich mit dem Umkleiden und hatte dabei das Gefühl, als liege ihr ein festes Band um die Stirne – und –, als müsse sie sich an etwas erinnern, was sie nicht vergessen dürfe.

Sie kam zu spät zur Abendtafel, und Fredy kam ihr schon entgegen.

»Ich wollte Sie eben abholen, Frau Lore. Fühlen Sie sich nicht wohl? Sie sehen so bleich aus!«

»Ich weiß nicht, die Hitze greift mich sehr an. Ich bin so müde und war eingeschlafen an Deck. Deshalb komme ich zu spät. Wenn mich Herr Ko-Kam-Tai nicht geweckt hätte, schliefe ich wohl jetzt noch in meinem Liegestuhl.«

Fredy sah sie besorgt an. Er hatte vorhin den Mongolen die Treppe hinaufsteigen sehen, gerade, als er seine Kabine betrat, und hatte ihm erst folgen wollen, weil er wußte, wie unheimlich Frau Lore dieser Mann war. Aber dann hatte ihn der Steward noch einmal zu seiner Schwester gerufen, die ihn bat, ihren Koffer zu öffnen, der irgendwie verquollen war. Das dauerte eine ganze Weile, und als er den Koffer endlich offen hatte, glaubte er, daß Frau Lore längst in ihrer Kabine sei. – »Sie haben sich gewiß ein wenig vor Ko-Kam-Tai gefürchtet, Frau Lore«, neckte er.

Sie lachte verlegen.

»Ich bin wirklich schnell davongelaufen, obwohl ich mich über mich selbst ärgere. Er ist sicher ein ganz harmloser Mensch.«

Fredy zog die Brauen hoch.

»Das möchte ich nicht beschwören. Er und sein Freund Metschikoff machen mir ganz den Eindruck, als sei es am besten, ihnen weit aus dem Wege zu gehen.«

Miß Ellen hatte Lore ebenfalls besorgt angesehen.

»Sie sind wirklich sehr blaß, Frau Lore, die ungewohnte Hitze scheint Ihnen zuzusetzen. Wir sind schon daran gewöhnt.«

»Aber mir ist sonst ganz wohl. Nur ein wenig matt fühle ich mich, und um meine Stirn liegt es wie ein festes Band.«

Als Lore das sagte, sah sie zufällig zu dem Nebentisch hinüber. Wie gewöhnlich saßen auch heute Metschikoff und Ko-Kam-Tai dort, und die Augen des Mongolen trafen mit einem faszinierenden Funkeln in die ihren. Da bekam ihr Blick etwas Starres, Abwesendes. Fredy, der nur Augen für sie hatte, bemerkte das. Er sah Lore noch bleicher werden. Sie schien eine ganze Weile nichts zu sehen und nichts zu hören.

Fredy sah nun zum Nebentisch hinüber und bemerkte ebenfalls den seltsamen Glanz in Ko-Kam-Tais Augen. Aber sobald er fühlte, daß Fredy ihn ansah, veränderte sich sein Gesicht, und er sah wieder aus, als wenn er kein Wässerlein trüben könne.

»Dieser Teufel soll seine Augen von Frau Lore lassen, sonst schlage ich ihn in seine Fratze«, murmelte Fredy.

Lore schrak leise zusammen, und es kam wieder Farbe in ihr Gesicht. Fredy setzte sich so, daß Ko-Kam-Tai sie nicht mehr ansehen konnte, und nun plauderte Lore ganz harmlos mit den Geschwistern. Sie hatte nur immer das unklare Gefühl, als müsse sie sich auf etwas besinnen, das sie nicht vergessen dürfe. Und der seltsame Druck auf ihrer Stirn wollte sich nicht verlieren.

Man ging heute abend zeitig zu Bett, denn die »Liberia« würde morgen sehr früh Port Said anlaufen und die Passagiere wollten gleich danach an Land gehen.

Fredy und seine Schwester begleiteten Lore bis an ihre Kabine und verabschiedeten sich dann von ihr. Fredy zog ihre Hand mit schwärmerischer Verehrung an seine Lippen.

Als Lore allein war, begab sie sich sofort zur Ruhe. Sie schlief schnell ein, und zwar in einer Art von Erschöpfung, die sie gar nicht an sich kannte. Wenn ich nur nicht krank werde, dachte sie besorgt vor dem Einschlafen. Heute suchten ihre Gedanken nicht wie sonst ihren fernen Gatten, bevor sie einschlief. Irgend etwas schien sie abzulenken, und sie wußte doch nicht, was es war. Immer nur hatte sie das Empfinden, als rufe ihr jemand zu: Vergiß das nicht, vergiß das nicht! Was sie aber nicht vergessen sollte, darüber wurde sie sich nicht klar.

Ko-Kam-Tai war mit Metschikoff noch in der Bar. Sie saßen lange stumm beieinander, rührten mit langen Strohhalmen in einem Sorbetglas und sahen wie gelangweilt vor sich hin. Erst als der letzte Gast die Bar verlassen hatte und der Barkeeper seine Getränke in den Eisschrank räumte und dann mit seiner Kasse vollauf beschäftigt war, sagte der Kaukasier in seiner Sprache:

»Bist du überzeugt, daß es geglückt ist?«

Der andere nickte.

»Du kannst ruhig sein, Herr, es ist geglückt.«

»Wie gut, daß sie allein oben blieb, sonst wäre es wieder nichts geworden.«

»Diesmal durfte es nicht mißglücken.«

»Und du bist überzeugt, daß sie deinem Befehl gehorcht?

»Du kannst ganz ruhig sein, Herr. Dein ergebener Diener weiß, was er tut.«

»Und deine Macht über sie wird ausreichen?«

»Wie über die andern auch. Es ist nur eine einfache Sache, und so lange es notwendig ist, reicht meine Macht über sie. Zu einem langen Experiment fehlte die Zeit, aber die Hauptsache habe ich ihr befohlen?«

»Was hast du ihr befohlen?«

»Sie soll morgen früh diesen lästigen Geschwistern sagen, daß sie nicht mit an Land geht. Aber sobald diese sich mit den andern Passagieren entfernt haben, soll sie an Land gehen, ohne jemandem zu sagen, wohin. Sie soll sich rechts halten, bis ihr ein Mann ein weißes Tuch vor die Augen hält. Diesem soll sie folgen, bis er mit zwei andern Männern zusammentrifft, die an einem Auto stehen. Mehr konnte ich ihr nicht aufgeben, denn ich wurde unsicher, weil ich fürchtete, der junge Laffe könne noch einmal hinaufkommen. Aber das genügt ja für unsere Zwecke. Alles andere ist dann deine Sache, Herr. Du wirst doch deine Leute vorfinden?«

»Unbesorgt, es ist nicht das erste Geschäft mit solcher Ware. Und in Port Said habe ich tüchtige Leute. Diese blonde Haarfarbe ist besonders gesucht. Und sie ist schön und wundervoll gewachsen.«

Ein Grinsen entstellte die Züge des Kaukasiers. Und der Mongole sagte blinzelnd:

»Solltest sie für dich selber behalten, Herr. Sie ist wie eine Kirschblüte.«

Metschikoff lachte rauh auf.

»Du wirst also deine Leute instruieren, Herr?«

»Selbstverständlich, ich verlasse morgen früh als erster den Dampfer, um alles anzuordnen. Das Auto wird bereit sein. Ausgerüstet sind die Leute mit allem, was notwendig ist. Wir haben doch Erfahrung in solchen Dingen, und so leicht kommt man nicht hinter unsere Schliche.«

»Die Götter mögen weiterhelfen«, sagte Ko-Kam-Tai grinsend. »Doch sage, Herr, gehen wir an Bord der ›Liberia‹ zurück?«

»Unbedingt, wir fahren bis nach Singapore. Dort haben wir weitere Geschäfte.«

»Es wird Lärm geben, wenn sie nicht wiederkommt. Der Kapitän kümmert sich viel um sie.«

»Mag er, wir wissen nichts!«

»Ist es nicht besser, wenn wir an Land bleiben und mit dem nächsten Dampfer nach Singapore gehen?«

»Unsinn, dann fällt der Verdacht auf uns. Kehren wir ruhig an Bord zurück, dann sieht man doch, daß wir nichts damit zu tun haben. Du schließt dich sofort einem Teil der Passagiere an, die die Stadt besichtigen. Ich werde auch zeitig genug wieder zur Stelle sein, um mich unter die andern zu mischen. Jedenfalls müssen wir uns bemerkbar machen bei den andern, noch ehe die Blonde den Dampfer verläßt. Dann soll man uns etwas beweisen. Wir kümmern uns nicht mehr um sie. Sobald ich meinen Leuten die Instruktion gegeben habe, ist der Vorfall vorläufig für uns erledigt.«

Das alles hatten die beiden Komplizen in fremder Sprache verhandelt, und zwar so leise, daß es der Barkeeper unmöglich hören konnte. Jetzt begannen sie etwas lauter in Englisch zu reden, gleichgültige Sachen, und schließlich erhoben sie sich und bezahlten.

Sie fragten den Barkeeper, was man in Port Said morgen anfangen könne.

»Die Herren waren noch nicht in Port Said?«

»Nein, noch nie.«

Dabei hatten die beiden dort schon manches unsaubere Geschäft erledigt.

Der Barkeeper zuckte die Achseln.

»Viel ist nicht los. Wenn die Herren etwas Pikantes wollen – die ägyptischen Tänzerinnen sind rassige Weiber und sehr schön.

»Wo findet man sie?« fragte Ko-Kam-Tai scheinbar sehr interessiert.

Der Barkeeper gab ausführlichen Bescheid und steckte vergnügt das gute Trinkgeld ein. Als die beiden die Bar verließen, sah der Barkeeper, ein stämmiger Bursche aus Baden, hinter ihnen her.

Die Halunken waren ganz wild auf die Tänzerinnen. Pfui Deibel, die werden mit ihren Fratzen niemand beglücken. Aber Geld scheinen die beiden Brüder zu haben. Diese Brillanten – großartig. Jetzt gehe ich auch schlafen.«

Damit löschte er die Lichter aus. Es wurde still an Bord. Nur das Stampfen der Maschine und das Klatschen der Wellen an die Schiffsplanken waren noch zu hören.

Ruhig zog die »Liberia« durch die Wogen.

In der Kabine des Kaukasiers war noch lange Licht. Er saß, bereits halb entkleidet, über seinen Koffer gebeugt und betrachtete mit glitzernden Augen einen Stoß Photographien. Es waren lauter Bilder von schönen Frauen und Mädchen. Alle Nationalitäten, alle Rassen waren vertreten. Das war die Ware mit der er handelte. Und sein Geschäft mußte einen großen Umfang haben. Die kostbaren Brillantringe an seinen Fingern verrieten, daß dieser Handel sich lohnte.

Ko-Kam-Tai war sein Helfershelfer. Zwei gewissenlose Schurken arbeiteten zusammen. Sie waren mitleidlos, erbarmungslos und machten nicht halt vor der Reinheit. Nicht auf leichte Ware gingen sie aus, die hatte kein Interesse für sie. In vielen Fällen arbeitete der Mongole mit Hypnose. Auf rätselhafte Weise verschwanden immer wieder in Hafenstädten junge Damen guter Kreise und wurden nie mehr gesehen. Voll Unruhe forschten die Behörden. Aber es kam kein Licht in diese rätselhafte Angelegenheit. Man mutmaßte wohl, daß es sich um das dunkle Treiben von Mädchenhändlern handeln könne, aber die Verbrecher waren nicht zu fassen. Das war nur dem Umstand zuzuschreiben, daß Ko-Kam-Tai die Opfer hypnotisierte. So konnten die Verbrecher lautlos und sicher arbeiten.

Die beiden Schurken waren auf dem Wege nach Singapore, wo sie neue Ware erwarteten. Lore Velden fiel ihnen gleich auf, weil sie schön war und wundervolles blondes Haar hatte. Da sie allein reiste, hofften sie, leichtes Spiel zu haben. Schon ehe man in Lissabon einlief, hatte Ko-Kam-Tai versucht, Lore zu isolieren, um sie zu hypnotisieren. Es war ihm nicht gelungen, weil Lores Scheu vor ihm so groß war.

Metschikoff hatte in allen Hafenstädten, die der Dampfer anlief, Kreaturen, die seine Befehle skrupellos ausführten. Er selbst blieb zum Schluß immer aus dem gefährlichen Spiel und wurde deshalb nie gefaßt.

Sorgsam schloß der Schurke endlich seine Photographien wieder in den Koffer, der mit allerhand Sicherheitsvorrichtungen versehen war, damit unberufene Hände ihn nicht öffnen konnten.

Und dann erlosch auch in seiner Kabine das Licht.

VIII.

Fredy Brown hatte vor dem Einschlafen noch einmal sehr intensiv an Frau Lore gedacht, die das Ideal seines Jünglingsherzens war. Und darum hatte er sehr lebhaft von ihr geträumt. Er sah sie im Traum umringt von einer Räuberbande, und zwar war Mertschikoff der Räuberhauptmann, der fortwährend einen krummen Türkensäbel schwang, und Ko-Kam-Tai wirbelte in seinem Traum als Zauberer und wollte immer mit seinem Zauberstab Frau Lore berühren, was Fredy mit aller List zu verhindern suchte.

Frau Lore war in seinem Traum eine Prinzessin, und der Zauberer wollte sie mit dem Zauberstab in seine Höhle führen.

Fredy hatte beim Abendessen seinem Leibgericht ausgiebig zugesprochen so daß ihn wohl deshalb abenteuerliche Träume plagten. Daß Frau Lore ihm als Prinzessin erschien, war weiter nicht zu verwundern, ebensowenig war es erstaunlich, daß der Kaukasier und der Mongole sehr unvorteilhafte Rollen im Traum bekamen, denn er konnte die beiden Männer nicht ausstehen. Vielleicht warnte ihn ein instinktives Gefühl. Fredy, trotz seiner Jugend ein sehr entschlossener und energischer Mensch, der auf Ceylon schon manche Gefahr mutig bestanden hatte, merkte sehr wohl, daß die beiden verhaßten Männer ein großes Interesse für Frau Lore an den Tag legten, das sie zu verbergen suchten hinter einer für Fredys scharfe Augen zu sehr betonten Gleichgültigkeit.

Kurzum, Fredys Schlaf war nicht sehr erbaulich in dieser Nacht, und erst gegen Morgen schlief er so fest und ruhig, daß der Steward tüchtig an seine Tür klopfen mußte, ehe er richtig wach wurde. Die »Liberia« lag schon im Hafen von Port Said, und die Passagiere beeilten sich, den Dampfer zu verlassen, ehe man begann, Kohlen zu bunkern.

Mit einem Satz war auch Fredy aus dem Bett. Er nahm seinen Bademantel um und sorgte für die übliche Erfrischung. Dann machte er im Turnsaal seine gymnastischen Übungen, die wegen ihrer Gewandtheit oft schon seine Mitpassagiere in Erstaunen versetzt hatten. Fredy war der reine Akrobat und hatte seinen sehnigen, schlanken Körper sehr in der Gewalt.

Nach den Übungen bekam er entsprechenden Hunger, und das Frühstück erfreute sich seines ungeteilten Beifalls. Seine Schwester war schon fertig angekleidet. An Bord blieb kaum einer zurück. Lore kam etwas später. Sie sah wieder sehr bleich aus, hatte wenig Appetit und war seltsam apathisch und zerstreut. Als die Geschwister sie fragten, weshalb sie noch nicht fertig zum Ausflug sei, erwiderte sie in einer merkwürdig monotonen, wie eingelernten Art:

»Ich gehe nicht mit an Land.«

Die Geschwister sahen sie betroffen an, und Fredy fiel der seltsame abwesende Blick ihrer Augen auf. Miß Ellen war ein wenig beleidigt.

»Sie sagten doch gestern, daß Sie sich uns anschließen wollten, Frau Lore?«

Lore mußte, zu ihrem eigenen Befremden vielleicht, antworten:

»Ich gehe nicht mit an Land.«

Wieder klang das so eingelernt, daß nun auch Ellen sie betroffen ansah und ebenfalls den merkwürdig abwesenden Ausdruck ihrer Augen sah. Sie verabschiedete sich etwas verstimmt von Lore. Fredy zögerte noch. Er beobachtete Lore mit einem scharfen, forschenden Blick. Sie reagierte nicht darauf und suchte ihre Kabine wieder auf. Fredy rief seiner Schwester, die bereits mit den anderen Passagieren am Fallreep stand, zu, er müsse noch einmal in seine Kabine, er habe etwas vergessen. Und so ging er Frau Lore nach, die Treppe hinunter. Er merkte, daß sie eine ganz andere Haltung hatte als sonst. Sie hielt sich sonderbar steif. Und er sah sie in ihrer Kabine verschwinden. Sehr betrübt, daß sie nicht mit an Land kam, trat er in seine Kabine und steckte hier den Browning zu sich.

Man weiß nie, wie man eine Waffe brauchen kann, dachte er. Aber er hatte keinen bestimmten Grund dafür.

Als er wieder aus seiner Kabine trat, begegnete er Ko-Kam-Tai.

»Sie gehen auch an Land, Mister Brown?« fragte er unterwürfig höflich.

Fredy dachte an seinen Traum und hätte den Kerl am liebsten am Kragen gefaßt und geschüttelt.

»Ja, ich gehe an Land«, erwiderte er durchaus nicht liebenswürdig.

»Darf ich mich anschließen?«

»Bitte, ich kann Sie nicht daran hindern. Die Gesellschaft ist groß, und zu Ihrer Unterhaltung brauche ich ja nicht beizutragen, da Sie Ihren Freund haben. Der ist doch auch mit von der Partie?«

»Gewiß, Mister Brown, er ist schon mit den anderen voraus.«

Fredy war befriedigt. So war Frau Lore auf dem Dampfer wenigstens während seiner Abwesenheit sicher, den beiden ihr unsympathischen Menschen nicht zu begegnen. Dieser Gedanke stimmte ihn etwas liebenswürdiger gegen den Mongolen, der nun an seiner Seite blieb und, als sie oben angelangt waren und am Fallreep standen, fragte:

»Sind Miß Brown und Frau Doktor Velden auch schon an Land?«

Fredy machte es Vergnügen, sein Gegenüber, wie er glaubte, zu enttäuschen.

»Meine Schwester ist schon voraus, aber Frau Doktor Velden geht nicht mit an Land. Sie hat soeben wieder ihre Kabine aufgesucht.«

»Das tut mir leid«, erwiderte Ko-Kam-Tai, aber Fredy kam nicht so recht auf seine Kosten, denn er merkte, daß der Mongole durch diese Auskunft nicht enttäuscht schien. Im Gegenteil glaubte Fredy zu bemerken, daß es befriedigt in seinen Augen aufblitzte. Hallo! Was ist das? Warum grinst der Halunke so vergnügt? Es verstimmt ihn nicht, daß Frau Lore an Bord bleibt? Und wo ist der Räuberhauptmann, wollte sagen, der andere mit den daumengroßen

Brillanten? Will der vielleicht an Bord zurückbleiben und im trüben fischen? Oder wer steckt sonst dahinter? Das wollen wir doch schnell herausbekommen. Wenn der Kaukasier nicht mit von der Partie ist und ich die Gewißheit habe, daß er an Bord bleibt, dann bleibe ich jedenfalls in der Nähe des Dampfers. Das war Fredys Gedankengang, während er schweigend mit Ko-Kam-Tai an Land ging. Er hatte das Gefühl, daß er zu Frau Lores Schutz in der Nähe bleiben mußte. Vielleicht brauchte er das auch nur als Vorwand vor sich selbst, weil er sich nicht eingestehen wollte, daß ihm der Ausflug ohne Frau Lore nicht gefiel. Oder spukte sein Traum noch in ihm nach?

Jetzt erreichte er die andere Gesellschaft, die noch vollzählig zusammenstand, um sich verschiedenen Führern anzuschließen. Aber so eifrig auch seine scharfen Augen herumsuchten, er entdeckte Metschikoff nicht.

Aha, dachte er. Der will an Bord bleiben und sich bei Frau Lore lieb Kind machen. Das wird sich zerschlagen, Herr Räuberhauptmann.

Er schloß sich scheinbar ganz ruhig der Gesellschaft an und gesellte sich zu seiner Schwester. »Ellen, willst du mich beurlauben?«

Sie sah ihn fragend an. »Warum?«

»Ich habe das Gefühl, daß Frau Lore mich vielleicht brauchen könnte. Sie erschien mir so sonderbar.«

Ellen nickte.

»Mir allerdings auch, Fredy, sie scheint gar nicht wohl zu sein. Und sie war so geistesabwesend, so seltsam, gar nicht wie sonst. Sie ist doch ein klarer, besonnener Mensch. Heute erschien sie mir unsicher, als habe sie etwas zu verbergen, als sei sie nicht sie selber – oder –, *als stehe sie unter einem fremden Willen.*«

Das hatte Ellen ganz harmlos hingesprochen, ohne irgendeine Absicht, aber Fredy zuckte zusammen. Er stutzte, als habe er eine spontane Eingebung. Ja – das war es, was auch er empfunden hatte, ohne sich darüber klarzuwerden, als er Frau Lores starre, geistesabwesende Augen, ihren sonderbar gezwungenen steifen Gang gesehen hatte.

Wie unter einem fremden Willen?

Er raffte sich auf.

»Also schließe dich den andern an, Ellen, Missis Readly wird dich gern unter ihren Schutz nehmen. Ich treibe mich vorläufig ein wenig am Hafen herum und sehe später mal nach Frau Lore. Vielleicht bedarf sie meiner, vielleicht auch besinnt sie sich und geht noch an Land. Dann will ich sie begleiten.«

Ellen sah ihn lächelnd an.

»Es hilft ja doch nichts, wenn ich dich umstimmen will, Fredy. Wenn Frau Lore nicht am Wege ist, bist du nicht zufrieden. Also auf Wiedersehen. Ich schließe mich Missis Readly an. Man scheint sich ja jetzt einig zu sein, was man unternimmt.«

Sie wollte ihm zum Abschied die Hand geben. Fredy sah aber Ko-Kam-Tai in nächster Nähe auftauchen. Er schien sich nach Fredy umzusehen. »Nein, gib mir nicht die Hand, Ellen. Der Mongole braucht nicht zu wissen, daß ich nicht von der Partie bin. Ich verschwinde nachher ganz unauffällig. Sollte er oder ein anderer nach mir fragen, so behaupte ruhig, ich sei mit der anderen Gruppe zum Leuchtturm gegangen.«

Ellen nickte.

»Ist auch besser so, es braucht niemand zu wissen, daß du Frau Lores Schildknappe bist. Es gibt sonst nur Gerede.«

»Sag mal, Ellen, hast du den Kaukasier heute morgen schon gesehen?«

»Nein, aber da drüben kommt er.«

Fredy sah Metschikoff entgegen. Er mischte sich unter die Gesellschaft, ganz unauffällig, als sei er schon immer dagewesen. Fredy merkte aber, daß er sehr atemlos war, wie nach einem schnellen Lauf, und sein Gesicht war gerötet, wie von einer großen Anstrengung.

»Warum will er verbergen, daß er eben erst ankommt,

und warum ist er so atemlos, ohne es merken lassen zu wollen?« fragte sich Fredy.

Da auch Metschikoff mitkam, hätte Fredy sich eigentlich auch beruhigt anschließen können, aber Lores Nähe zog ihn doch mehr an. Und so trollte er sich nach einer Weile unauffällig unter dem Schutz eines Stapels von Frachtgütern fort.

Seine Schwester schloß sich Missis Readly, einer allerdings nur wenig bekannten Dame aus Kolombo, an, die sie gern unter ihren Schutz nahm, als sie von Ellen hörte, daß ihr Bruder sich lieber dem Teil der Gesellschaft angeschlossen habe, der den Leuchtturm besichtigen wollte.

Ellen sah den Kaukasier und den Mongolen vor sich hergehen. Sie schienen heute beide sehr unterhaltungsbedürftig zu sein, denn immer sprachen sie wieder auf einen anderen der Passagiere ein. Daß sie es nur taten, um von möglichst vielen bemerkt zu werden und sich so ein Alibi schaffen konnten, ahnte sie natürlich nicht.

Man war schon fast eine Stunde gewandert, als plötzlich Ko-Kam-Tai wieder neben Ellen auftauchte und sie unruhig und forschend ansah.

»Ihr Bruder ist nicht bei Ihnen, Miß Brown? Das ist sehr merkwürdig.«

Ellen zuckte die Achseln.

»Nicht so merkwürdig, wie Sie glauben. Auf dem Dampfer ist er notgedrungen immer an meiner Seite, aber sobald wir an Land sind, geht er gern seine eigenen Wege. Und deshalb hat er sich lieber den Herrschaften angeschlossen, die den Leuchtturm besichtigen wollen. Das erschien ihm vorteilhafter, und ich glaube fast, er hat recht getan. Was man in dieser Stadt zu sehen bekommt, erscheint mir sehr uninteressant, finden Sie nicht auch?«

Ellen mochte den Mongolen auch nicht leiden, aber es ärgerte sie, daß Ihr Bruder zuweilen sehr unartig gegen ihn war, und so benutzte sie Fredys Abwesenheit, um einige höfliche Worte mit ihm zu wechseln.

Sie plauderte eine Weile und stellte fest, daß er ein sehr kluger und wohlunterrichteter Mann war. Bald gesellte sich auch der Freund zu ihnen. Auch er plauderte mit Ellen und Missis Readly. Dabei sah er Ko-Kam-Tai mit unruhig fragenden Augen an, denn auch er hatte erst jetzt entdeckt, daß Fredy Brown nicht mehr bei der Gesellschaft war. Und er erkundigte sich nun, scheinbar liebenswürdig und unbefangen, nach dem Verbleib ihres Bruders bei Miß Brown.

Ellen hatte aber sehr wohl bemerkt, daß der Kaukasier sehr unruhig war. Sie konnte es sich nicht erklären, daß die beiden Männer sich um ihres Bruders Abwesenheit zu kümmern schienen und gab Metschikoff ruhig dieselbe Antwort wie dem Mongolen. Es fiel ihr auf, daß sich nach dieser Erklärung sein Gesicht ebenso befriedigt aufklärte, wie das des Mongolen vorher.

Ellen war ein kluges, intelligentes Geschöpf und eine scharfe Beobachterin. Aber sie konnte sich natürlich nicht erklären, was sie beobachtet hatte, und hielt es auch nicht für wichtig.

IX.

Fredy Brown hatte sich zwischen Frachtgütern, Holz- und Kohlenbergen langsam hindurchgeschlängelt, immer sorgsam den Blicken der sich entfernenden Gesellschaft verborgen. Und nun war er an der Stelle angelangt, wo er vorher an Land gekommen war. Aufmerksam sah er nach der »Liberia« hinüber. Drei Matrosen standen in seiner nächsten Nähe. Sie plauderten zusammen und schienen nicht recht zu wissen, was sie mit ihrer freien Zeit anfangen sollten. Sie kannten Fredy sehr gut, denn er kletterte oft zwischen ihnen herum während der Reise und hatte sich fast mit der ganzen Mannschaft angefreundet. Auch jetzt trat er zu ihnen, reichte ihnen sein Zigarettenetui, damit sie zulangten, und plauderte eine Weile. Dabei behielt er aber die »Liberia« immer fest im Auge. Plötzlich straffte sich seine Gestalt, und die Augen wurden groß und weit. Er sah Frau Lore das Fallreep herabkommen. Sie war gekleidet wie am Morgen, hatte nur einen kleinen Strohhut auf das blonde Haar gedrückt und hielt die Handschuhe in der Hand. Unablässig beobachtete er sie und wollte hocherfreut auf sie zutreten. Aber als sie jetzt an ihm vorüberkam, sah er, daß ihre Augen noch viel starrer als heute morgen geradeaus blickten und daß sie wieder seltsam steif einherschritt. Er wollte sie anreden, aber sie sah ihn gar nicht, obwohl er dicht neben ihr stand. Sie ging an ihm vorbei wie eine Schlafwandlerin. Fredy blieb wie gelähmt stehen, und Ellens Worte fielen ihm wieder ein: Wie unter fremdem Willen. Ja – ja –, so schritt sie dahin, wie losgelöst von sich selber, wie einem fremden Willen gehorchend. Er wußte nicht gleich, was er tun sollte, sah ihr nur nach und bemerkte, daß sie an der rechten Seite des Hafens entlangging und daß nach einer Weile hinter einem Holzstoß hervor ein Mann trat, der ein großes weißes Taschentuch hervorzog und es Frau Lore dicht vor die Augen hielt. Lore neigte leicht das Haupt, der Mann schritt ihr voraus und sie folgte ihm dicht auf den Fersen, immer in der seltsam gezwungenen Art.

Fredy durchzuckte es wie ein Schlag. Er wollte ihr nacheilen und hatte das instinktive Gefühl, als drohe ihr eine Gefahr. Aber schon halb im Laufen hielt er inne und trat wieder an die Matrosen heran.

»Jungens, wollt ihr euch ein gutes Trinkgeld verdienen?«

»Dat wollen wir immer, Mister«, erwiderte der eine für alle.

»Dann los, schnell, folgt mir, aber haltet euch still und unauffällig.«

»Was gibt es zu tun, Mister?«

Fredy atmete tief auf.

»Das weiß ich selbst noch nicht. Seht da vor uns die

Dame im hellen Kleid. Das ist eine Passagierin von der ›Liberia‹, die unter dem Schutz eures Kapitäns steht. Und auch unter dem meinen. Mir will nicht gefallen, daß sie allein ausgeht, und der Kerl da vor ihr scheint sie irgendwo hinzuführen. Jungens, wir müssen unbedingt ergründen, wohin der sie führt. Aber laßt euch nicht erwischen. Denkt, daß wir wie die Indianer auf dem Schleichwege sind. Ein gutes Trinkgeld ist euch auf alle Fälle sicher.«

Den Matrosen machte die Sache anscheinend Vergnügen. Sie pirschten mit Fredy geschickt und vorsichtig hinter Frau Lore und ihrem Führer her. Sie kamen durch mehrere Straßen, die alle still und einsam waren. Die Gegend wurde immer wüster und leerer. Unaufhaltsam schritt Lore mit dem geraden, steifen Gang hinter ihrem Führer her, der ihr zuweilen wieder das weiße Tuch vor die Augen hielt. Und plötzlich, als die Verfolger um eine Ecke biegen wollten, sahen sie ein Auto warten, vor dem zwei Männer standen. Fredy begann der Kopf zu glühen.

»Vorsicht, Jungens, mir scheint, jetzt gilt es. Auf keinen Fall lassen wir die Dame in das Auto steigen, das mir sehr verdächtig erscheint«, flüsterte er.

Mit scharfen Augen spähte er hinüber und sah nun, daß Frau Lore, ihrem Führer folgend, an das Auto herantrat. In demselben Augenblick schwang sich ihr Führer auf den Chauffeursitz und zugleich faßten die beiden andern Männer Lore bei beiden Armen und wollten sie in das Auto hineinheben.

Fredy hörte Lore aufschreien.

»Vorwärts, Jungens!« kommandierte er. Wie ein Pfeil schoß er auf das Auto zu, riß seinen Browning aus der Tasche und hielt ihn schußbereit dem Chauffeur vor die Augen.

»Hände hoch!« rief er ihm zu.

Der Chauffeur hob die Hände empor, ohne den Wagen in Gang gebracht zu haben.

»Jungens, befreit die Dame, ich halte den Chauffeur in

Schach, daß er nicht davonfährt!« rief Fredy. Mit Vergnügen kamen die Matrosen diesem Befehl nach. Zwei von ihnen umklammerten mit ihren starken Armen die beiden Männer, die Lore in das Auto gehoben hatten, obwohl sie sich dagegen wehrte. Der dritte befreite Lore aus dem Auto. Er hob sie heraus und stellte sie auf ihre Füße. Lore starrte Fredy verständnislos an und fragte mit heiserer Stimme:

»Was ist das, was geschieht mit mir?«

Aber ehe sie Antwort erhielt, brach sie ohnmächtig zusammen.

Fredy verlor bei diesem Anblick seine Geistesgegenwart. Er dachte nicht mehr an den Chauffeur, sondern nur noch an Lore und stürzte auf sie zu. Der Chauffeur benutzte diese Gelegenheit, um den Wagen in Gang zu bringen, und seine beiden Komplizen machten in demselben Augenblick gewaltige Anstrengungen, um sich aus den Armen der beiden Matrosen zu befreien. Es gelang ihnen, und sie sprangen mit einem Satz auf die Trittbretter. Die Matrosen wollten dem Wagen folgen, aber da wurde durch das hinten im Verdeck befindliche kleine Fenster ein Schuß abgegeben. Die Verbrecher besaßen also auch Schußwaffen. Fredy wollte die Matrosen nicht in Lebensgefahr bringen.

»Laßt sie, Jungens, wir holen sie ja doch nicht ein. Wir haben ihnen ihre Beute abgejagt, das ist vorläufig die Hauptsache. Helft mir lieber, die Dame in Sicherheit zu bringen, denn vielleicht kommen die Schufte zurück, wenn sie sich von ihrem Schrecken erholt haben. Einer von euch mag sehen, ob er einen Wagen herbeischaffen kann, damit wir Frau Lore wieder an Bord bringen können.«

»Es ist nicht so einfach, Mister, hier einen Wagen zu beschaffen. Aber das ist auch nicht notwendig. Ich trage die Dame an Bord zurück, es ist ja nicht weit«, sagte ein stämmiger Matrose und hob ohne weiteres Lore wie ein Kind empor. Sie lag noch immer wie in tiefem Schlafe befangen. Die Hypnose und die große Angst und Unruhe, die sie befallen hatten, als sie, aus der Hypnose erwacht, zu sich kam und sich in den Händen von zwei fremden Männern sah, die sie mit Gewalt in den Wagen hoben, hatten ihr das Bewußtsein genommen.

Der Matrose, der Lore trug, schritt schnell und sicher aus mit seiner Last, und Fredy ging an seiner Seite, immer wieder angstvoll in Lores blasses Gesicht sehend.

Sie kam nicht zu sich, bis Fredy sie an Bord der Stewardeß übergab, nachdem der Matrose sie in ihrer Kabine auf das Bett gelegt hatte.

»Schnell, bringen Sie Eau de Cologne und Wasser und helfen Sie Frau Doktor Velden«, sagte er.

Die Stewardeß nickte ihm beruhigend zu.

»Es ist alles hier, Mister Brown. Ich werde Frau Doktor schon zu sich bringen. Lassen Sie mich aber lieber allein mit ihr, ich will ihr die Kleider öffnen.«

Fredy ging hinaus. Draußen standen die Matrosen.

»Er reichte ihnen einen fürstlichen Lohn für ihre Dienste und schärfte ihnen ein, nicht über die Sache zu reden, es könne der Dame vielleicht unangenehm sein. Dann fragte er:

»Hat einer von euch gesehen, welche Nummer das Auto hatte?«

»Nein, Mister, ich sah gleich danach, aber die Nummer war mit einem schwarzen Tuche, umwickelt, und ehe ich es lösen konnte, fuhr der Wagen davon«, erwiderte der Matrose, der Lore aus dem Wagen gehoben hatte.

Fredy ging nun direkt zum Kapitän. Er wußte Lore vorläufig bei der Stewardeß gut aufgehoben und ließ noch einen der Matrosen vor der Kabinentür Wache stehen.

Der Kapitän besprach gerade mit seinem Offizier das Anbunkern der Kohle, als Fredy zu ihm trat.

»Herr Kapitän, darf ich um einige Minuten Gehör bitten?«

»Sie, Mister Brown? Ja, sind Sie denn nicht mit an Land gegangen mit Ihrer Schwester und Frau Doktor Velden?«

Fredy strich sich über die heiße Stirn.

»Ich war an Land, kehrte aber zurück. Frau Doktor Velden ging nicht mit uns, und ich wollte noch einmal nach ihr sehen. Das war gut so, denn dadurch konnte ich Frau Doktor Velden mit Hilfe einiger Ihrer Matrosen aus einer anscheinend sehr ernsten Gefahr erretten«, antwortete er.

»Was ist geschehen?«

»Das möchte ich Ihnen berichten, doch nicht hier.«

»Wo ist Frau Doktor Velden jetzt?«

»In Sicherheit, wenn auch ohnmächtig. Sie befindet sich unter der Obhut der Stewardeß in ihrer Kabine.«

Der Kapitän verabschiedete sich von seinem Offizier und sagte zu Fredy: »Bitte, kommen Sie mit in meine Kajüte.«

Fredy folgte ihm.

»Nun reden Sie, was ist geschehen?«

Fredy berichtete knapp und klar. Ohne ihn zu unterbrechen, hörte ihm der Kapitän zu. Als Fredy zu Ende war, sagte er nachdenklich:

»Wie erklären Sie sich, daß Frau Doktor Velden erst ganz willig dem fremden Manne, der ihr das weiße Tuch vor das Gesicht hielt, folgte und daß sie dann erst aufschrie, als die beiden Männer sie in das Auto heben wollten?«

Fredy Brown blickte ihn ernst an.

»Es gibt für mich nur eine Erklärung, Herr Kapitän, und Sie werden vielleicht darüber lachen. Meine Schwester sagte einige Worte zu mir, die mir als Fingerzeig dienten, um Frau Doktor Veldens Benehmen zu verstehen.«

Und er erzählte dem Kapitän, wie seltsam verändert Frau Lore schon gestern abend gewesen war, wie sonderbar geistesabwesend und unfrei, gar nicht so klar und ruhig wie sonst.

»Meine Schwester und ich hatten heute morgen den Eindruck von ihr wie gestern abend, nur noch verstärkt. Und meine Schwester sagte von ihr, sie handle und spreche so, wie unter einem fremden Willen. Da war mir schon, als falle es wie Schuppen von meinen Augen, aber ich wollte mir einreden, das sei Phantasie.«

Und er sprach weiter und berichtete, welch seltsames, verstecktes Interesse Metschikoff und Ko-Kam-Tai an Frau Lore genommen, und daß er gestern abend den Mongolen noch hatte hinauf an Deck gehen sehen und daß Frau Lore ihm erzählt habe, Ko-Kam-Tai sei bei ihr gewesen und habe sie geweckt, weil sie draußen eingeschlafen sei, ganz gegen ihre Gewohnheit. Auch das berichtete er, daß der Mongole sie gestern abend bei Tisch so starr angesehen habe, daß er sich zwischen sie und ihn gesetzt habe, weil ihm das Anstarren ungehörig erschienen sei.

»Jetzt aber, Herr Kapitän, ist der Verdacht in mir wach geworden, daß dieses Anstarren nicht nur ungehörig gewesen ist, sondern daß hinter dem allen noch etwas anderes steckt. Lachen Sie mich nicht aus, Herr Kapitän, aber ich habe das Empfinden, als müsse der Mongole Frau Doktor Velden hypnotisiert haben. Vielleicht befahl er ihr in Hypnose, nicht mit uns, sondern allein an Land zu gehen und dem Mann zu folgen, der ihr das weiße Tuch vor die Augen hielt. Ich habe zuweilen in Kolombo gesehen, wie Personen durch Fakire hypnotisiert wurden und dann tun mußten, was diese von ihnen verlangten Und all diese Personen hatten jenen starren Blick und die steife Haltung wie Frau Doktor Velden heute morgen. Ich kann mir nicht helfen, ich habe die Überzeugung, daß die beiden dunkle Existenzen sind und daß der Mongole gestern abend, als er mit Frau Doktor Velden auf Deck allein war, sie hypnotisiert hat. Und zwar in verbrecherischer Absicht, um sie heute entführen zu lassen. Anders kann ich mir das alles nicht erklären. Gottlob kam ich zur rechten Zeit zurück, um das verhindern zu können mit Hilfe Ihrer braven Jungs.«

Der Kapitän lachte nicht, aber er rieb sich unbehaglich die Stirn.

»Das klingt alles so abenteuerlich, lieber Mister Brown. Aber wenn ich mich auch von Ihrem Glauben anstecken ließe und wenn mir auch, offen gesagt, diese beiden Männer selbst sehr unsympathisch sind, so kann ich doch auf bloße Vermutungen hin nichts gegen sie unternehmen.«

»Leider sind Ihnen ja die Kerls entwischt, die Frau Doktor Velden entführen wollten«, fuhr der Kapitän fort. »Immerhin begab sie sich selber in Gefahr, als sie allein an Land ging. Und das Auto hatte, wie Sie sagen, eine verhüllte Nummer. So kann man auch nicht ergründen, wem es gehörte. Das ist eine ganz verzwickte Geschichte. Melde ich sie der Polizei, dann hat Frau Doktor Velden vielleicht noch Unannehmlichkeiten. Jedenfalls müssen wir sie in Zukunft doppelt unter unsern Schutz nehmen. Sie kann Ihnen sehr zu Dank verpflichtet sein, daß Sie sie befreit haben. Sobald sie sich einigermaßen erholt hat, müssen wir sie natürlich einem Verhör unterziehen. Vielleicht kann Sie uns Angaben machen, die Licht in die Sache bringen.«

»Wenn sie hypnotisiert wurde, wird sie nichts aussagen können, denn dann weiß sie selbst nicht, was mit ihr geschehen ist.«

»Nun, wenn die beiden Herren nicht an Bord zurückkehren, dann ist Grund zu einem Verdacht vorhanden. Kommen sie aber wieder, dann ist wohl nicht anzunehmen, daß sie beteiligt sind.«

Mit einem energischen Ausdruck, der Fredys Gesicht um Jahre älter erscheinen ließ, machte er eine abwehrende Bewegung.

»Sind sie die Urheber dieses Anschlags, so haben sie genügend Helfershelfer, die sie für sich arbeiten ließen und sind selber aus dem Spiele geblieben, um jeden Verdacht von sich abzulenken.«

»Um so gefährlicher wären sie dann. Man muß sie jedenfalls scharf im Auge behalten.«

»Das scheint mir auch sehr notwendig. Mir fällt jetzt noch etwas ein. Der Mongole schloß sich heute früh gleich der Gesellschaft an, die die Stadt besichtigen wollte, aber der Kaukasier war zuerst unsichtbar. Als der Aufbruch schon erfolgt war, kam er hastig und atemlos herbei, gab sich aber sichtlich den Anschein, als sei er ganz ruhig und schon immer dabeigewesen. Man müßte zu ermitteln suchen, wann er den Dampfer verlassen hat.«

»Zufällig kann ich Ihnen das ganz genau sagen. Heute in aller Frühe, als wir eben erst angelegt hatten, sah ich Herrn Metschikoff selbst an Land gehen. Er hatte den Hut tief ins Gesicht gezogen und sich trotz der Hitze in einen Mantel gehüllt, aber ich erkannte ihn an seiner auffallenden Haltung.«

Fredy fuhr lebhaft auf.

»Sehen Sie wohl! Er hatte sicher Geschäfte an Land, die er möglichst geheimhalten wollte. Sicher hat er seine Helfershelfer instruiert, die Frau Doktor Velden entführen sollten.«

»Aber zu welchem Zweck hätte er sie entführen lassen wollen?«

Fredy sah den Kapitän fast vorwurfsvoll an.

»Muß ich junger Mensch Ihnen das erst erklären, Herr Kapitän? Zu einem sehr unsauberen Zweck jedenfalls. Frau Doktor Velden ist eine sehr schöne Frau.«

Der Kapitän kratzte sich den Kopf.

»Eine verteufelte Geschichte! Was tun wir nur? Die hiesige Hafenpolizei wird uns nur unnötige Scherereien machen, ohne die Schuldigen zu entdecken. Wir müssen abwarten, was wir von Frau Doktor Velden erfahren und – ob die beiden Männer, die wir im Verdacht haben, an Bord zurückkehren. Und wenn sie zurückkehren, dann wissen sie vielleicht gar nicht, daß ihr Anschlag vereitelt wurde, denn sie werden vermeiden, noch einmal mit ihren Helfershelfern zusammenzutreffen.«

»Ganz recht. Ich schlage vor, wir halten Frau Doktor Velden in ihrer Kabine versteckt, bis die ›Liberia‹ wieder in See gegangen ist. Sie wird natürlich vermißt werden, und wir müssen die beiden Männer dann scharf beobachten, wenn sie wieder auftaucht.«

»Auch wenn sie sich durch ihre Überraschung verraten sollten, kann ich noch nicht gegen sie vorgehen. Das sind noch keine Beweise.«

»Nein, aber man kann sie dann im Auge behalten und einen eventuellen neuen Anschlag vereiteln.«

»Das kann man am besten, wenn man sich den Anschein gibt, keinerlei Verdacht zu hegen.«

»Sie haben recht. Im Interesse Frau Doktor Veldens muß man vorsichtig sein.«

»Unbedingt! Aber was tun wir mit ihr? Wollen wir ihr sagen, daß Sie glauben, sie sei hypnotisiert worden.«

»Wenn ich nur wüßte, ob es ihr nicht schaden kann. Wir müssen überhaupt erst einmal den Arzt zu ihr schicken. Hoffentlich ist Herr Doktor Werner momentan an Bord.«

Der Kapitän schlug sich an die Stirn.

»Daß ich an den noch nicht dachte! Doktor Werner hat sich ja, wie ich weiß, viel mit dem Studium der Hypnose befaßt. Er wird uns helfen können und Frau Doktor Velden hoffentlich auch. Warten Sie, ich lasse ihn gleich rufen. Er ist noch an Bord, weil er einem von unseren Leuten einen Verband anlegen mußte. Gleich wird er hier sein.«

Der Arzt wurde gerufen und erschien sehr bald. Er war ein großer sympathischer Mensch, Mitte der Dreißig. Sein kluges, offenes, von Wind und Wetter gebräuntes Gesicht war angenehm genug, daß er einer Frau gefallen konnte. Fredy hatte es nicht ganz aus der Luft gegriffen, wenn er seine Schwester mit ihm neckte. Ellen hatte große Sympathie für ihn, die unbedingt gegenseitig war.

»Wird meine Hilfe gebraucht, Herr Kapitän?« fragte er in seiner frischen, energischen Art.

»Lieber Herr Doktor, ich vermute, Sie möchten nun auch gern dem Kohlenstaub entfliehen, aber ich muß Sie noch aufhalten, und zwar in einer Angelegenheit, die in Ihre hypnotischen Studien schlägt.«

Erstaunt sah Doktor Werner zu ihm auf.

»Da bin ich begierig, zu hören, was Sie von mir wünschen. In dieser Angelegenheit bin ich immer besonders interessiert.«

»Ich erbitte aber über den ganzen Fall vorläufig Ihre Diskretion.«

»Die ist Ihnen sicher, Herr Kapitän. Ich plaudere nie über Berufsangelegenheiten.«

Der Kapitän berichtete dem Arzt nun alles, was er von Fredy gehört hatte. Und als er zu Ende war fragte Fredy:

»Wissen Sie, Herr Doktor, ob es für eine hypnotisierte Person schädlich sein kann, wenn man ihr sagt, daß sie hypnotisiert war?«

Aufmerksam und sichtlich interessiert sah der junge Arzt eine Weile vor sich hin. Dann richtete er sich auf.

»Man könnte erst einmal festzustellen versuchen, ob Ihr Verdacht, Mister Brown, begründet ist und ob Frau Doktor Velden wirklich von dem Mongolen hypnotisiert wurde.«

»Und wie erfährt man das?«

»Indem man sie im hypnotischen Zustand darüber befragt.«

»Könnten Sie das?«

»Wenn Frau Doktor Velden sich überhaupt suggestiv beeinflußen läßt, gewiß. Sie macht mir zwar mit ihrer klaren, verständigen Art nicht den Eindruck, daß sie suggestiven Einflüssen leicht erliegt, aber – der scharfe Klimawechsel, die Hitze und eine dadurch bedingte Willensschlaffheit können auch sonst nicht leicht zu beeinflussende Personen einem fremden Willen unterjochen. Es wird aber keine sehr intensive Suggestion gewesen sein, denn wenn es ist, wie Sie annehmen, dann kann der Mongole nicht viel Vorbereitungen getroffen haben. Er wird nur ein leichtes Experiment gemacht und sich nicht die Zeit genommen haben ihr auch zu befehlen, daß sie bei einer hypnotischen Befragung nicht verraten soll, wer sie hypnotisiert hat. So kann ich das sehr leicht erfahren, wenn ich sie selber suggestiv beeinflussen kann. Wenn Sie mir Frau Doktor Veldens Wohl in die Hände legen wollen, will ich versuchen, sie zu befragen und, was vielleicht auch sehr gut für sie sein wird, ihr zu suggerieren, daß sie weiteren Einflüssen des Mongolen nicht mehr zugängig ist.«

»Das wäre sehr zu wünschen, Herr Doktor. Kann man dann mit ihr über die Sache sprechen

»Vielleicht ist es besser, das nicht sogleich zu tun. Sie soll sich lieber erst wieder erholen, denn anscheinend ist sie nicht sehr widerstandsfähig. Das beweist ihre tiefe Ohnmacht.«

»Kann ihre Gesundheit überhaupt Schaden leiden durch derartige Experimente?« fragte Fredy besorgt.

Der Arzt schüttelte lächelnd den Kopf.

»Bei einem so leichten Experiment sicher nicht. Nach Ihrem Bericht hätte der Mongole ihr nur zu suggerieren brauchen, daß sie nicht mit Ihnen an Land gehen solle, sondern allein, und daß sie dann einem Mann, der ihr ein weißes Tuch vor das Gesicht hielt, folgen solle, bis sie an das Auto herankam, an dem die beiden Männer standen. Hätte er Zeit und Gelegenheit zu einem längeren Experiment gehabt, dann hätte er ihr auch noch suggerieren können, daß sie ruhig in das Auto steigen und mit den Männern davonfahren solle. Daß das letztere bestimmt nicht geschah, geht daraus hervor, daß sie aufschrie, als man sie gewaltsam in das Auto heben wollte. Also sehr weit ging die Hypnose nicht, und es wäre ja auch nicht notwendig gewesen, wenn Sie, Mister Brown, nicht zufällig Frau Doktor Velden gefolgt wären. Dann hätte man sie in dem Auto sehr schnell stumm gemacht, bis man mit ihr entkommen wäre. Wie gesagt, es kann sich nur um ein leichtes Experiment handeln, wie es zuweilen im Scherz ausgeführt wird. Nachteilige Folgen hat das absolut nicht. Sie wird sich bald davon erholen.«

Gemeinsam begaben sich die drei Herren in die Kabine Lores. Der Matrose stand noch Wache. Sein Vorgesetzter lobte ihn und empfahl ihm und seinen beiden Kameraden die größte Verschwiegenheit über diesen Fall. Damit wurde er entlassen. Dann klopfte der Kapitän an, und die Stewardeß erschien.

»Wie geht es Frau Doktor Velden?« fragte er.

»Ganz gut, Herr Kapitän. Sie sitzt im Lehnstuhl und ist nur ein wenig matt.«

»Fragen Sie, ob sie mich, den Arzt und Mister Brown empfangen will.«

Darauf antwortete aber schon Lores Stimme

»Bitte, bitte, treten Sie ein!«

Lore saß in einem hohen Lehnsessel, die Hände im Schoß gefaltet. Mit einem rührend hilflosen Blick sah sie auf ihre Besucher.

»Sagen Sie mir doch nur, was eigentlich mit mir geschehen ist. Die Stewardeß behauptete, ich sei ohnmächtig gewesen. Das wäre das erstemal in meinem Leben. Und ich soll von einem Matrosen an Bord zurückgebracht worden sein. Ich weiß aber gar nicht, daß ich an Land gegangen bin. Mir ist, als sei ich in einem wüsten Traum von zwei fremden Männern in ein Auto geschleppt worden. Aber wie ich dahin kam, darüber zerbreche ich mir vergeblich den Kopf.«

Doktor Werner trat an sie heran, nachdem er die andern beiden Herren durch einen Blick gebeten hatte, sich ruhig zu verhalten.

»Sie waren ein wenig unwohl, gnädige Frau, und haben in einer Art Fieberwahn den Dampfer verlassen. Sie wußten dabei nicht, was Sie taten. Solche Störungen des Nervensystems kommen zuweilen bei schroffem Klimawechsel vor. Es wird das beste sein, Sie schlafen ein wenig.«

Lore wollte protestieren, aber der Arzt legte seine Hand auf ihre Stirn, sah sie fest und ruhig an und sagte dann energisch:

»Schlafen Sie!«

Sie hatte die Augen geschlossen, als er ihr über die Schläfen strich.

»Ich schlafe«, sagte sie leise, aber deutlich.

»Jetzt sagen Sie mir, weshalb Sie den Dampfer verlassen haben.«

Er hat es befohlen.«

»Wer?«

»Herr Ko-Kam-Tai.«

»Was befahl er Ihnen?«

»Ich soll den Geschwistern Brown sagen, daß ich nicht mit an Land gehe. Und dann soll ich, wenn die andern alle fortgegangen sind, allein an Land gehen. Ich soll mich rechts halten, bis mir ein Mann ein weißes Tuch vor die Augen hält. Diesem Mann soll ich folgen bis zu den beiden andern Männern, die an einem Auto stehen.«

Sie schwieg.

Der Arzt forschte weiter.

»Was hat Ihnen Herr Ko-Kam-Tai sonst noch gesagt?«

»Ich soll das genau befolgen und nichts vergessen – nichts vergessen.«

»Das war alles, was er Ihnen befohlen hat?«

»Ja, das war alles.«

Streng befehlend sah der Arzt sie an, und nun gebot er:

»Sie sollen nie mehr tun, was Herr Ko-Kam-Tai Ihnen befiehlt, und Sie sollen immer gleich vergessen, was er Ihnen noch sagen sollte. Und sie sollen sich keine Gedanken über ihn machen. Haben Sie mich gehört?«

»Ja.«

»Und Sie werden tun, was ich Ihnen gebot?«

»Ja.«

Der Arzt richtete sich auf.

»Wachen Sie auf!«

Lore schlug die Augen auf und sah die Herren lächelnd an.

»Ich bin noch recht schwach, beinahe wäre ich schon wieder eingeschlafen. Wenn ich nur wüßte, warum mich die beiden Männer in dem Auto fortschleppen wollten.«

»Es waren sicher böse Menschen, die es ausnutzten, daß Sie, um frische Luft zu schöpfen und sich Bewegung zu machen, an Land gegangen waren, ohne sich dabei etwas zu denken.«

»Aber, lieber Herr Doktor, weshalb wollten sie mich fortschleppen?« fragte Lore angstvoll.

»Das eben weiß man nicht. Die Verbrecher sind entkommen, nachdem Mister Brown Sie aus ihren Händen befreit hat.«

Lore streckte Fredy mit einem lieben Lächeln die Hand entgegen.

»Ja, Sie haben mich gerettet. Sie sind wirklich mein Ritter, Mister Fredy. Das kann ich Ihnen niemals genug danken. Wer weiß, was die Verbrecher mit mir vorhatten. Wissen Sie es auch nicht?«

Fredy war selig, daß er ihre Hand halten durfte. Das war ein stolzer Lohn für ihn. Er küßte diese Hand mit Inbrunst.

»Ich brauche keinen Dank, liebe Frau Lore, ich bin froh, Sie vor etwas Bösem bewahrt zu haben. Mir allein wäre es kaum geglückt, aber drei Matrosen haben mir geholfen. Der eine hat Sie auf den Armen an Bord zurückgetragen. Aber nun grübeln Sie nicht mehr darüber nach, weshalb man Sie verschleppen wollte. In Zukunft werden Sie nie mehr allein an Land gehen. Zum Glück kehrte ich noch einmal um. Ich denke mir, die Verbrecher wollten ein Lösegeld für Sie erpressen.«

Der Kapitän nickte ihm verstohlen zu. Das war ein guter Einfall, ihr zu verhehlen, weshalb man sie hatte entführen wollen. Das würde sie noch am ehesten beruhigen, und über die Angelegenheit mit Ko-Kam-Tai würde sie sich, dank Doktor Werners Befehl, keine Gedanken mehr machen.

Der Arzt war inzwischen hinausgegangen, um aus der Schiffsapotheke eine beruhigende Medizin zu holen. Er gab Lore einige Tropfen. Dann sagte er in seiner freundlichen Art:

»Sie legen sich jetzt zu Bett und versuchen zu schlafen. Auf keinen Fall stehen Sie auf, bevor ich es Ihnen erlaube. Ich hoffe, Sie werden artig sein.«

Lore lächelte.

»Ich werde ganz brav sein, zumal ich wirklich sehr müde bin.« Und ganz ernst werdend und ihn flehend ansehend sagte sie dringlich: »Ich darf um keinen Preis krank werden, Herr Doktor, helfen Sie mir.«

Er nickte ihr lächelnd zu.

»Sie können ganz beruhigt sein, gnädige Frau. Das kleine Unwohlsein ist bald vorüber. Ich schicke Ihnen die Stewardeß, damit sie Ihnen beim Auskleiden hilft und Fenster und Türen gut schließt. Wenn Sie Appetit haben, lassen Sie sich zu essen bringen, was Sie wünschen.«

Lore reichte ihm die Hand.

»Ich verspreche Ihnen, ohne Ihre Erlaubnis nicht aufzustehen.«

Fredy bekam auch noch einen dankbaren Händedruck und ein liebes Lächeln, das ihn sehr glücklich machte. Dann war Lore allein.

Als die Stewardeß kam, ließ sie sich gleich auskleiden und legte sich nieder. Sie schlief auch sehr bald ein, und als die Stewardeß ihre Kabine verließ, schloß sie sie hinter sich ab. Das hatte ihr der Kapitän befohlen. Soweit notwendig, hatte man sie eingeweiht, und sie versprach, den Schlüssel zur Kabine Lores nicht aus den Händen zu lassen. Wenn Lore etwas brauchte, konnte sie klingeln.

Die drei Herren gingen stumm zur Kapitänskajüte zurück und standen sich hier eine Weile sprachlos gegenüber. Endlich wetterte der Kapitän los:

»Diese elenden Halunken! Was sollen wir mit den Schurken tun, lieber Doktor? Soll man den Fall doch der Polizei melden? Gilt das, was Sie in der Hypnose von Frau Doktor Velden erfahren haben, vor Gericht als Beweis? Wird man daraufhin die Kerle festnehmen? Und ist es überhaupt ein untrüglicher Beweis, was Frau Doktor Velden Ihnen gesagt hat?«

»Ich halte es dafür, Herr Kapitän. Wie sich die Polizei dazu stellt, weiß ich allerdings nicht. Die Hafenpolizei soll hier sehr schwerfällig sein. Es wird unendliche Scherereien geben, ehe man zum Ziele kommt.«

»Aber wir dürfen derartige Verbrecher doch nicht frei herumlaufen lassen!«

»Wenn wir sie nun, immer vorausgesetzt, sie werden nicht gewarnt und kommen an Bord zurück, erst noch eine Weile beobachteten, um mehr Material zu sammeln? Man könnte sie ja dann immer noch in Kolombo, wo eine gute Polizei ist, festnehmen lassen. Hier an Bord sind sie gewissermaßen in sicherem Gewahrsam.«

»Ha! Kolombo!« rief Fredy Brown begeistert. »Das ist eine glänzende Idee, meine Herren. Die englische Polizei in Kolombo ist tatsächlich sehr gut. Und mein Vater hat beste Beziehungen zur Behörde. Ja, lassen wir die Gentlemen ruhig mit nach Kolombo reisen. Ich werde meinem Vater dann kurz vor Eintreffen ein Funktelegramm senden, damit er alles Notwendige vorbereitet.«

Der Kapitän atmete erleichtert auf.

»Das ist ein Gedanke. Sie sind ein intelligenter junger Mann, Mister Brown. Man kann Ihrem Vater zu einem solchen Sohn gratulieren.«

Fredy lachte.

»Ein blindes Huhn findet auch mal ein Korn, Herr Kapitän. Also, wir werden jetzt alle drei die beiden Halunken beobachten. Ich will mich in aller Stille nach berühmten Mustern zum Meisterdetektiv ausbilden und sie beschleichen wie die Indianer ihre Feinde auf dem Kriegspfad. Wir schließen hiermit ein Schutz- und Trutzbündnis für Frau Doktor Velden. Und wehe, wenn einer es wagen sollte, ihr ein Haar zu krümmen. Herr Doktor, das mit der Hypnose haben Sie famos gemacht. Ich habe schon immer einen heiligen Respekt vor Ihrer imponierenden Persönlichkeit gehabt. Nun bewundere ich Sie. Jetzt kann der Halunke ihr suggerieren was er will. Sie wird es einfach vergessen. Aber wir lassen ihn gar nicht noch einmal dazu kommen. Herr Doktor Werner – wenn Sie mal die Hilfe eines jungen Mannes von meiner Beschaffenheit brauchen können –, man weiß ja nicht, wie das Leben spielt, dann zählen Sie auf mich.«

Doktor Werner wurde bei diesen humoristischen Worten und noch mehr unter dem sprechenden Blick entschieden ein wenig rot, denn er dachte daran, daß Fredy der Bruder der von ihm sehr verehrten Miß Brown war. Und er schüttelte Fredy in voller Sympathie die Hand.

»Es war kein großes Kunststück, das ich vollbrachte, Mister Brown. Aber ich werde Sie vielleicht eines Tages noch beim Wort nehmen. Man weiß wirklich nicht, wie das Leben spielt.«

Sie sprachen noch eine Weile über den Fall, und plötzlich sagte Fredy mitten im Gespräch:

»Was wohl Doktor Velden angestellt hätte, wenn seine Frau nicht in Cheribon zur rechten Zeit eingetroffen wäre?«

»Das wollen wir uns lieber nicht ausmalen. Jedenfalls wäre es auch mir sehr schmerzlich gewesen, wenn der jungen Frau, die sich so ausdrücklich unter meinen Schutz stellte, etwas Böses widerfahren wäre.«

»Außerhalb der ›Liberia‹ konnten Sie diesen Schutz doch nicht ausüben«, erwiderte Doktor Werner.

»Trotzdem hätte es mich hart getroffen, und so bin auch ich Ihnen großen Dank schuldig, Mister Brown. Hoffentlich können wir die Schurken in Kolombo unschädlich machen.«

»Das wird sicher besorgt, so wahr ich meines Vaters Sohn bin. Aber nun eine Frage: Bleiben Sie an Bord, Herr Kapitän, solange der Dampfer hier im Hafen liegt?«

»Ja, Mister Brown. Warum?«

»Weil ich mich, wenn ich Frau Doktor Velden unter Ihrem Schutze hier in Sicherheit weiß, aufmachen werde, um mich dem Teil der Gesellschaft anzuschließen, der den Leuchtturm besucht hat. Meine Schwester ist nämlich mit den Passagieren unterwegs, denen sich auch Metschikoff und Ko-Kam-Tai angeschlossen haben, und sie soll auf eine Frage nach mir die Auskunft geben, daß ich mit zum

Leuchtturm bin. Ich möchte die beiden Schurken sicher machen. Sie dürfen nicht ahnen, daß ich an Bord war. Hoffentlich finden ihre Komplizen nicht Mittel und Wege, ihnen eine Nachricht zukommen zu lassen über das Mißglücken ihres verbrecherischen Planes.«

»Vielleicht sendet man ihnen aber hierher einen Bescheid, bemerkte der Arzt.

»Oh, da müssen wir aufpassen und eventuell eine solche Nachricht abfangen. Ich werde gleich die notwendigen Instruktionen geben. Und nun Gott befohlen, meine Herren, jetzt ruft die Pflicht!«

Fredy und der Arzt verabschiedeten sich, um an Land zu gehen, nachdem sie noch einmal kurz besprochen hatten, wie sie sich den beiden Schurken gegenüber verhalten wollten.

Fredy Brown hatte die Gesellschaft, die den Leuchtturm besichtigt hatte, unweit desselben getroffen, natürlich schon auf dem Rückweg begriffen. Er machte es geschickt, und niemand ahnte, daß er erst jetzt dazugestoßen war. Die Gesellschaft, groß genug, daß einer den andern nicht so leicht kontrollieren konnte, merkte nichts.

Inmitten dieser Gesellschaft legte Fredy nun den Weg in die Stadt zurück, die besichtigt werden sollte. Auf einem großen Platz stieß man auf die Passagiere, denen sich Ellen angeschlossen hatte und zu denen noch immer Ko-Kam-Tai und Metschikoff gehörten.

Die beiden Männer bemerkten zu ihrer Befriedigung, daß Mister Brown wirklich mit am Leuchtturm gewesen war.

Fredy ergriff den Arm seiner Schwester. Diese sah ihn neckend an.

»Nun, Fredy, kein Glück gehabt? Hast du Frau Lore nicht zu Gesicht bekommen?«

»Doch, Ellen. Aber um dich erst mal zu belohnen, daß du mir keine Schwierigkeiten gemacht hast, will ich verraten, daß da drüben über den Platz Doktor Werner kommt. Und

– ganz ernsthaft – wenn er mal mein Schwager werden sollte, würde ich mich freuen. Er ist ein Prachtmensch, und wir hatten soeben ein gemeinsames Abenteuer.«

Ellen war rot geworden, hatte aber interessiert in die bezeichnete Richtung gesehen und sagte nun:

»Hast du schon wieder Schnurren im Kopf?«

»Nein, Ellen, dazu ist mir heute wirklich zu ernst zumute. Es war ein großes Glück für Frau Lore und deshalb auch für mich, daß ich umkehrte, um nach ihr zu sehen.«

Erschrocken sah Ellen ihn an.

»Was ist geschehen, Fredy?«

»Nicht jetzt, Ellen. Metschikoff und Jo-Kam-Tai beobachten uns vielleicht. Mach um Himmels willen nicht ein so bestürztes Gesicht. Sieh gleichgültig aus, wenn dir das bei Doktor Werners Anblick möglich ist. Du bist ein so kluges, verständiges Mädchen, Ellen. Zeige nicht, daß ich dir etwas Wichtiges sagte, es hängt viel davon ab. Nur soviel jetzt: Frau Lore ist in Sicherheit an Bord, und ich stehe auch heil und unversehrt vor dir. Alles andere später.«

Ellen zwang sich, ganz gleichgültig auszusehen, sagte aber mit erregter Stimme:

»Mein Gott, Fredy, wenn ich nur wüßte, was geschehen ist!«

»Ich werde es dir ratenweise erzählen, Ellen. Es darf nicht auffallen, daß ich dir eine lange Geschichte erzähle. Jetzt begrüße du ruhig erst einmal Doktor Werner und sei recht nett zu ihm, hörst du? Ich mische mich unter das Volk und werde Metschikoff und Ko-Kam-Tai umgaukeln, obwohl ich sie am liebsten gründlich verboxte. Nachher komme ich wieder zu dir und berichte, wenn es unbelauscht geschehen kann, von meinem Abenteuer. Ja, da staunst du, ich hatte ein regelrechtes Abenteuer. Halt, noch eins, Ellen. Bleibe nie, auch nicht einen Augenblick, mit diesen beiden Schurken allein, hörst du, versprich es mir.«

»Nun gut, ich verspreche es dir, aber ich komme um vor Unruhe.«

»Nicht doch, Schwesterherz!«

Fredy lief davon, und Ellen stand vor Doktor Werner und sah errötend in sein erfreutes Gesicht. Sie plauderten angeregt, wie immer miteinander. Fredy aber schwatzte mit diesem und jenem einige lustige Worte und lavierte so geschickt, daß er an Metschikoffs und Ko-Kam-Tais Seite kam, die, wie gewöhnlich, zusammen waren. Fredy kostete es viel Selbstüberwindung, mit den beiden Schurken zu plaudern, aber er tat es im Interesse der guten Sache. Launig schilderte er ihnen den Besuch des Leuchtturms. Er hatte sich inzwischen darüber orientiert, was es dort zu sehen gab. Die beiden ahnten nicht, daß er gar nicht dort gewesen war.

Dann pirschte er sich wieder an seine Schwester heran, während Missis Readly den Schiffsarzt, den sie viel in Anspruch zu nehmen pflegte, ohne wirklich leidend zu sein, mit Beschlag belegte. Viel lieber hätte er sich Miß Ellen gewidmet.

Und nun berichtete Fredy seiner Schwester, was mit Lore geschehen war und was er dabei getan hatte. Ellen konnte nur mit aller Willensanstrengung ihre äußere Ruhe bewahren. Sie zitterte nachträglich um den Bruder und sorgte sich in herzlicher Teilnahme um Frau Lore. Am liebsten wäre sie gleich zu dem Dampfer zurückgekehrt, um sich ihrer anzunehmen. Fredy sagte ihr jedoch, daß Lore sicher lange schlafen werde und daß sie in guter Hut sei.

Die gesamte Schiffsgesellschaft speiste in einem großen Hotel, das immer darauf eingerichtet war, die Passagiere der Schiffe zu beköstigen.

Ellen und Fredy saßen mit Doktor Werner und Missis Readly zusammen an einem kleinen Tisch und beobachteten scharf und unablässig Metschikoff und seinen Freund. Sie konnten aber nichts Auffallendes bemerken und nur feststellen, daß sie weder die Gesellschaft verließen, noch mit jemand sprachen, der nicht zur Gesellschaft gehörte. Sollte ihnen trotzdem eine Kunde zugehen von dem Mißglücken ihres Planes, dann konnte es nur durch irgendein Zeichen geschehen. Aber dann wären sie wohl nicht so guter Stimmung gewesen.

Am späten Abend erst kehrten die Passagiere an Bord zurück, und da war bereits die ganze Mannschaft auf den Beinen, um »Rein Schiff« zu machen.

Noch in der Nacht setzte die »Liberia« ihre Fahrt fort. Kurz vor der Abfahrt traf ein Telegramm ein für Herrn Metschikoff.

Der Kapitän hatte aber Weisung gegeben, jede Botschaft, welcher Art auch, die an die Herren Ko-Kam-Tai und Metschikoff gerichtet war, erst in seine Hände zu legen. Und so wurde ihm auch dies Telegramm ausgeliefert.

Ohne Skrupel, aber mit aller Vorsicht öffnete der Kapitän das Telegramm. Es war in fremder Sprache abgefaßt, und er konnte es nicht entziffern. Mit Beobachtung aller Vorsichtsmaßregeln ließ er Doktor Werner und Fredy zu sich bitten und zeigte ihnen die Depesche. Die beiden Herren sahen verständnislos darauf nieder und zuckten die Achseln. Und dann berichtete Fredy erst einmal, daß sich Ko-Kam-Tai und sein Freund den ganzen Tag nicht von der Gesellschaft entfernt hatten, und daß sie schwerlich eine andere Nachricht erhalten haben konnten.

»Sie sitzen jetzt beide in der Bar, reden aber kaum ein Wort miteinander. Sosehr ich auch die Ohren gespitzt habe, ich konnte nichts erlauschen«, sagte er dann.

»Hm! Wenn wir dieses Telegramm nur enträtseln könnten«, sagte der Kapitän. »Wenn es auch sehr vorsichtig abgefaßt ist, so könnte man vielleicht doch einige Aufschlüsse bekommen, nach allem, was wir schon wissen.«

Sie sahen alle drei nachdenklich vor sich hin. Plötzlich schnippte der Kapitän mit den Fingern.

»Hallo! Daß ich nicht gleich daran dachte. Der erste Steuermann von mir ist ein Sprachgenie. Er kann uns sicher helfen. Geben Sie das Telegrammm her, ich werde ihn gleich aufsuchen. Keinesfalls liefere ich die Depesche den

Halunken aus, ehe ich nicht weiß, was sie enthält.« Und der Kapitän entfernte sich und suchte seinen ersten Steuermann auf, der auf Posten war. Der Kapitän übernahm seinen Dienst.

»Wenn Sie können, dann übersetzen Sie mir dieses Telegramm, Steuermann«, sagte er.

Dieser nahm ihm die Depesche ab und betrachtete sie eine Weile.

»Ja, das kann ich sehr gut übersetzen, Herr Kapitän. Es heißt: Abtransport der Ware vereitelt. Wieder an Bord geschafft von Matrosen. Erbitten neue Order Funktelegramm. Michael.«

Der Kapitän entließ den Steuermann wieder an seinen Posten und notierte sich die Worte. Dann begab er sich in seine Kajüte. Lächelnd legte er den Text seinen beiden Mitwissern vor. Fredy schlug sich aufs Knie.

»Famos! Sie haben also keine Ahnung von dem Mißglükken ihres unsauberen Planes. Die Verbrecher, die Frau Doktor Velden entführen sollten, scheinen schleunigst Port Said verlassen zu haben und gaben das Telegramm unterwegs auf. Man müßte nachforschen lassen, wer es war.«

»Das wollen wir lieber der Polizei in Kolombo überlassen.«

»Was tun wir nun mit dem Telegramm? Liefern wir es Metschikoff aus?«

»Noch nicht«, meinte der Arzt. »Es wird sich ja eine harmlose Erklärung dafür finden lassen. Erst wollen wir morgen den Eindruck abwarten, den Frau Doktor Veldens Erscheinen bei den beiden dunklen Ehrenmännern hervorruft. Ich denke, wir lassen sie beim Frühstück erscheinen.«

»Richtig! Und gleich danach kann ein Steward Metschikoff die Depesche ausliefern. Ich habe sie vorsichtig geöffnet und werde sie ordnungsgemäß wieder schließen.«

Fredy sprang lebhaft auf.

»Eventuell gibt er dann als Antwort ein Funktelegramm auf. Dann könnten wir die Adresse seiner Helfershelfer erfahren. Es wird sich doch einrichten lassen, Herr Kapitän, daß Sie in diese eventuelle Antwortdepesche Einsicht bekommen, und zwar ehe sie abgesandt wird.«

»Gewiß, das werde ich in der Funkzelle anordnen. Es wäre zu wünschen, daß auch die Helfershelfer unschädlich gemacht werden.«

Die Herren besprachen den Fall noch ausführlich, ehe sie sich trennten. Fredy Brown ging in die Bar, um nachzusehen, ob die beiden Halunken noch dort saßen. Aber sie waren schon verschwunden. Da suchte auch Fredy, befriedigt von den Ereignissen dieses Tages, sein Lager auf. Und in dieser Nacht plagten ihn keine abenteuerlichen Träume, die von der Wirklichkeit noch übertroffen werden konnten.

X.

Miß Ellen hätte Frau Lore gern sofort besucht, als sie an Bord zurückkam, aber ihr Bruder hatte sie daran gehindert. Es hätte ja sein können, daß Metschikoff oder Ko-Kam-Tai sie in Lores Kabine hätten gehen sehen, und sie sollten doch keine Ahnung haben, daß Lore wohlbehalten an Bord war.

Lore hatte fast den ganzen Tag verschlafen, und als der Arzt gegen Abend an Bord zurückgekehrt war und ihr noch einen Besuch gemacht hatte, erfuhr er befriedigt, daß seine Patientin soeben mit Appetit gespeist hatte und nun gern bereit war, weiterzuschlafen.

»Das ist ja die beste Medizin, gnädige Frau«, hatte er gesagt.

Lore hatte ihn wieder flehend angesehen.

»Machen Sie mich um Gottes willen schnell gesund, Herr Doktor, ich darf nicht krank werden. Ich muß meine Reise in bester Gesundheit vollenden.«

Sie ahnte, daß ihr auch von Cheribon aus noch allerhand

Strapazen bevorstehen würden, ehe sie ihren Gatten wiederfand.

Der Arzt beruhigte sie und sagte ihr, daß sie am nächsten Morgen aufstehen könnte. Er werde aber vorsichtshalber noch einmal nach ihr sehen. Auf keinen Fall dürfe sie das Bett verlassen, bevor er es ihr erlaube.

Lore schlief die ganze nächste Nacht, und als am andern Morgen der Arzt – unter Beobachtung aller Vorsichtsmaßregeln – zu ihr in die Kabine trat, fühlte sie sich ganz frisch und munter.

Doktor Werner erlaubte ihr, sofort aufzustehen. Sie möge sich ankleiden und ihn dann erwarten. Er werde sie selbst ins Frühstückszimmer geleiten, für den Fall, daß ihr ein wenig schwindlig werden sollte.

Lore versprach, auf ihn zu warten. Vorsichtig verließ der Arzt die Kabine. Draußen stand, auf ihn wartend, die Stewardeß. Sie berichtete ihm flüsternd, daß der Mongole schon am frühen Morgen in der Nähe von Frau Doktor Veldens Kabine herumgeschlichen sei.

»Ich möchte wetten, daß er an der Tür gelauscht und auf die Klinke gedrückt hat. Aber er tat sehr unbefangen, als ich erschien. Und ich sagte ihm im Vorbeigehen wie von ungefähr: ›Ich habe die Dame von Nummer drei noch gar nicht zu Gesicht bekommen, seit die Herrschaften an Land waren, und heute morgen hat sie auch noch nichts von sich hören und sehen lassen.‹«

»Und was antwortete der Kerl darauf?«

»Er meinte mit seinem falschen Lächeln: ›Sie hat wohl noch nicht ausgeschlafen.‹ Dann ging er davon.«

Der Arzt nickte ihr zu und ging hinauf. Und dann verlief alles so, wie es die drei Herren geplant hatten. Die Passagiere der »Liberia« fanden sich nach und nach zum Frühstück ein. Auch der Kapitän war heute anwesend. Er hatte seinen Platz so gewählt, daß er den Tisch, wo Metschikoff und Ko-Kam-Tai saßen, im Auge behielt, ohne von beiden bemerkt zu werden. Die Geschwister Brown nahmen am

Nachbartisch ihre gewöhnlichen Plätze ein. Fredy hatte seine Schwester von allem verständigt und sagte nun, laut genug, daß man es am Nebentisch hören konnte:

»Frau Doktor Velden verspätet sich heute. Hast du sie schon gesehen, Ellen?«

»Nein«, erwiderte sie ebenso laut, »weder gestern abend, als wir an Bord zurückkamen, noch heute morgen habe ich sie zu Gesicht bekommen. Sie ist doch sonst um diese Zeit schon beim Frühstück.«

»Sie war nicht recht wohl. Deshalb ging sie wohl gestern nicht mit an Land. Vielleicht ist sie noch unpäßlich«, meinte Fredy.

Metschikoff und Ko-Kam-Tai hatten kein Wort von diesem Gespräch verloren. Sie sahen sich verstohlen mit sehr zufriedenen Blicken an, was Fredy nicht entging.

Wartet nur, ihr Gauner, ihr sollt bald andere Gesichter schneiden, dachte Fredy, und ließ sich von Ellen seine Tasse füllen

Auch Metschikoff und Ko-Kam-Tai begannen in aller Seelenruhe zu frühstücken. Aber diese Ruhe sollte sehr bald gestört werden. Sie waren wohl darauf gefaßt, daß man nun bald das Verschwinden der jungen Deutschen bemerken würde. Aber sie waren absolut nicht vorbereitet, sie heute morgen schon wiederzusehen. Denn sie hatten mit ihren Komplizen ausgemacht, daß sie ihnen nur dann Nachricht an Bord geben sollten, wenn der Anschlag mißglückt sei. Spätestens bis zum Abgang der »Liberia« hätten sie Nachricht haben müssen. Da sie nicht eingetroffen war, glaubten sie sicher sein zu können, daß alles geglückt war. Gezweifelt hatten sie ohnedies nicht daran.

Daß die für sie so betrübliche Nachricht pünktlich eingetroffen war und sich längst in den Händen des Kapitäns befand, konnten sie nicht ahnen. Aber plötzlich verließ auch diese abgefeimten Schurken auf einen Moment die stets geübte Selbstbeherrschung – das war der Moment, in dem Lore am Arm des Schiffsarztes den Frühstücksraum betrat und von ihm an den Tisch der Geschwister Brown geführt wurde.

Der Arzt, der Kapitän und Fredy hatten die beiden in diesem Moment scharf ins Auge gefaßt und sahen, daß sie zusammenzuckten und daß ihre Züge seltsam schlaff wurden. Und dann sahen sie sich beide mit starrem Blick an, nachdem sie ihre Augen wie widerwillig von Lores Antlitz abgewandt hatten.

Ganz genau hatten die drei Herren das alles gesehen, und deutlich verriet sich ihnen dadurch, wie sehr die beiden Schurken durch das Erscheinen der jungen Frau enttäuscht waren.

Der Arzt schob jetzt Lore einen Sessel zurecht und sagte laut:

»So, gnädige Frau, Ihr Unwohlsein wird sich jetzt völlig verloren haben. Sie werden hoffentlich mit recht gutem Appetit frühstücken und mir nicht wieder Sorge machen wie gestern.«

Fredy und Ellen begrüßten Frau Lore herzlich und Ellen sagte laut:

»Wir waren schon in schwerer Sorge um Sie, weil wir hörten, daß Sie gestern gar nicht wohl gewesen sind.«

Lore drückte ihr die Hand.

»Ich weiß selber nicht, was mich gestern befallen hatte. So etwas kenne ich gar nicht an mir. Aber heute fühle ich mich wieder ganz wohl und freue mich auf das Frühstück.«

Fredy sah sie strahlend an. Er rückte so mit seinem Sessel, daß sie den Blicken der beiden Männer am Nebentisch entzogen wurde. Eifrig bediente er sie und freute sich an ihrem gesundenen Appetit. Lore wollte noch von gestern reden. Sie ahnte ja nicht, daß Vorsicht geboten war. Aber Fredy legte seine Hand auf die ihre.

»Wir sprechen jetzt kein Wort mehr von gestern. Erst müssen Sie gefrühstückt haben. Nachher halten wir draußen auf dem Deck Siesta, dann können wir plaudern.

Während sie noch mit dem Frühstück beschäftigt waren,

erschien ein Steward und überreichte Herrn Metschikoff das bewußte Telegramm.

»Verzeihung, gnädiger Herr, ich vergaß das Telegramm gestern abend abzugeben. Ich legte es beiseite, weil die Herrschaften nicht zu sehen waren und habe es dann vergessen. Ich bitte vielmals um Entschuldigung.«

Metschikoff bekam einen roten Kopf und riß ihm das Telegramm wütend aus der Hand.

»Das ist unerhört! Eine Bummelei ohnegleichen! Telegramme müssen doch sofort abgegeben werden. Ich werde Sie für allen Schaden haftbar machen, verstehen Sie«, schnauzte er den Steward an.

Dieser wußte, daß ihm nichts geschehen konnte, da er nur einen Befehl des Kapitäns ausführte. Er zog sich mit einer abermaligen Entschuldigung zurück. Metschikoff riß das Telegramm auf und starrte darauf nieder. Er ballte es dann zusammen und warf einen finsteren Blick auf den Mongolen der seltsam geduckt neben ihm saß. Metschikoff stieß dann in fremder Sprache eine heftige Verwünschung aus, die Fredy, der wie ein Luchs spannte, leider nicht verstehen konnte. Aber der Ton verriet ihm genügend, daß der Mann sehr unzufrieden mit den suggestiven Fähigkeiten seines Komplizen war.

Während die anderen Passagiere, auch Lore und die Geschwister, in Ruhe ihr Frühstück verzehrten, schien den beiden Halunken der Appetit vergangen zu sein. Sie erhoben sich nach einer Weile, begaben sich auf die Deckpromenade und schritten nebeneinander her. Wie auf Verabredung traten sie an einer abgelegenen Stelle an die Reling heran und starrten hinaus über das Meer.

»Was hast du übersehen, Ko-Kam-Tai?« fragte Metschikoff in vor Wut heiserem Tone.

Der Mongole sah ihn fast ängstlich an und rieb sich die Hände.

»Nichts, Herr, dein Diener hat alles getan, was geschehen mußte.«

»Aber du siehst doch, daß sie noch an Bord ist.«

»Vielleicht gehört sie zu den Menschen, über die Hypnose keine Macht hat.«

»Das kann es nicht sein, sie muß teilweise deinen Befehl ausgeführt haben – hier –, lies dies Telegramm, das der verwünschte Steward verbummelt hat.«

Der Mongole nahm das Telegramm, las es und reichte es zurück.

»Ich verstehe es nicht, Herr! An mir kann es nicht liegen. Sie muß meinen Einfluß unterworfen gewesen sein, ich habe es gespürt. Hätte es nicht gewirkt, dann wäre sie mit den Geschwistern von Bord gegangen. Auch muß sie bei dem Auto gewesen sein – Michaels Worte: ›Wieder an Bord geschafft von Matrosen‹ deuten darauf hin. Der Anschlag muß durch Matrosen vereitelt worden sein. Jedenfalls trifft deinen ergebenen Diener keine Schuld, Herr. Irgendein ungünstiger Zufall muß uns dazwischengekommen sein. Wäre Michael nur etwas ausführlicher geworden.«

Metschikoff lachte rauh auf.

»Noch deutlicher? Daß man uns auf die Schliche kommen würde. Mir genügt es, daß unser Plan vereitelt ist. Verdammt! Wir haben Pech in letzter Zeit. Ein schönes Stück Geld abermals zum Teufel!«

»Sei ruhig, Herr! Wir werden das Experiment im nächsten Hafen wiederholen. Bis Singapore ist sie ja an Bord.«

»Wir müssen erst sondieren, ob man nichts gemerkt hat. Vor Kolombo legen wir nicht mehr an. Und dort habe ich keine Order gegeben, und wage das auch nicht von Bord aus. Es hätte von Port Said aus geschehen müssen. Am besten, wir warten bis Singapore. Dort muß sie die ›Liberia‹ verlassen und auf einen andern Dampfer gehen. Da ist die Gelegenheit am günstigsten. Wir hätten gleich bis Singapore warten sollen.«

Und wieder stieß Metschikoff einen greulichen Fluch aus und stampfte davon, während der Mongole wie ein geprügelter Hund hinter ihm herschlich. Aber in seinen Augen lag ein böses, unheimliches Funkeln, das Metschikoff sicher gewarnt hätte, würde er es gesehen haben. Dieses Funkeln verhieß dem Kaukasier nichts Gutes.

XI.

Doktor Heinz Velden war inzwischen mit seinem Freund Georg in Cheribon oder, wie es ausgesprochen wird, Tscheribon, angelangt. Sie waren in Begleitung von Hermann Frank und seiner Tochter Käthe.

Georg stand neben Käthe und fragte sie:

»Werden Sie mich nicht ganz vergessen, Fräulein Frank?«

»Ich denke, wir werden uns bald auf Tjobulah sehen, Herr Doktor.«

»Darf ich denn kommen – auch mit Ihrer Erlaubnis?«

»Das bedarf keiner Versicherung.«

»Es kann aber sehr lange dauern, bis wir in der Nähe von Tjobulah stationiert werden. Wir wissen doch noch gar nicht, wohin wir kommen. Werden Sie mich bis dahin nicht vergessen haben?«

Sie wurde weich bei seinem traurigen Gesicht. Mit feuchten Augen sah sie zu ihm auf.

»Nein, ich vergesse Sie nicht. Aber jetzt lassen Sie mich erst meine Mutter begrüßen. Sie kommt dort mit meinem Bruder. Bitte warten Sie noch, Sie müssen sie auch kennenlernen.«

Käthe flog auf eine stattliche, frische Dame in den fünfziger Jahren zu und warf sich aufschluchzend vor Freude in ihre Arme. Mutter und Tochter ließen sich lange nicht los und herzten und küßten sich, als müßten sie jetzt gleich nachholen, was sie so lange versäumt hatten. Vater und Sohn begrüßten sich auch sehr herzlich. Die beiden Freunde standen inzwischen still beiseite. Sie sahen aus der

Begrüßung, welch inniges Verhältnis diese Familie miteinander verband.

Endlich hatte man sich ein wenig gefaßt, und Käthe kam mit ihrer Mutter auf die beiden Freunde zu.

»Das sind sehr liebe Freunde von uns, Mutter, die wir auf der Reise gefunden haben und die wir nicht wieder zu verlieren hoffen. Herr Doktor Raimund und Herr Doktor Velden. Beide sind Ingenieure bei der Slamatbahn.«

Frau Maria Frank begrüßte die beiden Freunde herzlich.

»Ich darf doch hoffen, von dieser Freundschaft auch zu profitieren, meine Herren«, sagte sie mit einem gewinnenden Lächeln, während ihre Augen noch feucht waren von der Wiedersehensfreude.

»Es soll uns eine große Ehre sein, gnädige Frau, wenn Sie uns in gleich freundschaftlicher Weise aufnehmen wollen, wie es Ihr Herr Gemahl und Ihr Fräulein Tochter getan haben«, sagte Georg, die Hand der alten Dame an die Lippen ziehend.

»Die beiden Herren haben uns ihren Besuch auf Tjobulah bestimmt zugesichert, Mutter.«

Frau Frank nickte lebhaft.

»Das ist gut. Kommen Sie bald und recht oft. Wir haben gern Gäste, denn sie sind leider sehr selten bei uns!«

Die beiden Freunde wurden nun auch mit Käthes Bruder Wilhelm bekannt gemacht, und in schnell erwachter Sympathie schüttelten sie sich die Hände. Der große, kräftige Bruder Käthes mit seinem tiefgebräunten Gesicht, aus dem die blauen Augen und die weißen Zähne hervorleuchteten, war eine prachtvolle Erscheinung. Seine zwanglose Freimütigkeit erinnerte an den Vater. Lachend versicherte auch er, daß er sich freuen werde, die beiden Herren sehr bald auf Tjobulah begrüßen zu können.

Vater Frank bat die Freunde dann, noch eine Stunde mit ihnen zusammen zu sein.

»Meine Frau und mein Sohn wollen auch noch etwas von Ihnen haben. Wir können die Reistafel zusammen im Hotel einnehmen, ehe wir uns in unserem Auto auf den Heimweg machen«, sagte er herzlich.

Und so geschah es. Man ging ins Hotel und speiste zusammen. Dabei begegneten sich Georgs und Käthes Augen viel öfter und inniger als sonst. Der drohende Abschied machte Käthe weich, und sie konnte heute nicht so leicht Georgs flehenden Blicken widerstehen.

Als man voneinander Abschied nahm, sah Georg noch lange dem davonfahrenden Auto nach, aus dem immer wieder ein Tüchlein herausflatterte.

Die beiden Freunde begaben sich nun zu dem Büro der Slamatbahn-Gesellschaft. Es lag in nächster Nähe des Hotels. Sie meldeten sich zur Stelle, und der Beamte, der sie empfing, begrüßte sie sehr freundlich. Heinz Velden wurde ohne Umstände angenommen. Seine Zeugnisse und Empfehlungen waren schon geprüft worden, als er sich vor seiner Verheiratung um eine Anstellung beworben hatte. Daß er verheiratet war und warum er sich nun anders besonnen, brauchte er nicht zu erwähnen, und man fragte auch nicht danach. Verheiratete Ingenieure waren von der Bewerbung von vornherein ausgeschlossen gewesen, und deshalb hatte Georg Heinz geraten, vorläufig mit keinem Menschen darüber zu sprechen, daß er verheiratet sei. Wie die Dinge lagen, war es auch nicht notwendig, daß Heinz davon redete. Und er selbst wollte es doch sobald wie möglich vergessen, daß er auf kurze Zeit eine Frau gehabt hatte.

Die beiden Freunde erfuhren nun, daß sie am nächsten Morgen mit einem großen Personenauto am Hotel abgeholt würden, und zwar schon gegen vier Uhr früh, weil man möglichst in den heißen Stunden nicht unterwegs sein wollte. In diesem Auto, das den Ingenieuren der Slamatbahn immer zur Verfügung stand, würden sie noch einige andere Ingenieure der Gesellschaft finden, die geschäftlich in Cheribon zu tun hatten und morgen wieder mit zurückkehrten. Der Weg werde über Koeningan nach Madjenang gehen und von dort aus zu dem großen Zeltlager am Fuße des Slamat, wo zur Zeit die meisten Arbeiter der Bahn untergebracht waren.

Von Cheribon bis Madjenang waren vorläufig nur Notgleise gelegt, auf denen die Transportwagen verkehrten. Verschiedenes Baumaterial wurde damit befördert, und wenn es notwendig war, mußten auch die Arbeiter auf diesem primitiven Wege transportiert werden.

In dem Zeltlager am Fuße des Slamat waren mehr als tausend Arbeiter untergebracht, die ein anderes Unterkommen in der Nähe nicht besaßen. Auch für die Ingenieure waren dort Lagerstätten aufgeschlagen.

Heinz und Georg erhielten Weisung, sich morgen sogleich nach ihrer Ankunft im Zeltlager dem ersten Direktor in seinem Bungalow vorzustellen. Dort würden sie erfahren, wo für sie ein Wirkungskreis bereit war.

Als sie soweit orientiert waren, kehrten sie in das Hotel zurück, wo sie die Nacht verbringen wollten. Es gehörte einem Niederländer und war fabelhaft sauber und behaglich mit seinen breiten, holländischen Betten und den Veranden ringsum.

Da sie die landesübliche Reistafel, die auf Java das Mittagessen vertritt, bereits in Gesellschaft der Familie Frank eingenommen hatten, bestellten sie sich einen Tee. Kleine knusprige Reiskuchen wurden dazu gereicht, die in Öl gebacken und ganz schmackhaft waren. Vorher nahmen sie auf landesübliche Art ein Erfrischungsbad. Zu diesem Zweck wurde ihnen eine Badekammer angewiesen, deren Fußboden zementiert war und der in der etwas vertieften Mitte einen Abfluß hatte. Mit einem kleinen Eimer goß man sich immer wieder kaltes Wasser, das in einem großen Behälter bereitstand, über den Körper. Diese erfrischenden Bäder konnte man ohne große Schwierigkeiten und Vorbereitungen öfter am Tage nehmen.

Nach dem Bade mundete der Tee besonders gut, und die beiden Freunde saßen bis zum Dunkelwerden auf der Veranda vor ihren Zimmern, bis es plötzlich sehr kühl wurde und sie ins Haus zurückgingen, um sich für die Abendmahlzeit umzuziehen, die, wie in fast allen tropischen Ländern, auch hier die Hauptmahlzeit des Tages bildete. Die einzige, bei der Fleisch genossen wird. Am Mittag ißt man nur Reis, immer wieder Reis in unendlichen Variationen mit zahlreichen süßen, pikanten oder kräftigen Zuspeisen und Soßen.

Nach dem Abendessen saßen sie noch eine Weile in Georgs Zimmer und plauderten von allem, was sie auf dem Herzen hatten. – Georg gestand Heinz, daß er Käthe Frank liebe und ernsthaft erwogen habe, sie zu seiner Frau zu machen.

Heinz sagte ihm, daß er nicht daran zweifle, daß seine Liebe erwidert werde – soweit man den Frauen trauen könne. Forschend sah ihn Georg an.

»Mir scheint, mein lieber Heinz, wir haben die Rollen getauscht. Früher war ich der Skeptiker in bezug auf die Frauen, und du warst der Idealist. Jetzt scheint es mir umgekehrt zu sein.«

Heinz strich sich nervös über die Stirn.

»Man ändert zuweilen seine Ansichten, Georg. Du hast ja die deinen auch geändert. Jedenfalls wünsche ich dir von ganzem Herzen, daß du glücklich wirst und keine Enttäuschung erlebst. Schließlich muß ja nicht jeder Mann so bittere Erfahrungen machen wie ich. Aber sprechen wir nicht mehr von mir. Da wir morgen in die Nähe von Madjenang geschickt werden, kommst du doch dem Gegenstand deiner Liebe sehr nahe. Die Franksche Besitzung liegt in der Nähe von Madjenang. Freilich soll es noch ziemlich zwei Stunden mit dem Auto bis dort zu fahren sein, aber das scheint hier als eine sehr geringe Entfernung zu gelten, soweit ich durch Herrn Frank informiert bin. Für den Bau der Bahn ist eine Zeit von mindestens drei Jahren vorgesehen. So lange dürften wir also hier fest vor Anker liegen, und zwar bei einer guten Einnahme. Hoffentlich bekommen wir auch interessante Aufgaben.«

»Daran ist kaum zu zweifeln bei dem schwierigen Terrain, durch das die Bahn geführt werden soll.«

So plauderten die Freunde bis sie zur Ruhe gingen, was sehr zeitig geschah, da sie am nächsten Morgen sehr früh aufbrechen mußten.

Punkt vier Uhr hielt das große, bequeme Personenauto vor dem Hotel. Sieben Personen, fünf Ingenieure, der eine der beiden Ärzte der Gesellschaft und der Kassierer, hatten schon Platz genommen. Heinz und Georg wurden mit lustigen Reden begrüßt. Zwei der Herren waren Schweizer, einer ein Deutscher, drei Niederländer und einer Engländer. Es quirlten verschiedene Sprachen durcheinander, bis man sich geeinigt hatte, daß es auf englisch am leichtesten war, sich gegenseitig zu verständigen.

»Wir sind eine ganz große Familie und halten alle gut zusammen, und Sie sehen beide aus, als würden Sie sich sehr leicht in unsern Ton finden. Darauf wollen wir uns erst einmal die Hände reichen. Gute Arbeit und vergnügte Erholungsstunden, meine Herren, das ist unsere Devise.«

So sagte der eine der Ingenieure. Darauf gab es ein kräftiges Händedrücken, und Heinz und Georg war zumute, als seien sie schon lange mit all diesen Menschen bekannt.

Das Auto sauste in großer Geschwindigkeit dahin. Die kühnen, wetterfesten Männer mußten gewaltig schreien bei der Unterhaltung, denn die Wege waren durchaus nicht wie die Asphaltstraßen unserer Hauptstädte. Sieben Stunden dauerte die Fahrt, und nur in Koeningan wurde kurz Station gemacht und eine Erfrischung genommen. Der Weg führte durch eine zum Teil wundervolle Landschaft. Man fuhr zwischen fruchtbaren Reisfeldern, Kaffee- und Teeplantagen an einem schmalen Fluß entlang. Am Ufer ging es dann ganze Strecken durch den Urwald, in dem es üppig wucherte. Auch durch vulkanisches Gebiet kam man, wo alle Vegetation zeitweise unterbrochen war. Dunkle Rauchsäulen zeugten von der Tätigkeit der Vulkane. Und dann reihten sich freundliche Dörfer zu beiden Seiten auf. Im Schatten der Hütten hockten die männlichen Eingeborenen und rauchten ihre Pfeife. Sie ließen ihre Frauen für sich arbeiten. Kinder spielten herum, oft ganz nackt, zuweilen in weißen oder bunten Kitteln. Manche Häuser sahen sehr stattlich aus, und große Reisscheunen waren angebaut. Die Wohlhabenheit der Eingeborenen richtet sich nach der Größe dieser Reisscheunen. Und wenn mehrere Familien eines dieser Häuser bewohnten, dann sah man das sogleich an den verschiedenen spitz zulaufenden Türmchen. So viel Türme, so viel Familien bewohnten das Haus. Meist waren es Verwandte, die zusammen wohnten, und die Oberhoheit in diesen Häusern kam der ältesten Mutter zu. So wurde den Freunden berichtet, die voll Interesse die fremde Umgebung betrachteten und sich gern belehren ließen.

Die Frauen trugen alle noch den malerischen und kleidsamen Jarong, ein buntes Tuch, das um Büste und Unterkörper gewickelt wurde und Arme und Schultern frei ließ, wenn sie nicht extra durch eine Kabaja, eine lose Jacke, verhüllt wurden. Die Herren der Schöpfung hatten sich schon zivilisiert und trugen auf dem nackten Körper leinene Beinkleider und – zur Vervollständigung ihrer Toilette – einen großen, breitrandigen Strohhut. Sie sahen in ihrer Kleidung durchaus nicht so malerisch aus wie die Frauen, schienen aber sehr stolz zu sein auf diesen Kulturfortschritt. Die Männer waren meist klein und schmächtig von Gestalt, die Frauen aber zum Teil wundervoll gewachsen, gut proportioniert und anmutig in den Bewegungen.

Sie sahen mit ihren sanften dunklen Augen, harmlos lachend wie glückliche Kinder, auf das große Auto, das sie nun schon kannten. Auch die Kinder, fürchteten sich längst nicht mehr vor dem Ungetüm und balgten sich lachend und schreiend am Wege. Man merkte all diesen Menschen an, daß sie in einer schönen heiteren Umgebung lebten, wo ihnen mühelos zuwuchs, was sie brauchten. Auch waren sie ungemein anspruchslos. Eine Handvoll Reis, einige

Früchte vom Baum, die ihnen in großer Mannigfaltigkeit zuwuchsen, das war genug für ihre täglichen Bedürfnisse. Hier gab es kein Hasten und Jagen nach Broterwerb, kein Hungern und Sorgen. Mußte einmal ein Stück Hausgerät oder ein Kleidungsstück angeschafft werden, wozu man Geld brauchte, dann verdingte man sich auf den Plantagen.

Man bekam dort kargen Lohn, aber man arbeitete auch nicht sehr viel. Und hatte man verdient, was man brauchte, dann war man für einige Zeit wieder alle Sorgen los – und dann arbeitete man auch nicht mehr, sondern ließ sich behaglich die Sonne auf den Magen scheinen.

Glückliche Menschen! Oder nicht?

Als es wieder eine Strecke durch den dichten Urwald ging, erwachten in Georg und Heinz Jagdgelüste, und sie erkundigten sich, ob man interessante Jagdbeute finden könne. Sie erhielten befriedigende Auskunft, und gleich wurden ein paar Jagdgeschichten aufgetischt.

Dann wurde den beiden Fremden das Leben im Zeltlager geschildert. Lachend sagten ihnen die andern, daß sie die ganze Woche lang nicht aus den Arbeitskleidern kommen würden. Es sei auch durchaus keine Gelegenheit zu Festen im Lager, wenn man von zwei Grammophonen und einer Ziehharmonika absehen wolle, nach denen manchmal abends getanzt werde. Aber ohne Damen. Das Herz sei auf Karenzzeit gesetzt, und Alkohol verbiete sich in der Regel von selbst.

Weiße Frauen seien nur sechs im Lager, und das seien die Frauen und Töchter des Direktors und der Oberingenieure. Eingeborene Frauen seien mehrere da. Ja, mit den Damen würde es hapern, da müsse man sehr bescheiden sein. Aber man könne jeden Sonntag mit den Autos ausfliegen, nach Madjenang oder auf die umliegenden Besitzungen, wo es auch weiße Frauen gäbe. Auf den Besitzungen ringsum werde eine großzügige Gastfreundschaft geboten. Im ganzen sei das Leben erträglich. Außerdem verdiene man viel Geld, ohne viel ausgeben zu können. Denn die

Verproviantierung werde von der Gesellschaft in vorzüglicher Weise und zu sehr billigen Preisen übernommen. Man werde es gut die drei Jahre hier aushalten können. Alles war recht befriedigend, was die Freunde zu hören bekamen.

Gern revanchierten sie sich durch neue Nachrichten aus Europa.

Georg erwähnte dann – wes das Herz voll ist, des geht der Mund über –, daß sie mit dem Besitzer von Tjobulah, Hermann Frank, und seiner Tochter auf der »Urania« gereist seien. Das interessierte alle.

Man kannte alle Besitzer der Umgegend und wußte, daß der Herr von Tjobulah mit seiner Tochter seit Monaten in Europa sei. Frau Frank und ihr Sohn hatten die Herren auch wohl gastlich aufgenommen bei einem gelegentlichen Besuch, aber solange ihr Mann und ihre Tochter abwesend seien, habe sie nicht viel Freude an einem regen Verkehr. Also Vater und Tochter seien nun zurück, da könne man doch wieder auf ein gastlich Haus mehr rechnen. Ob Fräulein Frank hübsch und angenehm sei? Ihre Mutter sei eine entzückende alte Dame, und der junge Frank sei ein Prachtkerl, der gern mit den Ingenieuren verkehre. Tjobulah sei die größte und schönste Besitzung im weiten Umreise, und sie müsse enorm im Wert steigen, wenn erst die Bahn vollendet sei.

Georg sah all den jungen Leuten an, daß sie sich freuten, eine ihnen noch unbekannte junge Dame nun in der Nähe zu wissen. Und mit einem geheimen Angstgefühl hörte er zu, als Heinz berichtete, Fräulein Frank sei eine reizende, lebensfrische Dame und sehr heiter und liebenswürdig. Und daß er und Georg auf die liebenswürdigste Art nach Tjobulah eingeladen worden seien.

Man beneidete die Freunde um diese Einladung und erklärte lachend, daß man von ihrer Kollegialität erwarte, auch eingeführt zu werden. Heinz versicherte zu tun, was in seiner Macht stehe.

»Wie lange fährt man vom Lager aus nach Tjobulah?« erkundigte sich Georg.

»Es ist ein Katzensprung nach hiesigen Verhältnissen, knapp zwei Stunden mit dem Auto bei achtzig Kilometer Geschwindigkeit. Sonnabends ist um ein Uhr Feierabend. Dann kann man zur Teestunde bequem in Tjobulah sein. Man bleibt über Nacht und hat den ganzen Sonntag vor sich. Sonntag abends fährt man dann wieder nach dem Lager zurück«, berichtete der Arzt.

»Ist das nicht ein wenig kühn, wenn man gleich auf ein Nachtlager rechnet?« fragte Georg gespannt.

»Sie werden gar nicht fortgelassen, darauf können Sie rechnen. Überall auf den Besitzungen ist das üblich. Gastzimmer sind meist genügend vorhanden. Nur bei Mevrouw Tjeelmann gibt es eine Ausnahme.«

Ein großes Hallo folgte auf den Namen der Mevrouw Tjeelmann. Und auf die Frage der Freunde, was es mit dieser Dame für eine Bewandtnis habe, erhielten sie folgende Auskunft von einem der Ingenieure:

Mevrouw Tjeelmann sei der berüchtigtste Geizkragen landaus, landein. Sie und ihr Mann, der vollständig unter dem Pantoffel stehe, seien Besitzer riesiger Plantagen und schwer reich. Aber ehe sich Mevrouw Tjeelmann von einem Ei oder von einem Stück Fleisch trenne, gäbe es jedesmal blutige Tränen. Nirgends sei die Gastfreundschaft so problematisch, wie auf Tjeelmannhof. Es seien keine Kinder und Erben da, aber Mevrouw Tjeelmann spare mit fanatischer Inbrunst und bekomme regelmäßig Wutanfälle, wenn man sich bei ihr als Gast einfinde. Natürlich leiste man sich gerade deshalb zuweilen das Vergnügen, und es sei dann immer eine kleine Hungerkur in Aussicht, wenn es Mynheer Tjeelmann nicht gelinge, einen Extraimbiß aus der Speisekammer heimlich für seine Gäste zu stibitzen und diesen in ihre oder in sein Zimmer zu schmuggeln, wo dann ein gieriges Schmausen beginne. Mevrouw Tjeelmann bewirte ihre Gäste hauptsächlich mit alten, vertrockneten Keksen und dünnem Tee. Wenn man sich mal amüsieren wolle, brandschatze man Tjeelmannhof, und man lache sich gesund an ihrer Angst, daß die Speisekammer zu sehr geplündert werde.

Und nun folgte eine humoristische Schilderung von Mevrouw Tjeelmanns äußeren Reizen, von ihren Kleidern und Hüten, die vor mindestens zehn Jahren einmal neu gewesen und dann noch als Ladenhüter erstanden worden seien. Das Thema Tjeelmann war schier unerschöpflich. Und den Freunden wurde erklärt, daß sie sobald wie möglich Mevrouw Tjeelmann vorgeführt werden müßten.

»Tjeelmannhof liegt übrigens auf dem Wege nach Tjobulah«, sagte der Arzt.

Endlich kam man wieder von diesem Thema ab, und Georg fragte, ob im Zeltlager auch eine Art Kaufladen sei.

Die humoristische Auskunft auf diese Frage lautete:

»Von der Zahnbürste bis zum Jagdgewehr, vom Arbeitshemd bis zum herrlichsten gestickten Seidensarong, von der Nähnadel bis zum Spaten – alles hat Silberberg in seinem Kramladen. Alles, was Sie bei ihm kaufen, ist teuer, aber dafür schlecht. Er ist das wandelnde Warenhaus, ist überall sofort zu finden, wo eine Ansammlung von Menschen stattfindet, die Bedürfnisse haben könnten für seine Ramschwaren. Sollten Sie Verlangen haben nach wertvollen Briefmarken – er liefert sie, teurer als alle andern Händler. Brauchen Sie einen Abendanzug oder einen Brillantschmuck – Silberberg schafft alles. Schmierstiefel oder Autos, Delikatessen oder Wolldecken – Silberberg verkauft Ihnen alles. Wo er es hernimmt, ist uns manchmal ein Rätsel. Wir vermuten, daß er auch heimlich mit Opium handelt, aber da wird ihm höllisch auf die Finger gesehen, und wird er nur ein einziges Mal dabei gefaßt, dann fliegt er ins Loch. Jedenfalls, wenn Sie irgend etwas brauchen melden Sie es Silberberg, und es wird da sein.«

Die Stimmung in dem großen Auto wurde immer vergnügter – nur Heinz blieb still und in sich gekehrt. Aber das fiel vorläufig nicht auf. Die andern machten um so mehr Lärm.

»Ja, ja«, sagte der eine, »wir sind hier übermütig wie die Schuljungen, wenn sie Ferien haben. Bei der Arbeit legt sich aber der Übermut. Sie ist hart, zumal in der heißen Zeit. Aber wenn der Feierabend kommt, dann sind wir wieder vergnügt. Und das muß sein, sonst bläst man Trübsal. Sie werden auch noch Ihr blaues Wunder erleben, wenn Sie nicht Glück haben und eine günstige Arbeitsstelle erhalten. Ist das nicht der Fall, dann werden Sie sich manchmal die ganze Woche nicht waschen können und nicht aus den Arbeitskleidern kommen. Aber desto herrlicher ist es dann am Sonnabend, wenn Sie frische Wäsche auf den Leib bekommen. Und wenn wir dann im Auto davonfahren, um uns auf den Besitzungen zu Gast laden zu lassen, oder wenn wir in die Bungalows des Direktors oder der Oberingenieure gebeten sind, dann steigen wir doch in den Smoking und in die zärtlich gehegten und gepflegten Lackstiefel und fühlen uns als gesittete Europäer. Na – wird Ihnen nun nicht angst?«

Heinz und Georg versicherten, daß sie sich nicht bange machen ließen. Sie seien nicht anspruchsvoll und würden sich in alles fügen.

So war man endlich an die Zeltstadt herangekommen. Sie machte den Eindruck eines Kriegslagers aus alter Zeit. Es war gerade Beginn der mittäglichen Siestazeit, wo nicht gearbeitet wurde. Über Mittag wurde immer einige Stunden ausgesetzt, weil sonst die Kräfte der Leute leicht versagt hätten. Man begann dafür sehr früh am Morgen, wenn es noch kühl war.

Das Auto fuhr gleich vor dem Haus des Betriebsleiters vor, und hier wurden die beiden Freunde abgesetzt. Dieser neuerbaute Bungalow war von einem schönen, etwas wilden Garten umgeben, in dem tausend Blumen dufteten.

Ohne viele Umstände wurden die Freunde von dem Direktor und seiner freundlichen, aber sehr energisch und bestimmt aussehenden Gattin begrüßt. Der Direktor zog sich dann mit ihnen in sein Arbeitszimmer zurück. Hier erfuhren sie, wo sie morgen mit ihrer Arbeit beginnen konnten.

»Ich habe zwei Posten bereit. Der eine ist ganz nahe bei Madjenang an der Straße nach Tjobulah und Tjeelmannhof, wo eine Brücke für die Bahn über einen kleinen Fluß gebaut werden muß, und der andere liegt am Fuße des Slamat, wo große Sprengungen vorgenommen werden sollen. Wer von Ihnen hat schon Sprengungen im großen Stil geleitet?«

Heinz und Georg sahen sich an. Dann sagte Heinz ruhig und bestimmt:

»Ich habe mich viel damit beschäftigt, Herr Direktor, und könnte daher wohl den Posten am Slamat einnehmen.«

Georgs Augen leuchteten. Der Posten an der Straße nach Tjobulah lockte ihn natürlich sehr, da er hoffen durfte, daß Käthe Frank dort vorüberkommen konnte.

Aber er wußte auch, daß der Posten im Sprenggebiet viel schwerer viel verantwortungsvoller und gefährlicher sei, und das mußte er dem Freunde sagen.

»Laß uns wenigstens losen, Heinz. Du weißt, daß ich ebensogut den Posten am Slamat ausfüllen könnte wie du, denn wir haben in Deutschland doch gemeinsam bei den Sprengungen gearbeitet. Ich will nicht, daß du den gefährlicheren Posten einnimmst.«

Heinz wehrte energisch ab.

»Es bleibt so, wie ich sagte, Georg, wir brauchen nicht zu losen.«

Georg konnte in Anwesenheit des Direktors nicht weiter auf diesen Gegenstand eingehen, und so schwieg er.

Der Direktor machte sie nun mit Hilfe von Karten und Plänen mit ihrem Wirkungskreis bekannt und besprach alles Notwendige mit ihnen. Dann sagte er in seiner ruhigen, bestimmten Art:

»Die Herren Ingenieure pflegen zu zweit oder zu dritt in einem Zelt zu wohnen. Es wird Ihnen wohl lieb sein, wenn

Sie zusammen ein Zelt bewohnen, denn Sie kehren natürlich jeden Abend zum Lager zurück. Sie werden vorläufig nur das Allernötigste in Ihren Zelten finden. Noch sind wir an ganz primitive Einrichtungen gebunden, aber mit der Zeit wird es besser werden. Ich lasse Sie jetzt in das für Sie bestimmte Zelt führen und hoffe, daß Sie nicht zu sehr enttäuscht sind.«

»Wir wissen, Herr Direktor, daß wir nichts Unmögliches verlangen können und werden ganz bestimmt mit allem zufrieden sein, was sich nicht ändern läßt«, sagte Heinz ruhig.

Der Direktor sah ihm ernst in die Augen. Heinz gefiel ihm sehr, schon durch die Art, wie er seinem Freund den Posten abgenommen hatte. Er wußte ganz genau, daß es der schwierigste Posten beim ganzen Bahnbau war, den er noch keinem seiner Ingenieure angeboten hatte. Jetzt war aber keine Zeit mehr zu verlieren, und so hatte er einen der neuen Ingenieure dafür bestimmt. Er hatte aber auch das Gefühl, als sei Doktor Velden der Aufgabe, die man ihm gestellt hatte, gewachsen.

Er ließ einen der Arbeiter herbeirufen, der die beiden Ingenieure in das für sie bestimmte Zelt führte. Mit großen Erwartungen gingen sie nicht zu ihrer künftigen Wohnung, aber sie blieben doch einen Moment betroffen stehen, als sie, nachdem sie sich durch die unregelmäßigen Zeltstraßen gewunden hatten, ihr Zelt betraten.

Es war freilich von ganz neuem Zeltleinen gespannt, und das bedeutete immerhin etwas, aber es war so eng und klein, daß sie sich beide nicht zugleich darin bewegen konnten. Zwei primitive Ruhelager befanden sich hier, mit Stroh gefüllt, die mit einer Wolldecke zugedeckt waren und eine andere Wolldecke zum Überlegen. Dann stand noch ein einfacher Waschständer mit einem Waschbecken für beide zwischen den Betten – sonst war absolut nichts vorhanden.

Heinz fand zuerst die Sprache wieder:

»Da werden wir wohl Herrn Silberberg erst einmal in Nahrung setzen müssen, damit er uns einige Notwendigkeiten herbeischafft.«

»Das tun die Herren alle, wenn sie ankommen«, meinte der Arbeiter. »Silberberg hat auch noch zwei Bettücher. Er hat es mir gesagt. Danach verlangen die Herren immer zuerst. Die Frauen aus dem Lager waschen sie drüben am Fluß, wo die andere Wäsche gewaschen wird.«

Georg mußte laut auflachen.

»Das ist ja großartig. Also, holen Sie mal gleich die Bettücher. Das übrige besorgen wir uns selber. Und dann sorgen Sie so schnell wie möglich dafür, daß unsere Koffer herbeigeschafft werden. Sie kamen mit dem großen Personenauto, und mir scheint, sie sind als Tisch und Prunksessel sehr notwendig; ganz abgesehen davon, daß sie uns auch Kleider- und Wäscheschrank ersetzen müssen.«

Der Arbeiter ging davon, und bald war das Gewünschte herbeigeschafft.

»Du, ich wette, daß wir hier wundervoll schlafen werden, wenn wir unser Tagewerk hinter uns haben.«

Heinz mußte lachen.

»Ich glaube auch.«

Dann trat Georg vor ihn hin und faßte seine Hand.

»Heinz, laß dir nur erst danken, daß du mir den Posten am Wege nach Tjobulah überlassen hast. Es lockte mich natürlich gleich, weil ich daran dachte, daß Käthe Frank da mal vorüberkommen könnte.«

Heinz nickte.

»Daran dachte ich auch.«

»Aber es war mir auch gleich klar, daß der Posten im Sprenggebiet viel schwerer und gefährlicher ist.«

Hastig wehrte Heinz ab.

»Mir liegt jetzt nicht so viel am Leben wie dir«, sagte er dumpf.

Erschrocken sah ihn Georg an.

Sitzt es noch immer so tief, Heinz, fragte er mitleidig,

denn nun konnte er den Freund erst so recht verstehen, seit er wußte, was echte Liebe war. Heinz strich sich über die Stirn und starrte vor sich hin.

»Es brennt um so tiefer, je länger ich es trage. Weiß Gott, Georg, ich habe nicht geglaubt, daß man so leiden kann um ein Weib.«

Und er warf sich auf den Koffer nieder und barg das Gesicht in den Händen. Das ganze Elend seiner, wie er meinte, verratenen Liebe überkam ihn wieder mit Allgewalt. Er konnte nicht vergessen, daß er sich einmal glücklich gewähnt und dann alles verloren hatte in einer einzigen Stunde.

Georg trat zu ihm und legte den Arm um seine Schulter. Da riß sich Heinz zusammen. Er wehrte den Freund ab.

»Laß mich nur. Sei um Himmels willen nicht gut zu mir, sonst heule ich noch los wie ein altes Weib. Zum Teufel noch einmal, man wird doch mit so etwas fertig werden können.«

Und er sprang auf und kramte in seinem Koffer herum und sprach mit fieberhafter Hast von der Arbeit. Aber dann fiel ihm Lores Bild in die Hände, das Bild, das er nicht hatte zurücklassen wollen, als er sie damals im Hotel allein ließ. Und er steckte es verstohlen zu sich – es sollte ihn morgen auf seinen Arbeitsplatz begleiten.

Als die Freunde an diesem Abend ihr primitives Lager aufsuchten, nachdem sie in einem großen Holzbau mit den andern Ingenieuren und Beamten zusammen das gute und reichliche Abendessen eingenommen hatten, schlief Georg schnell ein. Heinz aber dachte mit schmerzlicher Inbrunst daran, daß er Lores Bild besaß, daß er dies Bild ansehen könne, sooft er wollte und daß dies trotz allem ein Labsal für ihn sein würde.

Am andern Morgen fuhr Georg in einem der leichten Transportwagen auf den Notgleisen zu der ihm angewiesenen Arbeitsstelle, wo vorläufig nur Ausschachtungen vorgenommen waren, und wo er nun mit seinen Plänen zum

Brückenbau in Aktion treten konnte. Und Heinz begab sich mit einer Abteilung von Leuten, die seinem Befehl unterstellt waren, zu dem Felsen am Fuße des Slamat. Nach einem fast halbstündigen Marsch war er dort angelangt, wo die Mienen gelegt werden sollten.

Hier gab es weder Baum noch Strauch. Alle Vegetation war erstorben, aber der Bergriese warf wohltätigen Schatten.

Heinz hatte die Pläne schon durchgesehen und beobachtete seine Leute mit scharfen Augen. Es waren wohl die verwegensten Arbeiter des ganzen Betriebes. Sie waren durch hohen Lohn verlockt worden, im Sprenggebiet zu arbeiten. Wilde Gestalten mit braungebrannten Gesichtern und kühn blitzenden Augen. Und die Muskelstränge an ihren Armen verrieten, was für Körperkräfte hier zur Verfügung standen. Sie blickten Heinz an, als wollten sie abwägen, wie weit sie sich von ihm führen und beherrschen lassen wollten. Und Heinz sah einem nach dem andern groß und fest ins Gesicht. Es waren Männer aller Nationen, die ein buntes Abenteuerleben gelockt haben mochte, oder die irgend etwas Schlimmes aus der Heimat getrieben hatte. Jedenfalls Leute, die kaum noch etwas zu verlieren hatten. Manches Gesicht war darunter, das Heinz abstieß aber manches auch, aus dem er ein Schicksal las.

Nach dieser Prüfung richtete er sich empor.

»An die Arbeit, Leute, wir stehen hier alle als Pioniere der Kultur. Tue jeder seine Pflicht.«

Es lag in diesen wenigen Worten eine Kraft und ein fester Wille, daß die Leute spürten, hier hatten sie einen Leiter vor sich, der wußte, was er wollte. Kurz und prägnant gab Heinz seine Befehle, griff selbst mit zu, wo es notwendig war, und – imponierte durch seine Kraft. Er hatte Muskeln wie Stahl, einen planmäßig trainierten Körper und war den andern geistig überlegen. Das fühlten sie instinktiv – und beugten sich ihm, weil sie es erkannten.

Heinz vergrub sich in seine Arbeit mit zäher Energie. An

nichts wollte er mehr denken als an die Arbeit. Sie mußte ihm helfen, sich des dumpfen Druckes zu erwehren, der auf seiner Seele lag.

XII.

Die »Liberia« hatte ihre Reise fortgesetzt und hielt jetzt auf den Hafen von Kolombo zu.

Ellen und Fredy Brown nahmen Lore noch mehr als sonst unter ihre Obhut und ließen sie fast nie mehr allein. Lore hatte die Folgen des Abenteuers, von dem sie noch immer nicht *mehr* wußte, als daß sie von irgendwelchen bösen Menschen in einem Auto entführt werden sollte, gut überstanden. Ihre Freunde und Beschützer hatten miteinander ausgemacht, daß sie alles erst erfahren solle, wenn Metschikoff und Ko-Kam-Tai unschädlich gemacht waren. Man wollte ihr Furcht und Angst vor diesen beiden Schurken ersparen. Ging sie ihnen doch ohnedies schon instinktiv so viel wie möglich aus dem Wege.

So fühlte sie sich vollkommen wohl und litt nur durch ihre Sehnsucht nach dem Gatten und ihre Angst und Sorge um ihn.

Ihre Beschützer beobachteten natürlich die beiden Verbrecher sehr scharf.

Schon am Tage nach der Abfahrt von Port Said war der Mongole in die Funkzelle gekommen und hatte ein Funktelegramm aufgegeben. Die beiden Schurken glaubten doppelt vorsichtig zu sein, wenn die Antwort auf das an Metschikoff gerichtete Telegramm von Ko-Kam-Tai ausgehe.

Kaum hatte er aber das Telegramm aufgegeben, als der Kapitän auch schon den Text in den Händen hielt, und zwar, ehe es weitergegeben wurde.

Es war ebenfalls in der fremden Sprache abgefaßt, und

der Steuermann mußte es wieder übersetzen. Es lautete:

Gib ausführlich Nachricht über mißlungene Ladung nach Singapore, hauptpostlagernd unter B. M. Ordre geht mit nächster Post ab.

Adressiert war dieses Telegramm an einem Michael Sozonoff in Port Said.

Der Kapitän rief seinen Stab zusammen, wie er lächelnd Doktor Werner und Fredy bezeichnete und legte ihnen den Text vor.

»Man muß sogleich Nachricht nach Port Said geben, daß dieser Michael Sozonoff verhaftet wird!« rief Fredy erregt.

Doktor Werner schüttelte den Kopf.

»Es scheint mir klüger, ihn erst noch den Bericht nach Singapore abfassen zu lassen. Dieser muß dann der Polizei in Kolombo zugängig gemacht werden. Außerdem müssen wir unbedingt versuchen, die neue ›Ordre‹, die Metschikoff seinen Helfershelfern geben wird, abzufangen, ehe er sie zur Post gibt. Dieser Michael Sozonoff entgeht uns ja nicht, da wir nun seinen Namen und seinen Aufenthalt wissen.«

Der Kapitän überlegte und sagte dann:

»Immerhin könnte man an die Polizei in Port Said funken, daß man diesen Michael Sozonoff, ohne daß er es ahnt, im Auge behält, bis Nachricht von der Polizei in Kolombo eintrifft, damit er nicht doch noch entwischt, falls er Verdacht schöpft.«

»Das ist gut«, pflichtete Doktor Werner bei, und auch Fredy stimmte zu.

So gab der Kapitän dieses Funktelegramm an die Polizei in Port Said auf, und dann später auch das Telegramm an Michael Sozonoff, das Ko-Kam-Tai aufgegeben hatte.

In Aden wurde dann Post an Land gegeben, und zwar in dem Postsack, der von dem Kapitän verschlossen wurde. Fredy hatte erkundet, daß Metschikoff einen Brief in diesen Postsack gegeben hatte und meldete es dem Kapitän. Dieser fühlte sich berechtigt, den Sack durchzusehen und fand richtig einen Brief an Herrn Michael Sozonoff in Port Said darinnen. Natürlich wurde der Brief konfisziert. Der Kapitän steckte ihn zu sich, um mit seinem »Stab« darüber zu sprechen.

Im Beisein von Fredy und dem Doktor öffnete er das Schreiben und fand folgenden Inhalt vor, den der Steuermann übersetzt hatte:

»Lieber Michael!

Was ist in Port Said vorgegangen? Weshalb wurde die ›Ladung‹ nicht dorthin geschafft, wohin ich sie beordert hatte? Wie kam es, daß sie von Matrosen wieder an Bord geschafft wurde? Es ist mir verteufelt leid. Gerade jetzt ein Versager nach dem andern. Singapore muß viel gutmachen. Ich bringe die Ware von Singapore zum Teil in Port Said auf dem Rückwege an Land. Du bringst sie dann unsern Auftraggebern. Unter welcher Devise Du die Ware am Hafen in Empfang nimmst, weißt Du. Hier braucht Ko-Kam-Tei nicht zu arbeiten, denn niemand wird in Port Said die Sprache verstehen, in der die Ware von Singapore spricht. Genauere Order bekommst Du, wenn ich die Ware in Singapore besichtigt und ihren Bestimmungsort festgestellt habe. Aber Vorsicht, Vorsicht und nochmals Vorsicht! Wegen der Ware, die uns in Port Said entging, treffe ich erst in Singapore Entschlüsse. Sie darf uns nicht entgehen, denn es ist ein rarer Artikel, für den wir Preise fordern können. Ehe ich endgültig darüber entscheiden kann, muß ich in Singapore Deine Nachricht haben, warum die Ladung wieder an Bord zurückging. Verdammtes Pech! Mache Deine Sache gut, daß wir die Scharte auswetzen.

Metschikoff.«

Das waren wieder gravierende Beweise für das Treiben der beiden Schurken. Anscheinend handelte es sich um eine weitverbreitete Verbrecherbande, deren Haupt Metschikoff war. Es lag nun genug Grund vor, die Polizei in Kolombo zu alarmieren. Denn es war zweifellos, daß die Ware und die Ladung, von der Metschikoff in seinem Briefe sprach, lebende Ware war. Die Schurken handelten mit Menschen. Es gelang Fredy auch noch, dies oder jenes Wort zu erlauschen, das der Kaukasier mit Ko-Kam-Tai wechselte. Es waren immer nur Worte in der fremden Sprache, aber Fredy schrieb sie sich nach dem Klang sofort auf und ließ sie durch den Steuermann übersetzen. Und wenn dabei auch nicht immer ein Sinn herauskam, so wurde doch so viel festgestellt, daß die beiden Verbrecher planten, das Experiment mit Lore in Singapore zu wiederholen.

Fredy dankte dem Himmel, daß Lore davon nichts ahnte. Wie würde sie sich geängstigt haben! Aber ihre Freunde wachten über sie, und Fredy war stolz darauf, das Seine dazu beigetragen zu haben und noch beitragen zu können, daß die so schwärmerisch angebetete Frau diesen Schurken nicht zum Opfer fiel. Und daß außerdem so gefährliche Verbrecher unschädlich gemacht wurden.

Als die »Liberia« so nahe an Kolombo herangekommen war – ohne daß Ko-Kam-Tai und Metschikoff ahnten, daß sie unter Bewachung standen und was man mit ihnen vorhatte –, daß man die Polizei benachrichtigen mußte, gab Fredy an seinen Vater ein Funktelegramm auf, durch welches er ihn dringend und bestimmt aufforderte, Polizeibeamte mit zwei Haftbefehlen für den Mongolen Ko-Kam-Tai und den Kaukasier Metschikoff zu fordern und an Bord der »Liberia« sogleich nach der Landung zu schicken. Es seien zwei schwere Verbrecher, Mädchenhändler, festzunehmen, hinter denen wahrscheinlich eine ganze Bande stehe.

Lore hatte von alledem keine Ahnung. Ihre Freunde wollten sie nicht beunruhigen, solange nicht jede Gefahr für sie beseitigt war.

In Kolombo sollte die »Liberia« wieder einen Tag im Hafen liegen. Die Passagiere, auch Metschikoff und der Mongole, trafen ihre Vorbereitungen, um an Land zu gehen. Die beiden waren ganz ahnungslos, daß ihr Aufenthalt in Kolombo viel länger dauern würde, als in ihrem Programm vorgesehen war.

Am frühen Morgen lief die »Liberia« Kolombo an und der Kapitän erklärte, daß keiner der Passagiere von Bord gehen dürfe, bevor nicht die Gesundheitspolizei dagewesen war. Das sei Vorschrift.

Niemand fand etwas dabei, auch Metschikoff und Ko-Kam-Tai schöpften keinen Argwohn. Es fiel auch nicht auf, daß mit der »Gesundheitspolizei« der Bankdirektor Brown schon mit an Bord kam. Man konnte verstehen, daß die Sehnsucht den Vater trieb, seine Kinder wiederzusehen. Man sah lächelnd der stürmischen Begrüßung zu und fand nichts Auffallendes dabei, daß Fredy mit seinem Vater davonging, während der Kapitän mit den Polizeibeamten in seiner Kajüte verschwand.

Daß Fredy mit seinem Vater auf einem kleinen Umweg ebenfalls dort landete, wäre wohl kaum aufgefallen.

In der Kajüte des Kapitäns gab es eine lebhafte Auseinandersetzung zwischen dem Kapitän und Fredy einerseits und Fredys Vater und den Polizeibeamten, die durchaus keine Beamten der Gesundheitspolizei waren, anderseits.

Aufmerksam hörten die Beamten zu und zeigten sich sehr interessiert.

»Wenn diese beiden Männer der Bande angehörten, die schon seit langer Zeit alle Hafenstädte unsicher machte und mit Vorliebe junge Damen aus guter Familie für ihre unsauberen Zwecke entführten, dann haben Sie uns einen großen Dienst getan«, sagte der Polizeikommissar. Und er bestimmte, daß nicht nur die beiden Verdächtigen verhaftet, sondern auch ihr gesamtes Gepäck beschlagnahmt werden müsse. Doktor Werner war inzwischen mit Miß Ellen und Frau Lore in deren Kabine gegangen. Er hatte die Absicht, Lore auch von seinem eignen Einfluß zu befreien, den er bei der Hypnose auf sie ausgeübt hatte. Denn sobald die beiden Verbrecher verhaftet waren, brauchte sie nicht mehr vor ihnen behütet zu werden. Miß Ellen sollte Lore begleiten. Außerdem war Lore auf diese Art festgehalten, während die beiden Verbrecher verhaftet wurden. Auch

Miß Ellen wollte nicht gern dabeisein. Während nun die drei Personen in Lores Kabine waren, wurden oben die Passagiere auf Deck gerufen. Auch Ko-Kam-Tai und Metschikoff folgten diesem Ruf. Der Kapitän und die Beamten der Polizei gingen von einem zum andern, und der Kapitän nannte dabei die Namen, als sei nur eine leere Form zu erfüllen. Als sie dann an die beiden Verbrecher herankamen und der Kapitän ihre Namen nannte, dauerte es nur einen Moment, und die Hände der beiden Verbrecher saßen in Handschellen fest. Der Haftbefehl wurde ihnen vor die Augen gehalten, und der Kommissar gab Befehl, daß ihr gesamtes Gepäck mit ihnen zugleich an Land geschafft werden sollte.

Metschikoff wie auch der Mongole bekamen schlaffe, fahle Gesichter. Auch die harmlosesten Beobachter konnten erkennen, daß ein böses Gewissen aus ihnen sprach. Sobald sie sich etwas gefaßt hatten, protestierten sie zwar laut gegen ihre Verhaftung und erklärten, sie würden sich beschweren. Aber das nutzte alles nichts. Ohne langes Zögern wurden sie an Land geschafft, und ihre Reise fand auf diese Weise ein vorschnelles Ende.

Es gab natürlich bei den Passagieren große Aufregung, als man erfuhr, um was es sich handelte. Als dann aber nach einer Weile Lore mit Ellen und Doktor Werner wieder heraufkamen, war alles schon vorüber und von den Verbrechern nichts mehr zu sehen.

Lore wurde nun von den Geschwistern mit Beschlag belegt. Sie sollte unbedingt den Tag im Hause ihrer Eltern verbringen. Auch Doktor Werner wurde eingeladen, mit ihnen zu kommen, aber er hatte einige Patienten an Bord und konnte deshalb nicht fort. Er hielt aber Ellens Hand lange in der seinen, und die beiden jungen Menschen sahen sich dabei an, als hätten sie ein Geheimnis miteinander.

Als sie sich trennten, sagte der junge Arzt leise zu Ellen:

»Also bestimmt auf der Rückreise. Ich halte mich dann für Kolombo frei auf längere Zeit.«

Sie nickte ihm zu und sagte, ihn mit großen Augen ansehend:

»Auf Wiedersehen – wenn nicht eher, dann auf der Rückreise.«

Fredy entging es nicht, daß zwischen seiner Schwester und Doktor Werner irgend etwas spielte, aber er war heute sehr diskret und verlor kein Wort darüber.

Lore wollte zuerst die Einladung in das Brownsche Haus nicht annehmen. Sie meinte, die Geschwister würden doch jetzt lieber mit ihren Eltern allein sein, aber Fredy sagte aufgeregt:

»Was denken Sie sich, Frau Lore! Meine Mutter muß Sie doch kennenlernen. Sie muß doch wissen, wie die Frau beschaffen sein soll, die ihr eines Tages als Schwiegertochter bevorsteht. Denn wenn ich nicht eine Frau bekomme, die Ihnen in allen Dingen gleicht, dann –«

Direktor Brown hatte das gehört. Er reichte Lore nun sehr liebenswürdig den Arm und führte sie nach dem Fallreep. Die Geschwister folgten. An Land angekommen, wurde Lore zu einem dort bereitstehenden Auto geführt, und dann ging es fort.

Vor einer reizenden Villa, inmitten eines großen, blühenden Gartens, hielt das Auto an, und auf der Terrasse vor dem Vestibül stand, ihrer Kinder harrend, Missis Brown. Elly und Fredy sprangen mit großen Sätzen zu ihr hinauf, umarmten die Mutter jauchzend und erdrückten sie fast in der Wiedersehensfreude. Sie wurde in einem Atem geliebkost, gescholten, daß sie blaß aussehe, geküßt und hin und her geschoben zwischen ihren unbändigen Kindern, die lachend und weinend an ihr hingen. Das dauerte so lange, bis der Vater energisch eingriff und seine halb ohnmächtige Frau aus der Wirrnis löste.

»Ich erhebe Einspruch, daß ihr eure Mutter in eurem Ungestüm erdrosselt«, sagte er lachend.

Sofort wandten sich Ellen und Fredy gegen ihn.

»Du bist sehr anspruchsvoll geworden in unserer Abwesenheit, lieber Vater!« sagte Fredy, ihn mit sorgenvollem Kopfschütteln betrachtend. »Du hast Mutter jetzt monatelang für dich allein gehabt und gönnst uns nicht einmal, daß wir sie eine Weile für uns in Anspruch nehmen. Und was für Übertreibungen? Wir sollen Mutter nicht erdrosseln? Wenn du sie umarmst, dann wirst du nicht fürchten, daß sie erdrosselt wird.«

Direktor Brown lachte ihn einfach aus.

»Entschuldige nur, mein Sohn, daß ich ein Veto einlegte, aber ich hatte ganz den Eindruck, als wolltet ihr Mutter umbringen.«

Fredy sah Ellen an.

»Wollen wir diese Entschuldigung gelten lassen, Ellen?«

Diese umarmte den Vater lachend.

»Wir wollen ihn nicht gleich heute in Strafe nehmen, Fredy. Du mußt bedenken, daß seine Erziehung jetzt monatelang vernachlässigt wurde.«

Und sie küßte den Vater so stürmisch ab, daß ihm der Atem verging.

Missis Brown wandte sich lachend an Lore.

»Sie dürfen nicht glauben, daß hier eine verkehrte Welt ist. Fredy und Ellen sonnen sich nur zuweilen in dem Gedanken, daß sie ihre Eltern erziehen müssen.«

»Oh, ich kenne Ihre Kinder zu gut, Missis Brown, um ihren Ton nicht zu verstehen. Ich weiß, wie sehr sie ihre Eltern lieben und verehren, trotz der lustigen Übertreibung. Und – ich könnte neidisch werden auf das schöne innige Verhältnis, das zwischen Ihnen allen herrscht.«

»Siehst du wohl, Mutter, ein inniges Verhältnis nennt Frau Lore, was du immer verkehrte Welt nennst. Nun sieh dir aber bitte erst einmal diese wunderschöne, liebe blonde Frau an, Mutter. Ich habe mein Herz an sie verloren und würde sie unbedingt zu meiner Frau machen, wenn sie nicht schon einen Gatten hätte, den sie auch noch über alles liebt«, sagte Fredy, Lore bei der Hand nehmend und sich mit ihr vor seine Mutter hinstellend.

Lore mußte lachen über Missis Browns hilfloses Aussehen.

»Es ist ja nicht so ernst gemeint, Missis Brown, Fredy ist nur ein wenig übermütig.«

Mit tragischer Miene sah Fredy sie an.

»Übermütig nennt sie mich, da mir das Herz fast bricht, weil sie morgen ohne mich weiterreist, Mutter. Ich hoffe, du wenigstens verstehst mich. Ellen nimmt meinen Zustand leider auch nicht ernst.«

Missis Brown strich ihrem Sohn über das Haar.

»Ich nehme ihn sehr ernst, Fredy, und hoffe nur, daß deine Liebe nicht deine ohnedies mangelhafte Erziehung völlig untergraben hat. Es scheint mir fast, daß du den Gast unseres Hauses auf der Schwelle vor Erschöpfung umkommen lassen willst, statt ihm endlich zu gestatten, sich im Hause zu erfrischen und auszuruhen«, sagte in diesem Moment der Vater.

Fredy sah seinen Vater mit großen, erstaunten Augen an.

»Vater, du bist ja erstaunlich galant! Also, treten Sie ein, Frau Lore, und verfügen Sie über dies Haus und all seine Bewohner. Du gestattest, lieber Vater, daß ich damit in deine Rechte eingreife.«

»Immerzu, Fredy, darin hast du ja Übung. Missis Velden ist hoffentlich überzeugt, daß es unser inniger Wunsch ist, ihr den Aufenthalt in unserem Hause so angenehm wie möglich zu machen.«

Während so das lustige Wortgeplänkel zwischen Eltern und Kindern weiter hin und her flog betrat man das schöne, mit einem wundervollen Mosaikfußboden ausgelegte Vestibül, wo es köstlich frisch und kühl war. Ein Springbrunnen plätscherte in der Mitte, auf dessen Rand reizende Amoretten aus Bronze spielten. Das ganze Haus machte einen sehr vornehmen Eindruck. Kunstsinn, Schönheitssinn und Reichtum hatten sich vereinigt, um hier ein reizendes Heim zu schaffen. Es wurde das Tiffin (zweites Frühstück) eingenommen, und dabei plauderte man sehr angeregt. Danach unternahmen die Geschwister mit Lore eine Rundfahrt durch die Stadt, und zwar in kleinen leichten, von Eingeborenen in schnellem Lauf gezogenen Wagen. Lore hatte vorhin diese Fahrzeuge hübsch gefunden, und das genügte für Fredy, sie in einem solchen spazierenfahren zu lassen.

Als man nach Hause zurückkam, stürzten die Chuprassis (Diener) herbei, um ihre Dienste anzubieten und Lore aus dem Wagen zu helfen. Ehe sie aber die junge Frau berühren konnten, scheuchte Fredy sie hinweg, um Lore selber diesen Dienst zu erweisen.

»Pi shasha ki poh!« (Hol dich der Teufel) rief er einem besonders zudringlichen Chuprassi zu.

Im Hause führte Ellen den Gast zum Badezimmer, damit sich Lore nach der Fahrt in der Hitze erfrischen konnte. Als man dann wieder eine Weile in der kühlen Halle miteinander geplaudert hatte, erschien ein in weißes Linnen gekleideter Diener und meldete, daß angerichtet sei.

Man ging zu Tisch. Die Diener, die bei Tisch servierten, waren alle schneeweiß gekleidet. Sie hießen Khitmagars und hatten nur das Amt, bei Tisch zu bedienen. Ihre Augen hingen an denen der Hausfrau, die sie in tiefster Ehrfurcht Burra Mem Sahib nannten.

Lore war das ganze Leben und Treiben im Brownschen Hause, das eine Mischung von englischen und indischen Sitten zeigte, sehr interessant. Sie fühlte sich zwischen diesen heiteren, warmherzigen Menschen sehr wohl. Gern hätte sie die Einladung von Missis Brown, einem Dampfer wenigstens zu überschlagen und so lange die Gastfreundschaft ihres Hauses anzunehmen, akzeptiert, aber sie dachte an Heinz und lehnte dankend ab.

»Was denkst du, Mutter, Frau Lore hat Eile, zu ihrem beneidenswerten Gatten zu kommen. Nicht eine Stunde würde sie ihm ihre Gesellschaft entziehen, um andere Sterbliche so lange glücklich zu machen«, bemerkte Fredy eifersüchtig und wie immer, wenn er in diesem Zustand war, etwas ruppig.

Nach Tisch hielt man Siesta auf der nach Norden gelegenen schattigen Terrasse. Und hier endlich, wo man so friedlich beisammensaß, sollte Lore von Fredy erfahren, was eigentlich in Port Said mit ihr geschehen war. Er hatte es sich vom Kapitän ausgebeten, ihr alles sagen zu dürfen.

»Wissen Sie, Frau Lore«, begann er, »daß Metschikoff und Ko-Kam-Tai verhaftet wurden, ehe sie hier in Kolombo die ›Liberia‹ verließen?«

Lore richtete sich betroffen auf.

»Nein, das wußte ich nicht; weshalb wurden sie verhaftet?«

»Weil es ganz verdammte Halunken sind.«

Lore erblaßte.

»Mein Gott, so habe ich ihnen doch nicht unrecht getan mit meiner Abneigung. Ich hatte immer ein unheimliches Gefühl in ihrer Nähe, namentlich in der Nähe des Mongolen.«

»Das hatte seine guten Gründe. Nun die beiden edlen Gentlemen unschädlich gemacht wurden und hinter Schloß und Riegel sitzen, darf ich Ihnen alles sagen, ohne Sie zu sehr zu beunruhigen. Die Schufte hatten Böses mit Ihnen vor.«

»Mit mir?« fragte Lore erblassend.

»Ja, Frau Lore, mit Ihnen.«

Und er erzählte ihr alles, was geschehen war, in welcher Gefahr sie geschwebt hatte und wie sie daraus errettet worden war. Atemlos erregt hörte Lore zu, und als Fredy zu Ende war mit seinem Bericht, sagte sie tonlos:

»Darum hatte ich immer das quälende Gefühl, als dürfe ich etwas nicht vergessen an jenem Morgen, nein, schon am Abend vorher. Ja – jetzt erinnere ich mich! An jenem Abend kam der Mongole auf Deck – und ich wollte, wie immer, entfliehen und konnte nicht, und dann war mir, als hätte ich geschlafen, und er sagte mir mit seinem scheußlichen, falschen Lächeln, es sei Zeit zur Abendtafel und ich hätte wohl geschlafen. Mein Gott, Mister Fredy, jetzt weiß ich erst, was ich Ihnen zu danken habe. Was wäre ohne Ihre Hilfe wohl aus mir geworden?«

Und sie sprang auf, während ihr die Tränen aus den Augen stürzten, und faßte Fredys Hände in tiefer Dankbarkeit.

Fredy bekam vor Wonne einen roten Kopf, drückte Lores Hände abwechselnd an die Lippen und sah entzückt in ihr erregtes Gesicht.

»Ich habe es so gern getan, Frau Lore«, sagte er mit leiser, schwankender Stimme. »Und ich bin so stolz darauf, daß ich wirklich Ihr Ritter und Ihr Beschützer sein konnte.«

Fassungslos sank Lore wieder in ihren Sessel. Es war ein unheimliches Gefühl für sie, daß jemand sie hatte so willenlos machen können. Ellen und Fredy beruhigten sie und sagten ihr, das sei ein ganz einfaches Experiment gewesen, wie es in Gesellschaft oft zum Scherz gemacht würde. Es habe auch nur gewirkt, weil sie ohnedies matt und schläfrig von der Hitze gewesen sei.

Ehe Ellen ihr dann sagen konnte, daß Doktor Werner sie in ihrer Gegenwart noch einmal in einen leichten hypnotischen Schlaf versetzt habe, wurde den Herrschaften der Kommissar der Polizei gemeldet.

»Mem Sahib salaam deti« (die Herrin läßt bitten), sagte Missis Brown zu dem Diener.

Und dieser ging, um es dem Besucher zu melden.

Der Kommissar, der die beiden Verbrecher verhaftet hatte, erschien. Direktor Brown ging ihm entgegen.

»Sie haben uns etwas zu sagen?« fragte er gespannt. Der Kommissar verneigte sich vor den Damen und fragte, Lore ins Auge fassend:

»Ist das die junge Dame, durch die der Stein ins Rollen kam?«

»Ja, es ist Missis Velden«, bestätigte Fredy.

Soeben hat mein Sohn Missis Velden eröffnet, was die Verbrecher mit ihr vorhatten.«

Der Kommissar verneigte sich vor Lore.

»Sie sind vor einem furchtbaren Schicksal bewahrt worden.«

Dann trat er auf Fredy zu und faßte seine Hand.

»Ich bin gekommen, um Ihnen, auch im Namen meiner Behörde, vorläufig unsern Dank auszusprechen, Mister Brown. Die beiden Verhafteten sind wirklich identisch mit den lange von vielen Hafenpolizeien gesuchten Verbrechern, die eine Anzahl junger Damen aus besten Familien entführt und schmählich verhandelt haben. In den Koffern des Kaukasiers Metschikoff, der als Anführer einer weitverzweigten Bande überführt worden ist, fanden wir alles belastende Material, und außerdem hat dann auch noch der Mongole in einem anscheinend tiefgründigen Haß gegen seinen Komplizen, alles gesagt, was wir wissen wollten. Die Haftbefehle für die gesamten Helfer und Helfershelfer sind bereits an alle in Betracht kommenden Hafenstädte abgesandt worden, und in Singapore wird man eine Anzahl junger Inderinnen, die diese Bande dort schon für den ›Versand‹ unter allerlei falschen Vorspiegelungen zusammengebracht hatten, vor einem bitteren Schicksal bewahren. Es wird alles geschehen, um die ganze Bande unschädlich zu machen. Und wenn uns das, wie wir nicht zweifeln, gelingt, dann danken wir es nur Ihnen.«

Das war ein stolzer Moment für Fredy. Er sah mit leuchtenden Augen zu Lore hinüber.

»Nur für Sie habe ich das alles getan«, sagte er mit verhaltener Stimme. »Nun sind Sie ganz in Sicherheit, Frau Lore.«

Lore sprang auf und drückte ihm weinend die Hand.

»Nie, nie vergesse ich Ihnen, was Sie für mich getan, Mister Fredy.«

Sie war noch ganz benommen von allem, was sie in dieser Stunde erfahren hatte. Die Gefahr, in der sie geschwebt, war vorüber, als sie davon erfuhr. Aber ein Zittern lief über sie dahin, als sie an ihren Gatten dachte.

»Ich hätte ihn nicht wiedergesehen und nie von seinem Kummer erlösen können. Nie hätte er den Glauben an mich wiedergefunden«, sagte sie sich. Immer wieder drückte sie Fredy und auch Ellen die Hände.

Der Kommissar stellte noch einige Fragen an Lore und verabschiedete sich dann.

Für Lore und ihre Freunde verging der Rest des Tages sehr schnell. Am späten Abend mußte sie an Bord der »Liberia« zurückkehren. Die ganze Familie Brown gab ihr das Geleit. Den alten Herrschaften war die schöne blonde Deutsche schnell ans Herz gewachsen. Man bat sie immer wieder, bei Gelegenheit der Rückreise mit ihrem Gatten auf längere Zeit in ihrem Hause Aufenthalt zu nehmen. Lore versprach es gern.

»Mein Mann muß doch Mister Fredy seinen Dank abstatten«, sagte sie mit leise bebender Stimme.

Ellen wurde der Abschied von Lore auch sehr schwer. Am meisten aber litt Fredy darunter, und in seinem heißen Trennungsschmerz war er ruppiger und unfreundlicher denn je.

Der Kapitän der »Liberia« und Doktor Werner wußten auch schon, was die Polizei über die Verbrecher ermittelt hatte, und sie begrüßten Lore und die Familie Brown sehr freundlich. Am herzlichsten war wohl die stille, lautlose Begrüßung zwischen Ellen und Doktor Werner. Sie konnten unbelauscht einige Worte sprechen und Doktor Werner sagte, Ellen tief in die Augen sehend:

»Wie schlimm war es für mich, daß ich mich heute nicht freimachen konnte. Miß Ellen, es war alles wie verhext, meine Patienten hielten mich erst fest, und dann ist noch einer der Matrosen unglücklich gestürzt, so daß ich sofort eine kleine Operation vornehmen mußte. Sie wissen, was mich das gekostet hat, liebe, teure Ellen, aber ich hole es nach. In wenig Wochen bin ich wieder bei Ihnen – bitte –, bereiten Sie Ihre Eltern schon vor.«

Sie nickte ihm lächelnd zu.

»Ich erwarte Sie – lieber Herr Doktor. Glückliche Fahrt bis dahin.«

Dann wurden sie gestört.

Fredy hatte Lores Wohl dem Kapitän noch einmal sehr ans Herz gelegt und bat nun auch Doktor Werner, er möge sich ihrer annehmen, damit sie in Singapore gut auf dem andern Dampfer untergebracht werde. Der Arzt versprach es ihm und sagte, daß er ihm auf der Rückfahrt Bericht erstatten werde. Fredy schüttelte ihm die Hand, sah ihm ernst und forschend in die Augen und blickte zu Ellen hinüber.

»Das ist eine famose Idee, Herr Doktor. Ich sage also: Auf Wiedersehen.«

Und nun kam der Abschied von Frau Lore. In Eile mußte sie noch versprechen, daß sie bald Nachricht geben werde. Missis Brown und Ellen küßten sie herzlich und Vater Brown tätschelte ihr die Hand und führte sie an seine Lippen. Fredy konnte das schließlich nicht mehr mit ansehen. Er schob seinen Vater sehr energisch beiseite und sagte ruppig vor Trennungsweh:

»Nun laß mich nur endlich auch mal ran, wir müssen gleich von Bord.« Und zu Lore gewandt fuhr er, seiner Stimme mühsam Festigkeit gebend, fort: »Vater hat Ihnen die Hand dreimal küssen dürfen, Mutter und Ellen haben Sie umarmt und geküßt – und was bleibt nun für mich?«

Lore sah ihn voll Dankbarkeit und Mitleid innig an. Dann nahm sie ihn beim Kopf.

»Das!« sagte sie tief bewegt.

Und sie preßte ihre Lippen fest und herzlich auf seinen Mund.

Er stand wie gelähmt. Sein frisches Jungengesicht wurde bleich, aber in seinen Augen leuchtete es glückselig. Er nahm ihre Hände noch einmal und preßte sie an seine Lippen.

»Dank, heißen Dank«, stammelte er, und dann stürmte er davon.

Erst auf dem Fallreep sah er sich noch einmal um, blickte in ihr hell beleuchtetes Gesicht und rief mit brechender Stimme:

»Vergessen Sie mich nicht, Frau Lore!«

»Nie vergesse ich meinen Retter!« rief sie ihm nach.

Er sah ihr schönes, liebes Gesicht noch einmal über der Reling, von flackerndem Licht erhellt, dann sah er ihr Tüchlein flattern – und dann war nichts mehr von der blonden Frau Lore zu sehen, die sein Jünglingsherz das erste jungselige Sehnen gelehrt hatte.

Seine Angehörigen folgten ihm.

Als er sich mühsam gefaßt hatte, schob er die Hand unter den Arm seiner Mutter, während der Vater mit der Schwester vorausging.

Eine Weile schritten sie stumm nebeneinander hin. Dann sagte die Mutter liebevoll:

»Der Schmerz wird vorübergehen, mein Fredy, und – das Schöne bleibt. Bewahre dir das Andenken an diese deine erste Liebe rein und heilig und freue dich, daß du sie einer lieben, schönen und reinen Frau schenken durftest. So etwas Schönes und Reines und Selbstloses kommt nie wieder. Laß es dir Ansporn sein zu allem Guten und Großen.«

Da drückte er sein Gesicht an den Arm der Mutter.

»Nie vergesse ich sie, Mutter. Sie ist die herrlichste Frau, die ich außer dir kenne.«

Ein gerührtes Lächeln huschte ungesehen um den Mund der Mutter. Nur sie wußte, wie sehr er bis in die Tiefen seines jungen Seins aufgerührt war, so tief, daß er vergaß, daß er längst über die Kinderzeit hinaus war.

XIII.

Die »Liberia« setzte ihre Reise fort. Lore fühlte sich vereinsamt, denn Ellen und Fredy fehlten ihr sehr. Der Kapitän und Doktor Werner leisteten ihr ab und zu Gesellschaft, aber sie waren durch ihren Dienst viel in Anspruch genommen. So war Lore ihren Gedanken preisgegeben, und die Sehnsucht nach ihrem Gatten und die Frage, wie und wo sie ihn finden würde, brannten in ihrer Seele. Fredys und Ellens Gesellschaft hatte sie kaum zum Bewußtsein ihrer Verlassenheit kommen lassen. Aber die Tage vergingen doch, und Singapore sollte am nächsten Morgen erreicht werden. Lore packte nun ihre Sachen und empfand es wieder sehr unangenehm, daß sie mit einem andern Dampfer weiterreisen mußte.

In Singapore angekommen, ergab es sich, daß der Kapitän sie nicht, wie er gehofft hatte, selbst dem Kapitän des andern Dampfers empfehlen konnte. Er bat deshalb Doktor Werner, Lore zu begleiten und dem Leiter des andern Schiffes ein Empfehlungsschreiben zu übergeben.

In dankbarer Herzlichkeit verabschiedete sie sich von dem Kapitän. Der Schiffsarzt begleitete sie auf den andern Dampfer und gab das Empfehlungsschreiben ab. Lore wurde gut aufgenommen und erhielt eine hübsche Kabine, die freilich nicht so komfortabel war, wie die auf der großen »Liberia«.

Als sie sich von Doktor Werner verabschiedete, sah sie ihn unruhig und unsicher an.

»Herr Doktor, eine Frage liegt mir noch schwer auf dem Herzen.«

Er sah sie lächelnd an.

»Fragen Sie!«

»Sagen Sie mir ehrlich, ob meine Gesundheit irgendeinen Schaden erlitten haben kann dadurch, daß ich unter der Suggestion jenes Menschen stand.«

Er nahm ihre Hand.

»Diesen Gedanken schlagen Sie sich aus dem Kopf. Was Ihnen der Mongole suggerierte, ist längst vergessen.«

»Und – was Sie mir suggerierten, Herr Doktor?«

Er sah sie erstaunt an.

»Hat Ihnen Ellen – ich meine Miß Brown – nicht gesagt, daß ich Sie auch davon befreite in der Stunde, da ich wußte, daß die beiden Verbrecher unschädlich gemacht würden?«

»Nein.«

»So hat sie es zu berichten vergessen. In ihrer Gegenwart – wir befanden uns in Ihrer Kabine – versetzte ich Sie nochmals in einen leichten hypnotischen Schlaf, um Sie auch von dem freizumachen, was ich Ihnen gebieten mußte. Ich konnte verstehen, daß es Ihnen unangenehm sein mußte, irgendeinen Willen, außer dem Ihres Herrn Gemahls, über sich zu fühlen. Sie können Miß Brown brieflich fragen, ob ich Ihnen die Wahrheit sage.«

Sie faßte seine Hand.

»Dessen bedarf es nicht. Ich danke Ihnen, daß Sie mich so gut verstanden haben, und nun erst fühle ich mich vollkommen frei und Herr meines Willens.«

»Darf ich Ihnen zum Abschied noch ein Geheimnis anvertrauen, gnädige Frau, das Miß Ellen und mich angeht?«

Freudig forschend sah sie ihn an.

»Sprechen Sie – sprechen Sie –, ich glaube, ich ahne es.«

»Ellen hat mir erlaubt, auf der Rückreise, wenn ich mir Urlaub genommen habe, bei ihren Eltern um ihre Hand anzuhalten. Ich werde in Düsseldorf, wo meine Mutter und Ellens Großmutter leben, eine Praxis einrichten und hoffe, daß Ellens Eltern mir ihr Kind anvertrauen werden.«

»Oh, wie mich das freut, Herr Doktor! Ich zweifle nicht, daß Sie beide sehr glücklich miteinander werden. Meine herzlichen Wünsche begleiten Sie.«

»Ich danke Ihnen und hoffe, daß Sie Ihren Herrn Gemahl bei bester Gesundheit in Cheribon antreffen werden und bitte um eine Empfehlung unbekannterweise.«

Es zuckte leise in Lores Gesicht, als sie ihm dankte. Wenn er, wenn all ihre Freunde ahnten, daß sie nicht in Cheribon von ihrem Gatten erwartet wurde, sondern ihn in dieser fremden Welt erst suchen mußte.

Ein letzter Händedruck – den sie mit Doktor Werner

wechselte –, und dann war Lore allein – ganz allein zwischen fremden Menschen.

Völlige Verzagtheit wollte sie überkommen. Und diese Mutlosigkeit hielt an, bis sie in Cheribon gelandet war.

Dort begab sie sich in ein Hotel – sie ahnte nicht, daß es dasselbe war, in dem auch ihr Gatte auf javanischer Erde übernachtet hatte.

Der niederländische Wirt empfing sie sehr liebenswürdig, und da er der englischen Sprache mächtig war, konnte sie sich gut mit ihm verständigen. Er fragte sie, wie lange sie bleiben werde, und sie antwortete, daß sie das erst sagen könne, wenn sie auf dem Büro der Slamatbahn gewesen sei. Da antwortete er:

»Dies Büro liegt ganz in der Nähe. Sie sind eine Deutsche, nicht wahr? Erst vor einigen Wochen haben zwei deutsche Ingenieure eine Nacht bei mir logiert. Sie hatten auch bei der Slamatbahn zu tun.«

Lores Augen weiteten sich.

»Wie hießen die Herren »

»Warten Sie einen Augenblick – ja –, Velden – Doktor Velden und Doktor Raimund.«

Lore hätte laut aufweinen mögen vor Freude, als sie diese Namen hörte. Gottlob, sie war auf der rechten Fährte. Sich tapfer bezwingend, sagte sie mit feuchten Augen zu dem Wirt aufsehend:

»Ich bin die Frau dieses Doktor Velden.«

Da zeigte sich der Wirt noch viel liebenswürdiger, und Lore bat ihn, ihr möglichst dasselbe Zimmer anzuweisen, in dem ihr Gatte gewohnt hatte.

Das Zimmer war noch frei, und so konnte Lore es bekommen. Als sie allein war, warf sie sich, von ihren Gefühlen überwältigt, auf das breite holländische Bett und weinte, weinte, als müsse sich aller Schmerz in Tränen auflösen. Sie hatte gefürchtet, noch lange nach ihrem Gatten suchen und forschen zu müssen, und nun hörte sie gleich am ersten Tage in diesem Lande von ihm. Das überwältigte sie. Lange lag sie so und drückte ihr Gesicht in die Kissen, auf denen auch Heinz geruht hatte. Und dabei betete sie inbrünstig, daß der liebe Gott sie nun weiter auf den richtigen Weg führen möge, damit sie ihren Gatten bald erreichte.

Endlich erhob sie sich, erfrischte sich durch ein Bad, kleidete sich um und erkundigte sich, wo das Büro der Slamatbahn sei. Der Wirt gab ihr einen Boy als Wegweiser mit.

Es währte nicht lange, da stand Lore vor dem Büro. Mit klopfendem Herzen ging sie hinein. Derselbe Beamte, der vor einigen Wochen Heinz und Georg empfangen hatte, fragte sie etwas erstaunt nach ihrem Begehr. So elegante europäische Damen pflegten in Cheribon nicht oft gesehen zu werden. Lore nahm an, daß er nicht deutsch verstehe, und da sie die holländische Sprache nicht beherrschte, so fragte sie auf englisch:

»Verzeihung, mein Herr, kann ich bei Ihnen Auskunft erhalten, ob bei der Slamatbahn ein deutscher Ingenieur Doktor Velden angestellt ist?«

Der Beamte machte noch erstauntere Augen, gab aber einer so reizenden, jungen Dame gern Auskunft.

»Ja, Missis, Doktor Velden ist seit einigen Wochen bei der Slamatbahn angestellt.«

Lore klopfte das Herz zum Zerspringen.

»Können Sie mir Auskunft geben, wo er sich jetzt befindet?«

»Genau kann ich Ihnen nicht sagen, wo man ihn stationiert hat.«

»Und wo kann ich das erfahren?«

»Bei dem Direktor und Betriebsleiter.«

»Wo finde ich diesen Herrn?«

»In dem großen Zeltlager am Fuße des Slamat.«

»Wollen Sie die Güte haben, mir zu sagen, wie ich dahingelangen kann?«

Kopfschüttelnd sah der Beamte die elegante junge Dame zweifelnd an.

»Das wird schwerhalten, und für eine so junge und – elegante Dame ist es nicht ungefährlich.«

Lore preßte die Handflächen aneinander.

»Ich muß aber dorthin. Doktor Velden ist – mein Mann.

Der Beamte schien eine Weile sprachlos. Dann sagte er fast bestürzt:

»Wir haben nicht gewußt, daß Doktor Velden verheiratet ist. Wir stellen nur unverheiratete Ingenieure ein, denn für die Frauen derselben ist kein geeignetes Unterkommen zu finden. Die Herren Ingenieure wohnen in Zelten und nicht allein.«

Lore sah ihn mit einem flehenden Blick an.

»Ich muß aber zu meinem Mann. Ich habe ihm Dinge von größter Wichtigkeit zu sagen. Das kann nur persönlich geschehen, deshalb unternahm ich die weite Reise. Bitte, raten Sie, helfen Sie mir, daß ich ihn erreiche. Es ist mir ganz gleich, wie ich hinkomme, nur hinkommen muß ich.«

Bei der verzweifelten und innigen Bitte Lores wurde dem Beamten sehr weich ums Herz. Aber er sagte bedauernd:

»Ich weiß wirklich nicht, wie Sie in das Lager kommen sollen. Eine Bahn fährt eben noch nicht dorthin. Und es ist sehr weit. Mehrere Städte und Ortschaften liegen dazwischen. Wie also sollen Sie dahinkommen?«

»Gibt es keine Beförderungsmittel?«

»Ich wüßte nicht, welche.«

»Aber wie kommen die Ingenieure und die Arbeiter dorthin?

»Sie werden mit den kleinen Bauwagen, die zuweilen auf den Notgleisen fahren, befördert. Darin kann aber eine Dame ganz unmöglich fahren, selbst wenn jetzt welche verkehrten, was nicht der Fall ist. Und die Herrn Ingenieure – ja –, die fahren mit dem großen Personenauto, wenn es nötig ist. Ihr Herr Gemahl und Doktor Raimund trafen es gut.«

»Kommt dieses Personenauto nicht öfter nach Cheribon?«

»Sehr selten, aber bestimmt nicht in den nächsten Wochen.«

Lore wurde das Herz immer schwerer. Noch wochenlang warten, ehe sie zu Heinz gelangte? Das war eine unerträgliche Marter.

Wie lange fährt man mit diesem Personenauto bis nach dem Lager?«

»Sieben Stunden ungefähr, die Wege sind nicht sehr gut.«

»Und – verzeihen Sie, daß ich Ihre Zeit so lange in Anspruch nehme – ist es nicht möglich in Cheribon ein Auto oder sonst ein Fahrzeug zu mieten?«

»Das halte ich für ausgeschlossen, wer hier ein Auto hat, braucht es selbst. Außer den Plantagenbesitzern der Umgegend hat wohl niemand ein solches im Besitz, und die kleinen Pferdewagen hier schaffen es nicht. Es geht aufwärts ins Gebirge.«

Lore überlegte. Dann sagte sie energisch:

»Und wo kaufen die Plantagenbesitzer ihre Autos?«

»Natürlich hier in Cheribon.«

»Also gibt es welche zu kaufen

»Gewiß!«

»Gut, dann werde ich eins kaufen.«

Der Beamte starrte sie an. Die Frau eines Ingenieurs, der doch sicher nur nach Java gekommen war, um besser zu verdienen als in der Heimat, die wollte so mir nichts dir nichts ein Auto kaufen?

»Dann – allerdings, wenn Sie dazu die Mittel haben.«

Lore stutzte.

»Es wird doch eine Bank in Cheribon geben?«

»Gewiß, mehrere sogar.«

»Dann ist alles gut«, sagte Lore, tief aufatmend. »Wollen Sie die Güte haben, mir den Weg zu bezeichnen, den ich nach dem Lager einschlagen muß.«

Der Beamte, der sich von seinem Erstaunen noch nicht erholt hatte, trat an eine Karte an der Wand heran.

»Ich will Ihnen den Weg hier auf der Karte zeigen.«

Lore trat neben ihn. Sie nahm ihr Notizbuch heraus und zeichnete sich die Tour leicht auf, die Namen der Ortschaften dazuschreibend.

»Es ist nur, falls ich keinen Chauffeur bekomme, oder nur einen, der den Weg nicht weiß«, sagte sie.

Er blickte sie kopfschüttelnd an.

»Sie wollen doch nicht sagen, daß Sie selbst fahren wollen, wenn Sie keinen Chauffeur bekommen, was noch schwerer sein wird, als ein Auto zu bekommen.«

Lore nickte energisch.

»Ja, dann fahre ich selbst.«

»Haben Sie eine Ahnung, wie gefährlich das sein kann? Gerade jetzt ist allerlei Gesindel am Wege.«

Sie seufzte tief auf.

»Es bleibt mir keine Wahl, wenn ich keinen Chauffeur finde. Aber da, wo ich das Auto kaufe, wird es ja auch einen Chauffeur zu mieten geben.«

Der Beamte lachte trocken auf.

»Die Autos verkauft ein Händler, der, wie es hier üblich ist, allerhand zu verkaufen hat, auch Autos. Fahren kann er sie selber nicht.«

»Nun, ich werde sehen. Jedenfalls danke ich Ihnen für Ihre Auskunft, mein Herr.«

»Bitte sehr«, dienerte der Beamte, »es ist gern geschehen, und ich bedauere, Ihnen nicht besser helfen zu können. Jedenfalls wünsche ich Ihnen eine gute Fahrt.«

Lore lächelte ihn dankbar an und neigte das Haupt.

Dann stand sie wieder auf der Straße, die so fremdartig und unbekannt für sie war. Sie sah Eingeborene vorübergehen, sah Kinder spielen und blickte in die kleinen Schaufenster oder vielmehr Auslagen, denn die Läden waren alle nach der Straße hin offen.

Langsam ging sie in das Hotel zurück. Hier bat sie den Wirt, ihr noch mal einen Führer mitzugeben. Sie suche nach einer Bank, nach der größten am Platz, und wolle dann ein Auto kaufen.

Der Wirt staunte ebenfalls. Ein Auto kaufen? Das war eine Sache in Cheribon. Es interessierte ihn so sehr, daß er sich erbot, Lore selbst zu der Bank und zu dem Autohändler zu führen. Sie war dessen sehr froh. Und so machten sie sich auf den Weg.

Lore dankte dem Himmel, daß sie in der Lage war, sich ohne Sorge ein Auto kaufen zu können.

Ihre Geschäfte auf der Bank waren schnell erledigt. Der Wirt führte sie durch einige Straßen, die nur mäßig belebt waren. Allerlei Geschäfte wurden auf der offenen Straße vor den Läden abgewickelt. Vor einer etwas größeren Halle blieb der Wirt endlich stehen. Hier stand und lag alles in einem unbeschreiblichen Durcheinander herum. Da gab es in einer Ecke allerlei Hauswirtschaftsgegenstände, in einer anderen waren Kästen und Körbe von großem Umfang übereinandergetürmt. Daneben standen alle Arten landwirtschaftliche Maschinen, kleine Handkarren, wie Lore sie schon auf der Straße gesehen hatte, und über ihnen hingen Sättel und Zaumzeuge, Netze für Fischer, Hacken und Schaufeln, Taue, Bindfaden, Kästen mit Nägeln und große Stöße Sackleinen oder Zeltbahnen – alles das war hier zu kaufen.

Aber – von einem Auto – keine Spur.

Ein alter, niederländischer Kaufmann erschien nach einer Weile, begrüßte höflich den ihm bekannten Hotelier und fragte nach dem Begehr.

»Das ist der Besitzer dieses Geschäfts, Mevrouw Velden, und er hat auch Autos zu verkaufen, nicht wahr, Abraham?«

»Will diese Dame ein Auto kaufen?« fragte der andere in niederländischer Sprache.

»Ja, Abraham, wenn sie einen guten Wagen preiswert haben kann.«

Der Hotelier sagte in englischer Sprache zu Lore:

»Lassen Sie mich die Verhandlung führen. Er spricht nur

Niederländisch und Hebräisch.«

»Hat er denn überhaupt ein Auto, ich sehe ja keins«, sagte Lore beklommen.

Der Wirt fragte den Händler, und dieser machte eine Bewegung, man möge ihm folgen.

Und er führte sie über einen schmalen Hof in eine Art Garage. Hier standen zwei Autos, ein neues und ein altes.

»Der Händler pries erst das alte in den höchsten Tönen an. Lore, die von ihrem Vater einen schönen Mercedes geerbt hatte und ihn auch fahren konnte, verstand sich gut auf Autos und ließ sich den alten Wagen, der ihr so angepriesen wurde, von innen zeigen. Sie merkte sofort, daß es ein sehr minderwertiger Wagen war, abgefahren und außerdem stark vernachlässigt.

»Was soll der Wagen kosten?« fragte sie.

Der Wirt machte den Dolmetscher, und der Kaufmann verlangte für den alten Wagen einen Preis, wie er für denselben Wagen neu auch noch sehr hoch gewesen wäre.

Lore erschrak, und der Wirt lachte.

»Sie müssen immer gleich die Hälfte abziehen, Mevrouw Velden, der Kerl schlägt auf.«

»Auch die Hälfte ist noch reichlich teuer für diesen Wagen, den ich übrigens keinesfalls kaufe. Ich käme damit nicht weit, und ich muß einen guten, leistungsfähigen Wagen haben. Sagen Sie ihm das, bitte, und fragen Sie ihn, was der neue Wagen kostet.«

Damit trat Lore an den neuen Wagen heran, der einen guten deutschen Namen führte.

Natürlich forderte der Händler mehr als das Doppelte des Wertes, und Lore erklärte, die Hälfte sei reichlich genug. Nun begann ein großes Feilschen, während Lore den neuen Wagen genau innen und außen betrachtete. Und nach einem heißen Kampf und jammervollem Geschrei des Händlers, es sei sein Ruin, wenn er den Wagen so billig abgebe, wurden sie handelseinig.

Lore war sehr froh, Besitzerin des neuen Wagens zu sein.

»Nun fehlt mir noch ein Chauffeur, Herr Wirt. Bitte, fragen Sie den Mann doch, ob er nicht weiß, wie ich zu einem tüchtigen, zuverlässigen Chauffeur komme.«

Der Wirt zog die Brauen hoch.

»Da wird guter Rat teuer sein, Mevrouw Velden.«

Aber er fragte den Händler. Dieser spitzte die Ohren. Ja, wenn er noch zehn Gulden bekomme, dann werde er der Mevrouw auch einen tüchtigen, einen sehr tüchtigen Chauffeur verschaffen. Er sei aber nur für zwei Monate zu haben. Nach dieser Zeit habe er einen Posten angenommen als Führer eines Lastautos, das für die Slamatbahn eingestellt werde. Dieses Lastauto sei von der Slamatbahn-Gesellschaft in Europa bestellt worden und käme erst in zwei Monaten an. Der Chauffeur habe erst heute bei ihm angefragt, ob er nicht auf zwei Monate Arbeit bei ihm finden könne, aber er könne ihn nicht gebrauchen. Der Mann werde von der Slamatbahn wohl bezahlt, weil man ihn zu früh engagiert habe.

Lore hätte am liebsten laut aufgejubelt. Gern versprach sie Abraham noch zehn Gulden, und dieser schickte in die Herberge, wo sich der Chauffeur aufhielt.

Er kam schnell herbei. Es war ein stämmiger, etwa dreißigjähriger Mann mit einem intelligenten Gesicht und offenen Augen. Er konnte sogar etwas Deutsch sprechen, da er als junger Mann längere Zeit in Köln in einer Maschinenfabrik gearbeitet hatte. Von Geburt war er Holländer.

Er machte einen sehr zuverlässigen Eindruck, und Lore pries sich glücklich, diesen Mann gefunden zu haben. Sie wurde schnell einig mit ihm. Er lachte, als er sein Deutsch wieder hervorsuchte, aber es ging ganz gut.

Und vor allen Dingen kannte er den Weg zum Lager am Fuße des Slamat.

Lore besprach nun mit ihm, daß sie am nächsten Morgen aufbrechen wolle, und man riet ihr, schon um vier Uhr zu fahren und lieber um die Mittagszeit einige Stunden unterwegs auszuruhen.

»Sie halten das sonst nicht aus. Mevrouw«, meinte der Chauffeur. »Wir fahren von vier bis zehn Uhr, und Sie ruhen bis nachmittags drei Uhr und fahren dann weiter. Acht Stunden müssen wir mit dem neuen Wagen, der noch nicht eingefahren ist, rechnen. Dann sind wir um fünf Uhr im Lager.«

Der Wirt stimmte dem Chauffeur zu.

»Er hat recht, Mevrouw, die Hitze macht Sie kaputt.«

Lore war einverstanden, und so wurde vereinbart, daß der Chauffeur den Wagen noch einmal gründlich nachsehe und sie dann morgen früh vier Uhr am Hotel abhole.

So geschah es. Der freundliche Wirt sorgte für ein inhaltsreiches Proviantkörbchen. Lores Koffer wurden aufgeschnallt, und nach herzlichem Abschied fuhr Lore davon.

XIV.

Heinz Velden und Georg Raimund hatten sich nun schon in ihrem neuen Wirkungskreis eingelebt. Heinz vergrub sich mit wilder Energie in die Arbeit. Er wollte das Gefühl betäuben, das ihn mehr und mehr zu unterjochen drohte, das Gefühl der Sehnsucht nach Lore.

Georg versuchte, ihn mit in den Kreis der andern Ingenieure zu ziehen, die nach Feierabend zusammen in der großen Holzbude zu sitzen pflegten, in der auch die Mahlzeiten eingenommen wurden und wo sie sich, so gut es ging, amüsierten. Ein- oder zweimal ging Heinz mit, aber dann streikte er.

»Laß mich allein, Georg, geh du hinüber zu den Fröhlichen, ich würde euch ja doch nur die Laune verderben.«

Georg wollte dann auch nicht gehen. Da erklärte Heinz fast brüsk, er wolle lieber für sich sein. Und wenn er dann allein war, zog er Lores Bild hervor und versenkte sich in den Anblick ihrer Züge und fragte sich immer wieder, wie es möglich sei, daß dieses Gesicht das einer Lügnerin und Betrügerin war.

Schon am ersten Sonntag trieb es Georg nach Tjobulah. Aber er war nicht zu bewegen, schon am Sonnabend mittag hinüberzufahren und sich gleich als Logiergast einzuladen, wie ihm die andern rieten, weil man dabei nichts finden werde. Georg erklärte energisch, das erstemal wolle er erst am Sonntag morgen hinüberfahren und es Franks überlassen, ihn für spätere Besuche schon am Sonnabend einzuladen.

Heinz wollte ihn zuerst nicht begleiten, aber Georg stellte ihm vor, daß es unartig aussehen würde. Da gab Heinz nach.

Einige andere Ingenieure, gerade die, die Heinz und Georg bei der Fahrt von Cheribon in das Lager begleitet hatten, erklärten, daß sie mitfahren würden bis Tjeelmannhof. Dort bliebe man ohnedies nicht gern über Nacht. Die Besuche in Tjeelmannhof wurden tunlichst abgekürzt. Auch nach Madjenang wollten einige Ingenieure und der Arzt fahren, um dort den Sonntag zu verbringen, und so wurde das große Personenauto voll besetzt. Zuerst fuhr man nach Madjenang und setzte die Herren ab, die dorthin wollten, dann fuhr der Wagen nach Tjeelmannhof.

Unterwegs herrschte eine sehr vergnügte und übermütige Stimmung, und Mevrouw Tjeelmann gab wieder genügend Stoff zur Unterhaltung. Heinz wollte sich zwingen, in den lustigen Ton mit einzustimmen, aber er fiel bald ab und saß still und in sich gekehrt. Die Kollegen, die schon bemerkt hatten, daß er nie vergnügt sein konnte, wollten ihn aufziehen, aber Georg wehrte es ihnen.

»Laßt meinen Freund Heinz in Ruhe, er trägt an einem schweren Schicksal. Früher war er der Lustigsten einer, und ich hoffe, er wird es wieder werden, wenn er überwunden hat, was ihn drückt. Jetzt muß er Schonzeit haben, laßt ihn zufrieden«, sagte er.

Da ließen sie ab von Heinz, und er konnte nun tun und

lassen, was er wollte, ohne daß man ihn gestört hätte.

Von Madjenang fuhr man bis Tjeelmannhof eine Stunde, und als der Wagen vor dem großen, schönen Bungalow hielt, der von einer breiten Veranda rings umgeben war, stand Mevrouw Tjeelmann, eine hagere, braungebrannte, starkknochige Frau mit einem Vogelprofil, an dem vorderen Eingang. Sie mochte fünfzig Jahre zählen und trug einen ganz einfachen weißen Leinenkittel, der um die Taille mit einem Gürtel gehalten wurde. Sie hielt schützend die Hand vor die Augen und sagte laut und ungeniert zu ihrem Gatten, der neben ihr saß und in einer Zeitung las:

»Hilf Gott, Jan, da kommen die Ingenieure. Ich gehe die Speisekammer abschließen, damit du mir nicht wieder die besten Delikatessen für sie herausholst.«

Damit wandte sie sich ins Haus, ohne die ankommenden Gäste zu beachten.

Desto herzlicher wurden die Herren von Jan Tjeelmann begrüßt.

»Ich freue mich, meine Kinder, daß ihr gekommen seid, obwohl ihr wißt, daß Mevrouw Tjeelmann euch so knapp hält. Seid willkommen, herzlich willkommen! Wenn ich kann, steige ich durchs Speisekammerfenster und stelle euch einen besonderen Imbiß auf mein Zimmer. Ihr wißt ja Bescheid!«

Das sagte er ganz freimütig und vergnügt. Er hatte sich an den Geiz seiner Gattin längst gewöhnt und wußte, wie er sich und andere schadlos hielt.

Lachend schüttelte er allen die Hände, und als er Heinz und Georg erblickte, die auch mit ausgestiegen waren, um den Besitzern von Tjeelmannhof ihre Aufwartung im Vorbeifahren zu machen, sagte er:

»Ei, wen haben wir da? Zwei neue Kinderchen?«

Er nannte die jungen Leute stets seine Kinder.

Heinz und Georg wurden ihm vorgestellt.

»Ah, zwei Deutsche! Und was für Prachtkerle! Herzlich willkommen, Kinder, herzlich willkommen! Und fürchtet euch vor Mevrouw Tjeelmann nicht, sie hat nun mal eine schwache Seite. Man muß es nicht schwernehmen. Kommt herein, kommt herein!«

»Sie wollen nur einen Trunk haben und guten Tag sagen, Mynheer Tjeelmann, um dann weiterzufahren nach Tjobulah, wo sie eingeladen sind«, erklärte der eine der Herren.

Mynherr Tjeelmann legte warnend den Finger an den Mund.

»Still, Kinderchen, das laßt Mevrouw Tjeelmann nicht hören. Sie hat euch gezählt und ist in die Küche, um für das Mittagessen herauszugeben. Mag sie glauben, daß die beiden neuen auch hier speisen, dann wird es für die andern etwas reichlicher.«

Mit Hallo ging man darauf ein. Mevrouw Tjeelmann erschien nach einer Weile. Sie hatte acht Gäste auf dem Wagen gezählt und Vorräte für das Mittagsmahl, das ja nur aus Reis bestand, herausgegeben, die vielleicht für vier Gäste gereicht hätten. Ihr Gatte kannte sie sehr genau. Und er freute sich, daß nun die sechs Gäste, die bei ihm blieben, etwas reichlicher bewirtet werden konnten.

Mevrouw Tjeelmann begrüßte ihre Gäste ohne jeden Aufwand von Liebenswürdigkeit. Die beiden Deutschen sah sie sehr mißbilligend an. Ihre hohen, schlanken und doch kraftvollen Gestalten schienen ihr zu hohe Ansprüche an ihre Küche zu stellen. Sie sagte ihnen auch gleich tadelnd, daß sie viel zu dick seien und empfahl ihnen weise Mäßigung beim Essen.

Heinz und Georg sahen sie verdutzt an. Daß sie zu dick seien, hatte ihnen noch kein Mensch gesagt. Und ihre muskulösen Körper zeigten auch keinerlei Fettansatz. Dazu waren sie zu gut trainiert.

Die andern lachten über ihre verdutzten Gesichter, und der eine sagte mit gut gespielter Wichtigkeit:

»Jawohl, Mevrouw Tjeelmann ist immer um unsere schlanken Taillen besorgt. Sie ist eine moderne Frau und hat in europäischen Zeitungen gelesen, wie man die Wege zu Kraft und Schönheit findet. Ihr müßt also trainieren, Velden und Raimund, damit ihr Gnade findet vor Mevrouw Tjeelmanns Augen.«

Mevrouw Tjeelmann nickte energisch.

»Viel essen ist schädlich!«

Nun bemerkte ein anderer:

»Für heute werden die beiden wohl Ihre weisen Lehren nicht beherzigen, Mevrouw Tjeelmann. Sie sind nämlich nach Tjobulah eingeladen, und Mevrouw Frank hält nicht viel von schmaler Kost. Sie sind abgestiegen, um Ihnen und Mynheer Tjeelmann guten Tag zu sagen.«

Die gastliche Hausfrau stutzte und wollte schleunigst nach der Küche eilen, um noch etwas von den nach ihrer Meinung zu reichlichen Vorräten zu retten, aber zwei der Ingenieure hingen sich auf Mynheer Tjeelmanns Wink rechts und links in ihre Arme.

»Nicht schon wieder fortlaufen, teure Mevrouw. Es eilt nicht, uns Erfrischungen vorzusetzen. Wir warten gern. Erst müssen wir Ihnen ein paar lustige Geschichten aus dem Lager erzählen.«

Und sie sprachen auf die alte Dame ein und ließen sie nicht los, bis sie meinten, die Gefahr sei vorüber. Ihr Gatte blinzelte vergnügt den jungen Leuten zu und freute sich sichtlich, daß Betrieb auf Tjeelmannhof war.

Heinz und Georg blieben ein Viertelstündchen und Mynheer Tjeelmann trotzte dem verneinenden Blick seiner Gattin und verschwand, um selbst eine Erfrischung zu beordern.

Als dann Heinz und Georg sich verabschiedet hatten, schalt die Hausfrau, unbekümmert, daß es ihre Gäste hörten:

»Was stopfst du sie erst noch? Sie werden ohnedies in Tjobulah bis zum Überlaufen mit guten Sachen gefüttert werden. Die Franks sind Verschwender und lassen auftragen, daß der Tisch bricht. Wohin das noch führen soll, möchte ich wissen.«

Mynheer Tjeelmann schien sich aus solchen Strafpredigten nicht viel zu machen. Er blieb vergnügt wie ein Kind und scherzte und lachte mit seinen Gästen um die Wette.

Heinz und Georg legten den Rest des Weges ziemlich schweigend zurück, nachdem sie einige Bemerkungen über Mevrouw Tjeelmanns Sonderbarkeiten getauscht hatten. Heinz hing seinen trüben Gedanken nach, und Georg war voll sehnsüchtiger Erwartung. Er hatte erst seit der Trennung von Käthe so recht gemerkt, wie lieb sie ihm geworden war.

Endlich hatten sie ihr Ziel erreicht. Ein ebenso großer und schöner Bungalow, wie der Tjeelmannsche lag vor ihnen. Noch ehe der Wagen hielt, kamen alle Mitglieder der Familie Frank herausgestürmt. Mit warmer Herzlichkeit wurden die Freunde begrüßt und ins Haus geführt. Sie mußten erst zur Erfrischung ein Bad nehmen und wurden ausgescholten, daß sie nicht schon am Abend vorher gekommen seien. Und nach dem Bade saßen sie mit ihren Wirten an einem reich besetzten Frühstückstisch. Georg und Käthe sahen sich selig in die Augen, und alle gaben sich frei und ungezwungen, als kenne man sich schon seit Jahren.

Heinz wollte sich entschuldigen, daß sie schon am ersten Sonntag von der freundlichen Einladung Gebrauch gemacht hatten, aber Frau Frank sagte lachend:

»Wir haben das nicht anders erwartet und waren schon sehr betrübt, daß Sie nicht gestern nachmittag kamen. Wenn Sie wiederkommen, hoffentlich schon nächste Woche, dann müssen Sie bereits am Sonnabend kommen. Genügend Gastzimmer sind vorhanden, und wir können uns dann länger an Ihnen freuen.«

Heinz war sehr dankbar für die große Herzlichkeit, mit der er aufgenommen wurde, und Käthe plauderte eifrig mit ihm, um ihn ein wenig aufzuheitern. Er fühlte jedoch, daß er damit Georg ihre Gesellschaft entzog und ergriff die erste Gelegenheit, sich mit Wilhelm Frank zu unterhalten.

Es gab natürlich ein Fragen und Berichten, wie es den Ingenieuren im Lager gefalle, ob sie gut untergebracht seien und wo sie ihren Wirkungskreis bekommen hätten.

Georg berichtete mit launigen Worten, und als er erzählte, daß er an der Straße nach Madjenang eine Brücke baue für die Bahn und die Stelle beschrieb, sagte Hermann Frank lachend:

»Dann wundern Sie sich nicht, wenn wir zuweilen vorüberkommen. Wenn wir in Madjenang zu tun haben, müssen wir dort vorbei.«

Georgs Augen trafen dabei in die Käthes, und er erzählte dann, wie nett die Kollegen seien, und daß einige mit ihnen gefahren und jetzt in Tjeelmannhof seien.

»Wir sind heftig beneidet worden, daß wir in Tjobulah eingeladen waren«, schloß er.

Frau Frank lachte hellauf.

»Die Ärmsten! Da wird Schmalhans Küchenmeister sein. Sollen wir das zulassen, Hermann?«

Ihr Gatte lächelte.

»Natürlich nicht, Maria, wenn du dich mit der Küche noch einrichten kannst.«

»Wieviel Personen sind es, Herr Doktor?«

»Sechs Ingenieure sind in Tjeelmannhof geblieben.«

»Das schaffe ich ohne große Vorbereitung, Hermann und Mynheer Tjeelmann verhelfen wir dann auch gleich zu einem Sonntagsmahl. Mevrouw Tjeelmann müssen wir natürlich auch mit in Kauf nehmen.«

»Und die wird sich am meisten freuen, Mutter«, sagte Wilhelm Frank lachend.

»Nun, sie soll auch ihre Freude haben. Wie man den Menschen eine Freude macht, ist gleich, wenn es nur geschieht. Sie ist doch im Grunde eine bedauernswerte Person. Ihr Geiz ist krankhaft, man muß Nachsicht mit ihr haben.«

Käthe umarmte die Mutter.

»Du Goldige!« sagte sie innig.

Georg strahlte sie an. Und im Herzen gab er Käthe denselben Kosennamen: Du Goldige!

»Also will ich entsprechende Weisung geben und eine Einladung schreiben. Sobald der Chauffeur sich erfrischt hat, kann er nach Tjeelmannhof zurückfahren und die ganze Gesellschaft herüberholen. Ich kenne sowieso noch keinen von den Ingenieuren der Slamatbahn, außer den Anwesenden.

Und der Chauffeur fuhr wirklich nach Tjeelmannhof zurück, übergab dort die Einladung, die Hermann Frank sehr launig abgefaßt hatte, und mit lautem Hallo wurde sie akzeptiert. Wirklich freute sich Mevrouw Tjeelmann am meisten. Sie wußte, Franks nahmen es nicht so genau mit einer Revanche. Schleunigst gab sie Order, daß das vorbereitete Mittagessen für den nächsten Tag verwahrt werde. Dann zog sie ihr Prachtgewand an, ein Kleid, das auch vor zehn Jahren, als es gekauft worden war, weder schön noch kleidsam gewesen sein konnte, und gesellte sich zu ihren ausgeladenen Gästen. Im Triumph wurde sie von ihnen in das Auto gehoben. Vater Tjeelmann strahlte über das ganze Gesicht, denn er hatte zu seinem Leidwesen die Speisekammer so verbarrikadiert gefunden, daß er unmöglich hätte hineingelangen können. Das betrübte sein gutes, gastfreies Herz mächtig, und nun war er glücklich wie ein Kind, daß er mit seinen Gästen der sonntäglichen Hungerkur entging.

In Tjobulah wurden alle herzlich aufgenommen, und wie vorauszusehen, stürzten sich die Ingenieure mit Komplimenten und Courmachereien auf Käthe Frank.

Georg sah das mit Angst und Betrübnis, aber als er merkte, daß Käthe schneidig alle Artigkeiten parierte und dabei mit den dunklen Schelmenaugen zu ihm herübersah, wurde ihm das Herz wieder leicht.

Später konnte er sie eine Weile isolieren und sagte, auf die vergnügten Kollegen deutend:

»Wie froh sie alle sind, Mevrouw Tjeelmanns Fleischtöpfen entronnen zu sein und in Ihr junges, blühendes Gesicht schauen zu dürfen.«

Käthe sah ihn lachend an.

»Mevrouw Tjeelmann ist allerdings kein sehr erfreulicher Anblick.«

»Aber Sie sind es desto mehr, Fräulein Käthe, das wird mir heute noch viel klarer als sonst. Ich – ich habe so große Sehnsucht nach Ihrem Anblick gehabt seit unserer Trennung.«

Das klang so ernst und innig, daß sie jäh errötete. Dann wurde aber der Schalk wieder in ihr lebendig. »Hatten Sie so wenig zu tun, Herr Doktor?« neckte sie.

Seine Augen blickten warm in ihr reizendes Gesicht.

»Im Gegenteil, Arbeit gab es in Hülle und Fülle. Es geht heiß her bei der Slamatbahn. Aber trotzdem, wenn man mit der Arbeit fertig ist, dann wirft man sich auf die harte Pritsche – und –, dann kommt man ins Träumen. Das geschieht mir jetzt sehr oft – früher kannte ich das nicht.«

Sie hob die Augen und sah ihn forschend an.

»So haben Sie früher niemals geträumt?«

»Nein – früher sprang ich leichtfüßig über das Leben weg. Nie hat mich eine das Träumen gelehrt – ehe ich Sie gesehen habe.«

Sie wurden gestört, aber in Käthes Herzen sang und klang es. Sie wußte, daß Georg Raimund kein sentimentaler Träumer war. Wenn er solche Worte sprach, dann kamen sie tief aus dem Innern. Er stand mit festen Füßen im Leben, schaute klar und ruhig den Dingen auf den Grund. Und deshalb berührte es sie so tief, daß er vom Träumen redete. Das Herz ging ihr auf. Sie hatte ihn liebgehabt vom ersten Sehen an, und er war ihr mit jedem Tage noch lieber geworden. In der letzten Woche, als sie ihn nicht gesehen hatte, mußte sie immerfort an ihn denken. Sie hatte noch keinen Mann kennengelernt, der einen so tiefen Eindruck auf sie gemacht hatte. Er war nicht der erste, der nach ihrer Huld strebte – o nein –, aber er war der erste, der ihre Seele zum Klingen brachte. Dieses tüchtige, frische Mädchen, das so munter im elterlichen Hause schaltete und waltete und keine Zeit hatte für törichte Gedanken, belog sich nicht selbst. Sie gestand sich offen ein, daß Georg Raimund der Mann war, dem sie sich gern fürs Leben zu eigen gegeben hätte. Und wenn sie es ihm ein wenig schwermachte, so geschah es nur, weil sie sich ihres Wertes bewußt war.

Immer wieder flogen die Blicke der beiden jungen Menschen zueinander.

Käthe gesellte sich dann wieder eine Weile zu Heinz Velden, den sie nur gern mochte, weil er Georgs Freund war. Und als sie in sein leidvolles Gesicht sah, dachte sie: Wenn ich ihm nur helfen könnte! Es trieb sie, ihn zu fragen:

»Kann Ihnen niemand aus Ihrer Traurigkeit helfen, Herr Doktor?«

Mit einem dunklen Blick sah er sie an.

»Ich falle Ihnen lästig mit meinem ernsten Wesen und wollte deshalb schon nicht mitkommen.«

»Das wäre sehr unrecht gewesen, und Sie hätten uns damit gekränkt. Sind wir nicht gut Freund auf der ›Urania‹ geworden?«

»Ja, Sie waren lieb und gut zu mir, Fräulein Frank. Ich danke Ihnen sehr dafür. Aber ich gehöre nicht in frohe Gesellschaft. Je lustiger die andern sind, desto trüber wird mir ums Herz. Und, nicht wahr, deshalb werden Sie mir nicht zürnen, wenn ich nicht wiederkomme, solange ich mich nicht zur Heiterkeit zwingen kann?«

»Das ist keine Heiterkeit, zu der man sich zwingen muß. Ich hoffe und wünsche, daß Ihnen das Leben bald wieder so leicht wird, daß Sie ohne Zwang heiter sein können.«

»Ich kann mir jetzt nicht denken, daß es je wieder eine Zeit für mich geben wird, wo ich aus dem Herzen heraus froh sein kann.«

»So unglücklich sind Sie?«

Er preßte die Lippen aufeinander. Sie sah ihn teilnahmsvoll an.

»Es ist eine Frau, um die Sie so viel leiden?« fragte sie leise.

Er sah sie mit einem Blick an, der sie erschütterte

»Es ist – *meine Frau*«, sagte er heiser.

Sie erschrak.

»Sie sind verheiratet?«

»Ja!«

»Lange schon?«

»Einen Tag nur war ich es – nur Stunden eines Tages, dann zerbrach mein Glück.«

Tränen traten in ihre Augen.

»Wie traurig ist das«, hauchte sie.

Er biß die Zähne zusammen.

»Ich sagte es Ihnen, daß Sie mich verstehen sollen. Vor Ihnen möchte ich nicht unklar erscheinen. Niemand außer Georg Raimund weiß darum, daß ich meine Frau am Hochzeitstage verließ. Ich mußte es tun – und sehne mich doch krank nach ihr. Nun werden Sie wissen, daß ich nicht heiter sein kann. Und Sie werden mein Geheimnis hüten. Ihren Angehörigen mögen Sie es sagen – sie werden so wenig davon sprechen wie Sie, und es braucht niemand weiter darum zu wissen. Mit gleichgültigen Menschen könnte ich nicht davon sprechen.«

»Seien Sie ruhig, bei uns ist Ihr Geheimnis gut behütet. Und ich danke Ihnen für Ihr Vertrauen und wünsche, daß alle Hindernisse, die Sie von Ihrem Glück trennen, eines Tages beseitigt werden mögen.«

»Das wird nie der Fall sein. Aber ich danke Ihnen für Ihre Teilnahme. Nun will ich Sie nicht länger mit meiner Angelegenheit belästigen. Da kommt mein Freund Georg, er wird Sie besser unterhalten als ich.«

Ehe sie antworten konnte, ging er hinaus in den Garten. Käthe sah ihm mit feuchten Augen nach.

»Der Arme«, sagte sie zu Georg. »Er hat mir eben gesagt, daß er verheiratet ist und seine Frau am Hochzeitstage verlassen hat. Wissen Sie, warum er es tat?«

»Nein. So rückhaltlos er mir sonst in allen Dingen vertraut, in diesem Punkt ist er schweigsam. Und ich mag nicht in ihn dringen. Nur so viel scheint mir gewiß, daß er nicht schuld ist an diesem Zerwürfnis mit seiner Frau. Sicher will er sie nur durch sein Schweigen schonen. Wäre er schuld, hätte er es mir gebeichtet.«

»Haben Sie seine Frau gekannt?«

»Ja, und ich hielt sie für ein wertvolles, liebenswertes Geschöpf.«

»Wenn man ihm doch nur helfen könnte!«

»Ich glaube nicht, daß das in eines Menschen Macht steht.«

»Vielleicht hat ihn seine Frau nicht geliebt.«

»Dann müßte ich mich schlecht auf Menschen verstehen. Ich glaube, sie liebte ihn so sehr, wie er sie selber liebt«

Käthe seufzte.

»Wie kompliziert doch manchmal das Leben ist. Man könnte sich fürchten.«

»Vor was fürchten, Fräulein Käthe?«

»Sein Herz zu verlieren.«

»Käthe!«

Es klang beschwörend und flehend. Sie sah errötend zu ihm auf. Er nahm ihre Hand und preßte sie an seine Lippen. Sie waren allein im Wohnzimmer, draußen auf der Veranda scherzten und lachten die andern.

»Käthe – Sie wissen, müssen wissen, daß ich Sie liebe.«

Ein holdes Lächeln huschte um ihren Mund.

»Ich weiß es, Georg Raimund, weil auch ich Sie – liebe.«

»Käthe, süße, liebe Käthe – und jetzt darf ich dich nicht einmal in meine Arme ziehen, weil man uns überraschen könnte. Käthe, willst du meine Frau werden?«

»Ja, Georg – wie könnte es anders sein, da ich dich liebe wie du mich.«

Da riß er sie in seine Arme.

»Liebes – und wenn jetzt Mevrouw Tjeelmann auf der Schwelle erschiene –, ich muß dich küssen.«

Und er küßte sie mit leidenschaftlicher Inbrunst und konnte kein Ende finden, bis Käthe sich ihm entwand.

»Ich möchte Mevrouw Tjeelmann nicht auf den Tod erschrecken, Georg. Sie hat mir nämlich prophezeit, daß ich eine alte Jungfer würde, weil ich die Hand eines Mannes ausschlug, den sie mir als Ehegatten empfahl«, sagte sie schelmisch.

Er küßte sie schnell noch einmal.

»Der wird ja auch danach gewesen sein, Käthe. Ich kann mir nicht denken, daß sie dir einen netten Mann empfahl. Keinesfalls war er so nett wie ich«, neckte er.

»Oh, du bist anmaßend, Georg.

»Ja, so anmaßend, daß ich die Hand austreckte nach der schönsten, liebsten Frau, die es auf Erden gibt.«

Und wieder küßte er sie heiß und innig auf den Mund und auf die Augen. Und als sie sich endlich wieder losmachte, sagte er aufatmend:

»Und was werden deine Eltern dazu sagen?«

Sie lachte, ein wenig verwirrt von seiner Glut.

»Daran denkst du erst jetzt, du Wildling! Meine ganze Frisur hast du zerzaust. So kann ich mich vor keinem Menschen mehr sehen lassen.«

»Liebes, in so einem glückseligen Moment kann man doch unmöglich auf die Frisur achten. Und es ist auch nicht wahr, daß ich jetzt erst an deine Eltern denke. Schon lange habe ich mich gefragt, ob sie mir willig ihre Käthe geben werden.«

»Gern nicht, Georg, sie möchten mich lieber selber behalten.«

»Aber das geht nicht! Das Weib soll Vater und Mutter verlassen und dem Manne anhangen«, sagte er.

Sie hielt ihm den Mund zu.

»Sprich nicht so. Warum soll das Weib undankbar gegen

seine Eltern sein und sie verlassen, wenn ein fremder Mann kommt; sie, die ihr ganzes Leben für sie sorgten, sie liebten und hegten.«

Betroffen sah er in ihre feuchten Augen.

»Käthe, so war es doch nicht gemeint!«

Sie strich ihm über die Stirn.

»Wenn du bei meinen Eltern um mich anhältst, sage ihnen lieber etwas anderes, was ich viel schöner finde.«

»Was soll ich ihnen sagen, kleine Käthe?«

»Sage ihnen, daß du ihnen nicht ihre Tochter nehmen, sondern daß du ihnen ein Sohn werden willst.«

»Das würde ich auch von Herzen gern. Ich liebe und verehre deine Eltern sehr.«

Sie küßte ihn zum ersten Male freiwillig und sagte dann aufatmend:

»Das macht mich glücklich, Georg, ich danke dir. Und nun will ich schnell mein Haar in Ordnung machen, und dann bringe ich die Eltern hier herein und halte jede Störung fern. Dann kannst du gleich dein Sprüchlein aufsagen. Denn Heimlichkeiten mag ich nicht vor meinen Eltern haben.«

»Sollst du auch nicht, meine Herzenskäthe. Das paßt nicht zu dir und deinem lauteren Wesen. Nur gib mir noch einen süßen Kuß zur Stärkung.«

Lachend bot sie ihm die Lippen.

»Du armer, schwacher Mann.«

Dann lief sie davon, und er blieb allein und sah sich mit einem weichen Lächeln in dem Wohnzimmer um, in dem alles von einem behaglichen, glücklichen Familienleben sprach.

Käthe hatte in ihrem Zimmer schnell das Haar geordnet und trat dann auf die Veranda, wo alle andern um eine leichte Ananasbowle saßen. Sie trat zu ihrem Vater.

»Bitte, geh doch ins Wohnzimmer, Vater, es will dich jemand sprechen.«

Und als der Vater verschwunden war, flüsterte Käthe

ihrer Mutter zu:

»Vater erwartet dich im Wohnzimmer zu einer wichtigen Unterredung.«

Erstaunt sah die Mutter auf.

»Jetzt?«

»Ja, Mutter, Doktor Raimund ist bei ihm.«

Da flog ein Verstehen über das noch immer hübsche Gesicht von Käthes Mutter. Sie sah ihre Tochter forschend an und sagte aufatmend:

»Also doch! Ich hab' es mir doch gleich gedacht, Käthe.«

Käthe küßte sie innig.

»Sei gut zu ihm, Mutterle, ich habe ihn sehr lieb.«

Frau Maria Frank strich ihrem Kinde sanft über das Haar, nickte leise und verschwand im Wohnzimmer. Käthe sorgte mit klopfendem Herzen für die Unterhaltung der Gäste, und ihr Bruder half ihr dabei. So fiel es niemandem auf, daß drei Personen eine ziemlich lange Zeit fehlten. Aber endlich erschienen sie wieder auf der Veranda. Hermann Frank kam zuerst, und dann folgte Frau Maria Frank am Arme Doktor Raimunds. Wie ein zärtlicher Sohn schob er einen Sessel für sie zurecht und rückte ein Fußbänkchen unter ihre Füße. Und sein Blick suchte Käthe, und sie sah, daß seine Augen zärtlich und glücklich aufleuchteten. Als man dann zu Tisch gegangen war, verkündete Hermann Frank die Verlobung seiner Tochter mit Georg Raimund.

Das gab eine Überraschung. Die Gläser klangen aneinander, und herzliche Glückwünsche wurden dem Brautpaar und den Eltern dargebracht. Die Kollegen stießen mit Georg an und nannten ihn einen Glückspilz, dem aber dies Glück zu gönnen sei. Heinz drückte ihm fest und warm die Hand.

»Alles Glück, was mir der Himmel versagte, möge euch beiden gehören«, sagte er und zog dann Käthes Hand an die Lippen.

Käthes Bruder Wilhelm trank gleich Brüderschaft mit Georg.

»Du hast mir gleich gefallen – laß uns Brüder und Freunde sein!«

»Ich danke dir, Wilhelm, mit Freuden sage ich dazu ja.«

Wilhelm zog seine Schwester in seine Arme.

»Kleines, sei als Braut und Frau so geliebt und glücklich, wie du es als Tochter und Schwester gewesen bist«, sagte er zärtlich.

Sie sah liebevoll zu ihm auf.

»Nun bin ich dir zuvorgekommen, mein großer Bruder. Du solltest doch der erste sein.«

Wilhelm lachte.

»Hat noch keine Eile, Käthe. Es kommt alles zu seiner Zeit. Vielleicht bringe ich mir nächstes Jahr eine Frau aus Deutschland mit.«

Vater Tjeelmann strahlte über das ganze Gesicht, aber seine Gattin sah aus, als habe sie in eine Zitrone gebissen. Ihr Gatte flüsterte ihr zu:

»Freu dich doch mit den Glücklichen, Lena.«

Aber Mevrouw Tjeelmann wollte es nicht gelingen, ein freundliches Gesicht zu machen.

Als Georg seinem Schwiegervater zum Abschied die Hand drückte, sagte dieser:

»Nächstes Mal kommst du schon Sonnabend, Georg, und dann wollen wir ein Männerwort sprechen über das Bündnis, das heute geschlossen wurde.«

»Ich werde kommen, lieber Vater.«

»Gut, ich werde dir unser Auto schicken. Außer deinem Freund Velden soll nächsten Sonnabend keiner mitkommen.«

»Auch er wird nicht mitkommen, Vater. Er hat es mir schon gesagt, und ich muß ihn gewähren lassen.«

»Nun gut, vielleicht ist es auch besser, wenn wir nächstes Mal ganz allein sind. Es wird manches zu besprechen geben.«

Das Auto fuhr fort. Georg wurde noch weidlich geneckt von den Kollegen und herzhaft beneidet. Er ließ es sich gern gefallen, kam ihm doch selber alles noch wie ein Traum vor.

Und als er später mit Heinz in ihrem gemeinschaftlichen Zelt allein war, machte er seinem glücklichen Herzen Luft.

Heinz hörte still zu und drückte ihm die Hand. Aber in seinem Herzen war alles wieder lebendig geworden, was ihn einst so tief beglückt hatte, und die Sehnsucht brannte heißer denn je.

XV.

Eine harte Arbeitswoche folgte diesem Sonntag. Und am nächsten Sonnabend wurde Georg im Auto seines Schwiegervaters nach Tjobulah geholt. Wie ein echter, rechter Sohn der Familie wurde er aufgenommen. Sehr bewegt dankte er dafür. Da sagte Frau Frank lächelnd:

»Es gab gar keine Wahl für uns, Georg. Wir lieben dich, da unsere Käthe dich liebt und deine Frau werden will. Wenn wir unsere Käthe nicht verlieren wollen, müssen wir dich wie einen Sohn ans Herz nehmen.«

Er küßte ihr die Hand.

Ich will euch Käthe nicht nehmen, liebe, verehrte Eltern. Sie soll immer eure Tochter bleiben. Nur wenn es das Leben mit sich bringt, daß wir nicht zusammen an einem Ort bleiben können, dann wird eine räumliche Trennung notwendig sein, nicht aber eine vom Herzen eurer Tochter.«

»Darüber eben wollten wir heute mit dir reden«, fiel Hermann Frank ein. »Du wirst ja wohl drei Jahre bei der Slamatbahn ausharren müssen, weil du für diese Zeit den Vertrag unterschrieben hast. Da nun nicht daran zu denken ist, daß du deiner Frau in der Zeltstadt ein Heim bieten könntest, so wird euch nichts anderes übrigbleiben, als vorläufig in Tjobulah zu wohnen. Wir haben drüben am Ende des Gartens noch einen alten Bungalow stehen. Er ist bedeutend kleiner als dieser, aber er hat, als wir jung verheiratet waren, sehr gut für uns ausgereicht. Er ist sogar noch möbliert, und wir haben zuweilen Gäste darin untergebracht. Auch du wirst heute abend drüben schlafen, mein Sohn. Wir werden ihn etwas herrichten lassen, und ihr könnt darin wohnen, bis die Slamatbahn fertig ist. Du wirst dir ein gutes Motorrad anschaffen, damit du früh zur Arbeit fahren und abends hierher zurückkehren kannst. Ich habe das alles schon mit Mutter und Käthe besprochen, und nun wollen wir hören, ob du damit einverstanden bist. Käthe wäre dann doch bei Tage nicht allein, und wir hätten unser Kind noch ein wenig für uns. Was meinst du dazu?«

Georg reichte ihm mit festem Druck die Hand.

»Daß ihr sehr liebevolle und gute Eltern seid. Wie die Dinge liegen, könnte es nicht besser eingerichtet werden, und für Käthe und mich ist eine lange und qualvolle Wartezeit vermieden.«

»So dachten wir auch. Ist deine Zeit bei der Slamatbahn abgelaufen, so wird hoffentlich unser Wilhelm inzwischen eine junge Frau aus Deutschland heimgeführt haben. Du dürftest dann wohl nach Deutschland zurückkehren und mit dir deine Frau. Es ist uns lieb, daß Käthe nicht für die Dauer auf Java bleibt, denn die Tropen sind ein gefährlicher Boden. Auch wir beiden Alten, Mutter und ich, möchten unsern Lebensabend in Deutschland verbringen. Ich denke, daß sich das irgendwie einrichten läßt. Und dann möchten wir gern in Käthes Nähe bleiben. Vielleicht beteilige ich mich bei einem Unternehmen, dessen technische Leitung du übernehmen kannst, das also in dein Fach schlägt. Du hast, wie du mir sagtest, selbst ein kleines Vermögen. Das kannst du dann auch mit hineinstecken. So bist du ein freier Mann – und brauchst uns nicht ganz von unserer Käthe zu reißen, an der wir doch mit allen Fasern hängen. Wilhelm übernimmt die Leitung von Tjobulah, bis dieser Besitz, eines Tages, wenn wir erst hier eine Station der Bahn haben, so hoch im Werte gestiegen ist, daß wir ihn günstig verkaufen können. Auch Wilhelm will später in Deutschland ein hübsches Gut kaufen, dessen Bewirtschaftung ihm den notwendigen Lebensinhalt gibt. So haben wir uns das alles ausgedacht und hoffen, daß du mit allem einverstanden bist.«

Georg war es voll und ganz, denn er sah in allem das liebevolle Bestreben zärtlicher Eltern, das Glück ihrer Kinder zu schaffen. Das sagte er ihnen auch und fragte dann, wie lange er noch warten müsse, ehe Käthe ihm zu eigen gegeben werde. Man wurde einig, daß die Hochzeit in drei bis vier Monaten stattfinden solle.

Käthe und Georg waren restlos glücklich und konnten am nächsten Tag ungestört ihre Zukunftspläne schmieden. Käthes Mutter hatte Aussteuersorgen und überlegte und rechnete und schrieb auf, was alles noch angeschafft werden müsse. So hatten die jungen Leute Zeit, sich alles Glück vom Herzen zu plaudern. Sie besuchten auch zusammen den kleinen alten Bungalow, der ihr junges Glück bergen sollte. Er erschien ihnen lieb und traulich, stand er doch mitten in einer Überfülle von duftenden Blumen.

Natürlich bekam Georg die Erlaubnis, stets übers Wochenende nach Tjobulah zu kommen. Diese Aussicht machte ihn sehr froh.

Am Abend ließ ihn sein Schwiegervater wieder nach dem Lager zurückfahren und sagte zum Abschied:

»Bring aber wenigstens zuweilen deinen Freund Velden mit. Wir haben ihn liebgewonnen und nach dem, was Käthe uns über ihn erzählt hat, taugt es nicht, wenn er zuviel allein ist.«

»Ich werde mein möglichstes tun, ihn dazu zu bewegen, Vater, und ich hoffe, daß er mit der Zeit über das, was ihn drückt, hinwegkommt.

Dankbar im tiefsten Herzen für das liebevolle Verhalten seiner Schwiegereltern, fuhr Georg nach dem Lager zurück. Er fand Heinz allein im Zelt und berichtete ihm alles, was heute über sein Schicksal beschlossen war. Heinz wünschte ihm von Herzen Glück.

Wieder kamen harte Arbeitstage, und auch am nächsten Sonnabend ließ sich Heinz nicht überreden, mit nach Tjobulah zu fahren.

»Gönne mir noch etwas Zeit, Georg. Du hast ja jetzt deine Braut und wirst mich nicht vermissen. Später einmal komme ich wieder mit.«

Georg bedauerte den Freund um so mehr, als er jetzt selbst so glücklich war. Und als er am Sonntag abend wieder zurückkam, bestellte er Heinz, seine Schwiegereltern und Käthe würden sehr böse sein, wenn er am nächsten Sonntag nicht mit nach Tjobulah komme.

»Nein, böse sollen sie mir nicht sein, Georg. Also am Sonnabend fahre ich wieder einmal mit.«

Georg freute sich sehr über diese Zusage.

So verging die neue Arbeitswoche. Es war Freitag.

Georg verabschiedete sich am Morgen, wie immer, von Heinz und sagte zu ihm:

»Du versprichst es mir, Heinz, daß du heute besonders vorsichtig bist. Du hast die große Sprengung vor. Begib dich nicht unnötig in Gefahr.«

»Ich denke, daß ich heute nachmittag, etwa in der fünften oder sechsten Stunde, die große Mine entladen kann. Dann sollen meine Leute morgen vormittag alles vorbereiten zur Räumung des Sprengstollens. Morgen ist ja schon um Mittag Feierabend.«

Georg schüttelte ihm die Hand.

»Dein Versprechen, Heinz!« bat er.

Dieser machte eine hastig abwehrende Bewegung.

»Wenn du wüßtest, wie wenig lieb mir das Leben noch ist«, sagte er heiser.

Georg faßte ihn an beiden Schultern und schüttelte ihn ein wenig.

»Mache keine Dummheiten! Raffe dich auf!« rief er besorgt und dringend.

Heinz sah in sein unruhig forschendes Gesicht.

»Sei ruhig, Georg. Ich suche den Tod nicht, wenn ich ihm auch nicht aus dem Wege gehe.«

Georg atmete auf.

»Ich will nur dein Versprechen, daß du ihn nicht suchst.«

»Gut, ich verspreche es dir.«

Sie trennten sich mit festem Händedruck, aber Georg sah noch eine Weile besorgt hinter Heinz her. Sein Gesicht war schmal geworden. Seine Augen blickten düster und verzehrend, und sein Mund war fest geschlossen, als müsse er alles Leid in sich verbergen. Und immer brannten die Augen in ungestillter Sehnsucht.

Wenn man nur wüßte, was ihn so quält, dachte Georg voll herzlicher Sorge um den Freund.

Heinz schritt seinem Arbeitsfeld zu, verdurstend nach dem verlorenen Glück, das er nicht vergessen konnte.

Und er ahnte nicht, daß um dieselbe Zeit Lore schon auf dem Wege zu ihm war, daß sie sich in ihrem neu gekauften Auto schon auf der Fahrt von Cheribon zu dem Lager befand – um ihm seine Herzensruhe wiederzubringen.

Georg fuhr, in Gedanken versunken, auf den kleinen Förderwagen, die auf den Notgleisen liefen, mit seinen Arbeitern zu der im Bau befindlichen Brücke. Sie war schon fast fertig. Es war tüchtig gearbeitet worden. Eine kleine Holzbude war neben dem Brückenbau aufgerichtet, in der Georg während der heißen Mittagszeit seine Siesta hielt und wo er seine Pläne und Instrumente verwahrte.

In den frühen Morgenstunden wurde immer am fleißigsten gearbeitet. Je höher die Sonne stieg, je schlaffer wurden die Leute. Er selbst fühlte diesen Einfluß der Hitze.

Im großen und ganzen hatte Georg ziemlich ruhige und zuverlässige Leute, aber auch einige unbändige Kerle, die ihm zuweilen zu schaffen machten, so daß all seine Energie notwendig war, um sie im Zaum zu halten. Verkommene Existenzen, die allerlei auf dem Kerbholz hatten, gab es genug im Lager. Und wenn man die nicht unter dem Druck eines energischen Willens hielt, dann gab es Reibereien. So mußte er immer auf dem Posten sein. Er ging auch seinen Leuten mit gutem Beispiel voran und griff fest mit zu.

Zur Mittagszeit fuhren Georg und seine Leute nicht in das Lager zurück. Die meisten andern Ingenieure mit ihren Leuten hielten es ebenso. Man benutzte die Zeit lieber zur Ruhe und begnügte sich mittags mit einfacher Kost. Die Hauptmahlzeit wurde abends im Lager eingenommen, und sie war immer sehr gut und reichlich.

Der Morgen verging in fleißiger Arbeit, und dann kam die Siestazeit. Die Leute lagerten sich im Schatten der Brückenpfeiler, und Georg warf sich auf den Fußboden der Bretterbude, wo er sich ein Bündel trockenes Gras hatte hinlegen lassen. Da schlief er, nachdem er etwas gequollenen Reis mit Früchten genossen hatte, ganz wie seine Arbeiter, gleich ein. Aber er ruhte nur eine Stunde, denn er mußte an seinen Plänen zeichnen, bevor man wieder an die Arbeit ging.

Als die Ruhezeit vorüber war, setzte er die Pfeife an die Lippen, die alle Ingenieure besaßen, um ihre Leute zu dirigieren. Mit scharfen Augen musterte er die Arbeiter, die nun, nachdem sie geruht hatten, wieder zur Arbeit kamen. Es fiel ihm auf, daß einige von ihnen, die ihm immer schon zu schaffen gemacht hatten, nicht recht sicher auf den Beinen waren. Sie hatten sich wieder einmal Alkohol zu verschaffen gewußt. Es war streng verboten, während der Arbeit Alkohol zu sich zu nehmen, aber es kamen trotzdem zuweilen Übertretungen dieses Verbotes vor. Unter seinen Blicken gaben sich die Verdächtigen Haltung, und so konnte er nicht genau feststellen, ob sie betrunken waren oder nicht. Auch wollte er die Sache nicht auf die Spitze treiben. Hatten sie getrunken, dann war es doch nicht ungeschehen zu machen.

Er kontrollierte die Belegschaft eine Weile bei der Arbeit und ging dann wieder in die Bude zurück zu seinen Zeichnungen.

So verging eine Stunde, und Georg hatte, obwohl er immer wieder hinausging und die Leute kontrollierte, nichts Verdächtiges mehr gesehen.

Plötzlich hörte er ein lautes Johlen und Schreien, einen wüsten Tumult. Schnell schob er die Zeichnungen zusammen und rannte ins Freie. Er war keinen Moment darüber im Zweifel, daß es draußen bei seinen Arbeitern etwas gab. Wahrscheinlich waren einige, wie schon oft, im Streit aneinandergeraten.

Er sah zunächst drüben an der Straße einen wilden Haufen seiner Leute. Als Georg schärfer hinsah, bemerkte er zu seiner Bestürzung inmitten des grölenden Haufens ein Auto, das die anscheinend betrunkenen Arbeiter umringten. Auch sonst gutgeartete Leute ließen jetzt die Arbeit im Stich und rannten lachend und schreiend hinüber. Und dann vernahm Georg plötzlich aus diesem Tumult heraus eine Frauenstimme, die laut aufschrie. Georgs erster Gedanke war, daß Käthe im Auto ihres Vaters hier hatte vorbeifahren wollen, in der Hoffnung ihn zu treffen, und daß sie nun von der halbtrunkenen Horde belästigt wurde.

Mit großen Sätzen rannte er hinüber und hörte abermals die Frauenstimme aufschreien.

»Lassen Sie mich los!«

Diese Worte in deutscher Sprache schlugen an Georgs Ohr. Er wußte nun, daß die anscheinend von den betrunkenen Rohlingen bedrängte Frau nicht Käthe sein konnte. Er hätte sie an der Stimme erkannt. Aber eine deutsche Frau war dort in Gefahr – in was für einer großen Gefahr, das wußte Georg nur zu gut, denn die wilden Instinkte der Männer waren auch dann nur schwer zu bändigen, wenn sie nicht betrunken waren.

Wie diese Frau in dem Auto jetzt hierherkam, das zu überlegen hatte Georg keine Zeit. Wie ein Pfeil flog er hinüber und gab dabei einen schrillen Pfiff nach dem andern aus seiner Pfeife. Ein Teil der Leute kehrte bei diesen Pfiffen an die Arbeit zurück, aber die Betrunkenen blieben johlend bei dem Auto stehen. Zwei von ihnen hielten einen wild um sich schlagenden Mann fest, der am Steuer des Autos saß, also wahrscheinlich den Chauffeur. Und zwei andere beugten sich über den Rand des Wagens: »Laß dich küssen, Schätzchen, halt doch still, laß dich küssen, sauberes Schätzchen!« rief der eine, als Georg herbeigekommen war. Die Frau wehrte sich wie eine Verzweifelte und barg ihr Gesicht in den Händen. Und gerade als Georg herangekommen war, schrie sie wieder laut auf:

»Laßt mich los!«

Noch einen schrillen Pfiff stieß Georg heraus, dann riß er einen der Männer von der Frau zurück.

»Was geht hier vor? Schämt ihr euch nicht, eine schutzlose Frau zu überfallen? Zurück, sage ich, oder ihr sollt mich kennenlernen.«

Georg riß nun auch den andern Mann von der sich wehrenden Frau los und warf ihn in den Sand.

»An die Arbeit! An die Arbeit!« gebot er mit strenger Stimme und half auch dem Chauffeur, sich von seinen Angreifern zu befreien. Die Macht der Gewohnheit siegte. Die andern kehrten jetzt gutwillig an die Arbeit zurück und rissen die vier Betrunkenen mit sich fort. Ganz plötzlich war die Stelle um das Auto leer.

Jetzt erst wandte sich Georg wieder an die halb ohnmächtig zurückgesunkene Dame. Diese schlug die Augen auf und sah Georg mit großen Augen an.

»Herr Doktor Raimund!« rief sie wie erlöst.

Georg war zusammengezuckt, als er die Dame erkannte.

»Frau Leonore Velden«, sagte er tonlos. »Sind Sie das wirklich, gnädige Frau »

Lore, die eine anstrengende Fahrt hinter sich hatte und hier, so nahe am Ziel, einer Rotte betrunkener Arbeiter in die Hände gefallen war, richtete sich zitternd auf.

»Gottlob, Herr Doktor, daß Sie kamen, Sie haben mich gerettet vor diesen schrecklichen Menschen«, sagte sie, einen furchtsamen Blick um sich werfend und ihre geröteten und geschwollenen Handgelenke reibend.

»Ist Ihnen etwas geschehen, gnädige Frau?«

Sie zeigte ihm die Handgelenke.

»Es war furchtbar, Herr Doktor. Gott sei Dank, daß Sie kamen. Sie hätten mich aus dem Wagen gezerrt, denn meinen Chauffeur haben sie festgehalten, daß er mir nicht helfen konnte.«

Georg erkannte, daß er Lore vor Schlimmerem noch bewahrt hatte, als sie glaubte. Er wandte sich jetzt an den Chauffeur, der seinen Anzug wieder in Ordnung brachte.

»Wie kam der Wagen zum Stehen?«

»Ich hielt, weil wir fragen wollten, welcher Ingenieur hier arbeitet. Aber ehe wir fragen konnten, fiel die Horde schon über uns her wie die Wilden.«

»Was sind das für schreckliche Menschen?« fragte Lore ängstlich. »Werden sie nicht wiederkommen?«

Georg sah zu den Arbeitern hinüber. Sie schienen zur Vernunft gekommen zu sein und arbeiteten hastig drauflos.

»Wenn ich gleich zur Stelle gewesen wäre, hätte es nicht geschehen können. Aber ich bin noch ganz fassungslos, gnädige Frau. Wie konnten Sie sich hierherwagen? Und allein, ohne einen andern Schutz als den Chauffeur, der doch mit dem Wagen zu tun hat! Ahnten Sie nicht, daß Sie hier wie unter Wilden sind?«

»Ich wußte nur eins, daß ich hierherkommen mußte«, sagte sie mit zitternder Stimme, ihn flehend ansehend.

»Und – warum das alles?« fragte er.

Lore atmete tief auf. Ihre Augen brannten dunkel aus dem erblaßten Gesicht.

»Warum? Um meinen Mann zu finden.«
»Sind Sie ihm nachgereist?«
»Ja, mit dem nächsten Dampfer, der von Bremerhaven abging, da ich die ›Urania‹ nicht mehr erreichte. Ich bitte Sie, sagen Sie mir, ist mein Mann hier bei Ihnen?«
»Nein, gnädige Frau, er ist drüben am Slamat beschäftigt.«
»Drüben am Slamat«, wiederholte sie leise. Und dann fragte sie hastig: »Wie geht es ihm?«
Er sah sie noch immer fassungslos an.
»Soll ich offen sein?«
»Bitte – o bitte!«
»Er ist sehr elend und unglücklich und sagte mir heute morgen als wir uns trennten: ›Wenn du wüßtest, wie wenig lieb mir das Leben noch ist.‹«
Ihre Augen wurden feucht.
»Sie wissen, warum – warum ihm das Leben nicht mehr lieb ist?« fragte sie mit zitternder Stimme.
»Nein, er hat mir nur gesagt, daß ihn etwas, von dem er nicht sprechen wollte, gezwungen hat, seine junge Frau am Hochzeitstag zu verlassen. Und ich weiß, daß er sehr unglücklich und verzweifelt ist.«
Ihre Lippen zitterten.
»Und als sein Freund nehmen Sie natürlich an, daß ich schuld an seinem Unglück bin?«
»Ich nehme gar nichts an, ich stehe vor einem Rätsel.«
»So will ich Ihnen sagen, daß meinen Mann ein schrecklicher Irrtum von mir getrieben hat, ein Irrtum, dem er durch eine Schurkerei verfiel und den ich doch mit einem einzigen Wort aufklären kann. Ich bin ihm gefolgt, um dieses Wort zu sprechen und ihm sein Glück und seine Ruhe wiederzugeben, denn – ich liebe ihn – ich liebe ihn über alles und habe um ihn gelitten.«
Georg faßte ihre Hand.
»Wenn Sie das könnten, liebe gnädige Frau, wenn es wirklich nur ein Irrtum wäre, was Sie trennte – dann kann

alles noch gut werden!«

Ihre Augen leuchteten auf, und ein helles Rot flog über ihre Wangen.

»Nur ein Wort brauchte ich ihm zu sagen! Hätte er mir Zeit gelassen zu diesem Wort, alles Leid wäre uns erspart geblieben. Ach bitte, sagen Sie mir, wo ich ihn finde, damit er sich nicht länger quält.«

Georg sah, wie sehr Heinz geliebt wurde, und er hätte sie am liebsten sofort zu ihm geführt. Aber die Pflicht hielt ihn fest, er durfte seinen Posten vor Feierabend nicht verlassen. Und – Lore durfte jetzt um keinen Preis ins Sprenggebiet. Er wußte, daß es wahrscheinlich längst gesperrt war, denn bald sollte die große Sprengmine entladen werden. Und Heinz mußte jetzt seine Ruhe behalten.

»Liebe gnädige Frau, Sie müssen sich nun doch noch einige Stunden gedulden. Ich kann hier nicht fort, und Heinz hat momentan ein gefährliches Experiment vor, eine Sprengung im großen Stil. Da muß er seine Ruhe behalten. Er darf seinen Posten jetzt auf keinen Fall verlassen. Heute nach Feierabend werden Sie ihn sehen. Ich bitte Sie, fahren Sie jetzt ruhig zu dem Lager hinüber. Das ist jetzt leer, und ich gebe Ihnen einen zuverlässigen Mann mit, der Sie zu unserm gemeinsamen Zelt bringt. Dort werden Sie sich ungestört mit Heinz aussprechen können, dafür will ich sorgen. Bitte warten Sie einen Augenblick, ich rufe den Mann herbei. Sie können ihn mit aufsitzen lassen, er wird Ihrem Chauffeur den Weg zeigen bis vor das Zelt.«

Georg wandte sich ab und sah sich nach den Arbeitern um. Alle waren eifrig bei der Arbeit, nur die beiden, die Lore hin und her gezerrt hatten, schielten noch herüber.

Georg rief einen seiner Leute heran, der vorhin seine Arbeit nicht verlassen hatte. Er befahl ihm, sich zu dem Chauffeur zu setzen und ihm den Weg zu seinem und Doktor Veldens Zelt zu zeigen.

»Die Dame ist die Gattin des Herrn Doktor Velden,

niemand darf ihr zu nahe treten«, sagte er streng. Lore reichte ihm die Hand zum Abschied.

»Ich danke Ihnen – danke Ihnen von ganzem Herzen, Herr Doktor!«

»Danken Sie mir nicht, ich konnte wenig genug für Sie tun, aber die Pflicht hält mich fest. Wir stehen hier alle auf schwierigem Posten.«

»Zeigen Sie mir wenigstens, wo Heinz sich befindet, damit ihn meine Gedanken suchen können«, bat sie.

Er zeigte nach dem Berg hinüber.

»Dort drüben, genau am Fuße des Slamat. Und nun Gott befohlen, gnädige Frau. Auf Wiedersehen.«

Der Chauffeur brachte den Wagen in Gang, und das Auto fuhr davon. Georg sah ihm eine Weile nach, Lore winkte zurück.

Er wandte sich nun den Leuten zu. Ganz, ruhig trat er neben sie. Er wußte, daß er nicht einen Moment die Herrschaft über sich verlieren durfte.

Er ahnte, was in den Leuten vorging.

»Die Dame ist die Gattin des Herrn Doktor Velden. Ich hoffe, ihr schämt euch, daß ihr sie belästigt habt. Ihre Handgelenke sind dick geschwollen von eurem rohen Griff.«

Die Leute sahen nun ein, daß Georg keine leichtfertigen Absichten auf die schöne blonde Frau hatte.

»Man sieht hier so selten eine weiße Frau – und wir wollten nur einen Kuß von ihr. Erst als sie sich so wehrte, wurden wir wild«, sagte der eine Mann wie entschuldigend. Denn Georgs ruhige, bestimmte Art verfehlte ihre Wirkung nicht.

»Und außerdem habt ihr gegen die Vorschrift Alkohol getrunken. Glaubt nicht, daß mir das entgeht. Wenn ich euch melde, wird ein Wochenlohn abgezogen und in die Hilfskasse getan. Das wißt ihr. Und wenn ich Doktor Velden melde, wer seine Frau angefallen hat, dann wißt ihr, was euch bevorsteht.«

»Es ist ja nichts Schlimmes geschehen, Herr Doktor. Das war doch nur ein Scherz – und –, wir haben nur ein paar Schluck Rum genommen, weil uns nicht gut um den Magen war. Sie sollten uns nicht melden. Herr Doktor, wir machen es wett durch fleißige Arbeit.«

Georg sah die Leute scharf und prüfend an. Sie sahen wirklich aus, als bereuten sie. Er machte mit der Hand eine Bewegung, als schneide er die Luft entzwei.

»Gut, ich will sehen und abwarten, macht euch aber klar, wohin es führt, wenn ihr Alkohol in dieser Hitze zu euch nehmt. Zum Glück kam ich noch rechtzeitig, um größeres Unheil zu verhüten. Bei der Arbeit keinen Alkohol! Den könnt ihr sonntags in Madjenang trinken. Und nun an die Arbeit!«

Georg hatte wieder einmal einen Sieg über die schlechten Elemente unter seinen Leuten errungen. Der echten Überlegenheit beugten sie sich. Und gelegentlich etwas Milde bei aller Strenge wirkte immer gut.

Georg dankte dem Schicksal, daß er seines Freundes Gattin vor Schlimmerem hatte bewahren können, zumal er nun hoffen durfte, daß zwischen ihr und Heinz noch alles gut werden würde.

XVI.

Niemand hatte Lore, bis sie das Zelt erreichte, mehr belästigt. In der Zeltstadt war es menschenleer um diese Zeit. Nur einige von den eingeborenen Frauen, die im Lager zu tun hatten, waren zu sehen. Diese starrten freilich erstaunt auf die elegante Europäerin. Doch hatten sie nicht viel Zeit, sich um sie zu kümmern.

Das Auto ließ Lore vorläufig vor dem Zelt halten, denn als sie sich darin umgesehen hatte, sagte sie sich, daß hier ihres Bleibens nicht lange sein könne, auch nicht, wenn sie, woran sie gar nicht zweifelte, mit Heinz versöhnt war.

Sie gebot dem Chauffeur, ruhig im Wagen sitzenzubleiben. Er möge sich von dem mitgebrachten Proviant, von dem noch reichlich vorhanden war, zur Stärkung nehmen, was er brauchte.

Er fragte, ob sie nicht auch essen wolle, aber sie schüttelte den Kopf.

Lore war sehr müde und abgespannt, und der Schreck von dem Überfall der wilden Horde wirkte noch in ihren Nerven nach. Ihr Herz war voll Unruhe und Sehnsucht. Heute noch sollte sie Heinz wiedersehen, heute endlich durfte sie sich die Last vom Herzen reden. Das Blut stieg ihr brausend zu Kopfe, wenn sie sich ausmalte, wie es sein würde, wenn er sie in den Armen hielt und ihr sagen würde, daß er wieder an sie glaubte.

Erschöpft und kraftlos ließ sie sich auf den Koffer ihres Mannes nieder und legte die Hände an die schmerzenden Schläfen.

Sie dachte darüber nach, was Georg Raimund ihr über Heinz gesagt hatte:

»Er ist sehr elend und unglücklich und sagte mir heute morgen: Wenn du wüßtest, wie wenig lieb mir das Leben ist.«

Lore erzitterte. Jetzt erst erfaßte sie ganz den Sinn dieser Worte. Sie dachte daran, daß Georg ihr auch gesagt hatte, daß Heinz heute eine große Sprengung vorhatte und all seine Ruhe brauche.

Mit einem Satz war sie aufgesprungen und starrte wie geistesabwesend vor sich hin. Bei einer gefährlichen Sprengung – und –, sein Leben war ihm nicht mehr lieb.

Eine heiße, sinnlose Angst überfiel sie plötzlich. Wenn Heinz ein Unglück passierte, gerade heute, wo sie ihn endlich erreicht hatte? Wenn man ihn ihr bringen würde mit zerschmetterten Gliedern und sie ihm nicht mehr sagen konnte, daß sie unschuldig war? Wie in einer Vision sah sie Heinz auf einer Bahre liegen. Sie taumelte, einer

Ohnmacht nahe, dem Ausgang des Zeltes zu. Zuviel war in den letzten Wochen auf sie eingestürmt, ihr sonst so klares Denken verwirrte sich, und die Angst vor etwas Furchtbarem, Namenlosem schüttelte sie. Ihre Nerven waren überreizt von allem, was hinter ihr lag, und von der fieberhaften Erwartung des Zusammentreffens mit ihrem Gatten. Jede Faser ihres Seins war wie auf eine Folter gespannt. Nein – nein, sie konnte hier nicht warten, nicht untätig bleiben, wenn vielleicht ihr ganzes Glück auf dem Spiele stand. Sie mußte zu ihm gehen, jetzt gleich, ehe er die gefährliche Sprengung unternahm. Sein Leben war ihm ja nicht mehr lieb. Er war vielleicht nicht vorsichtig, er wich vielleicht dem Tod nicht aus, wenn er sich ihm drohend näherte. Vielleicht suchte er den Tod?

Sie stöhnte auf in dumpfer Angst. Nein, nein, hier konnte sie nicht bleiben und abwarten, was kommen sollte. Sie mußte zu ihm und ihm alles sagen. Und wenn er dann wußte, daß sie unschuldig war, dann – o mein Gott –, dann würde ihm das Leben wieder lieb sein, und dann würde er vorsichtig sein und an sie und ihre Angst und Sorge um ihn denken.

Wie von einer unsichtbaren Gewalt getrieben, eilte sie aus dem Zelt und sagte dem Chauffeur, er möge sie sofort bis an den Fuß des Slamat heranfahren. Und sie bezeichnete ihm die Stelle, die ihr Georg gezeigt hatte.

»Wenn aber der Fahrweg nicht so weit reicht?« fragte der Chauffeur.

»Dann fahren Sie mich so weit heran wie möglich, nur schnell, schnell!«

Der Chauffeur wunderte sich über die Launen seiner neuen Herrin, kurbelte aber den Wagen an und fuhr aus dem Lager hinaus in der bezeichneten Richtung davon. Der Fahrtweg führte bis ziemlich dicht an das Sprenggebiet und hörte dann plötzlich auf. Lore sprang aus dem Wagen und gebot dem Chauffeur, wieder ins Lager zurückzukehren und vor dem Zelt auf sie zu warten. Sie hastete weiter der Stelle zu, wo sie Heinz zu finden glaubte. Arbeiter, die ihr gelegentlich begegneten, betrachteten erstaunt die elegante Frauengestalt; ein seltener Anblick in dieser unwirtlichen Gegend.

So kam sie an das abgegrenzte Sprengungsgebiet. Sie sah, daß Seile am Weg entlang gespannt waren, hatte aber keine Ahnung, daß diese Seile die Grenze bezeichneten, wo die Gefahrzone begann. Sie ahnte nicht, daß heute niemand über diese Grenze hinausgehen dürfe, da eine große Sprengung angesagt war. Diese gespannten Seile erschienen Lore unwichtig. Und sie wußte nur, daß diese Seile sie von ihrem Gatten trennten, denn dort hinten am Fuße des Berges mußte er sein.

Sie kroch also unter dem gespannten Seil hinweg und eilte weiter. Ein Arbeiter, der das sah, rief ihr etwas nach, aber sie verstand es nicht, denn er sprach malaiisch. Ohne auf ihn zu achten, hastete sie weiter auf die zerklüfteten Felsen zu, die sich ihr in den Weg türmten. Von irgendwo da hinter den Felsen her glaubte sie Männerstimmen zu hören – dort –, ja, dort mußte Heinz sein.

Niemand begegnete ihr mehr. Ganz still war es plötzlich um sie her, unheimlich still. Sie hastete weiter in die Gefahrzone hinein und hatte keine Ahnung, daß jeden Moment die Mine sich entladen und das Verhängnis, der sichere Tod, über sie hereinbrechen konnte.

Ihr Blick irrte umher. Felsblöcke versperrten ihr den Weg und ließen sie nicht weiter. Hier war doch der Fuß des Slamat, hier sollte Heinz sein. Aber kein Mensch war zu sehen, und auch die Stimmen, die sie gehört, waren verstummt. Sie wollte rückwärts gehen, aber nun wußte sie nicht mehr, von wo sie gekommen war.

Kraftlos, müde zum Umsinken, lehnte sie sich an eine steile Felswand und blickte ratlos umher.

Inzwischen war der Mann, der sie in malaiischer Sprache angerufen hatte, als sie unter dem Grenzseil hinweggeschlüpft war, in großen Sätzen dahin gelaufen, wo

Heinz mit seinen Leuten stand.

Heinz war im Begriff, die Mine durch eine elektrische Leitung zur Entzündung zu bringen. Er sah nur noch einmal prüfend um sich, ob alles in Ordnung war. Einige Sekunden später – und die Explosion wäre erfolgt. In diesem Moment stürzte der Malaie atemlos herbei.

»Weiße Frau in Gefahrzone, Sahib, weiße Frau da drüben – unter Seil durch!« stieß er hervor.

Heinz stutzte, und seine Hand zuckte von der elektrischen Leitung zurück. Er sah den Malaien unmutig an.

»Wo?«

Der Malaie beschrieb die Stelle und erklärte, er habe der weißen Frau zugerufen, daß sie in die Gefahrzone hineinlaufe, aber sie habe nicht auf ihn gehört und sei weitergelaufen nach der Stelle, wo sich die Mine befände.

Eine weiße Frau? Das konnte doch nur eine von den Damen des Direktors oder der Oberingenieure sein. Aber die wußten doch ganz genau, daß eine Sprengung bevorstand und wo die Gefahrzone war. Sie konnten es also nicht sein. Sollte eine Dame von einer der umliegenden Besitzungen herübergekommen sein? Aber auch da wußte man doch um die Sprengung.

Der Malaie hatte wohl eine Halluzination gehabt. Aber immerhin, jetzt konnte er natürlich die Entladung nicht eher vornehmen, als bis er das Gebiet abgesucht hatte.

Ärgerlich über den Aufenthalt, gab er Befehl, daß sich niemand vom Platze rühre und daß hier alles bleiben müsse, wie es war. Und dann lief er in der bezeichneten Richtung davon. Er war nun auf demselben Wege, den zuvor Lore gegangen war. Auch er drang zwischen den Felsblöcken hindurch, und als er wieder um einen solchen Block herumgebogen war, sah er eine schlanke Frauengestalt müde an den Felsen gelehnt stehen. Sie sah in die entgegengesetzte Richtung, und er konnte ihr Gesicht nicht erkennen.

»Hallo! Was tun Sie hier?« rief er ärgerlich hinüber.

Da wandte sie sich um – sah in sein Gesicht und wurde totenbleich. Aber auch Heinz verlor alle Farbe aus dem Gesicht und starrte sie wie eine Erscheinung an. Sah er recht, oder äffte ihn ein Spuk?

»Lore!«

Ein heiserer Aufschrei rang sich aus seiner Brust. Wie gelähmt blieb er stehen und starrte sie an mit heißen, brennenden Augen. Und da taumelte sie, ihre letzte Kraft zusammenraffend, auf ihn zu, warf sich aufschluchzend an seine Brust und schlang die Arme dem Regungslosen um den Hals. Mit versagender Stimme stammelte sie:

»Heinz, ich bin unschuldig, ich bin dir über das Meer gefolgt – um dir zu sagen – ich liebe nur dich, nur dich – keinen andern Mann!«

Und ohne vollenden zu können, brach sie ohnmächtig in seinen Armen zusammen.

Er riß sie empor in seine Arme, an sein Herz und preßte seinen Mund wie ein Verdurstender auf den ihren. Er verstand nichts, begriff nichts, als daß sie da war, daß er sie in seinen Armen hielt, daß die furchtbar quälende Sehnsucht nach ihr gestillt war und daß er sie im letzten Moment noch vor einer entsetzlichen Gefahr behüten konnte. Aber nun sah er auch, daß sie ohnmächtig war. Und die Erkenntnis von der Gefahr, in der sie geschwebt hatte, brachte ihn zu sich. Wenn der Malaie sie nicht gesehen, wäre die Mine längst entladen und – dann hätte sie zerschmettert unter diesen Felsblöcken gelegen – der schöne, geliebte Körper wäre in Stücke gerissen worden, das blonde Haupt bis zur Unkenntlichkeit entstellt.

Ein Stöhnen, das wie ein heiserer Schrei klang, brach aus seiner Brust und brachte ihn selber zur Besinnung. Als müsse er sie jetzt noch vor einer drohenden Gefahr schützen, nahm er sie wie ein Kind auf die Arme und rannte mit ihr davon, aus der Gefahrzone heraus und hinüber zu seinen Leuten, die ihm erwartungsvoll entgegensahen.

Er konnte nicht sprechen, deutete nur mit den Augen

auf die Frau in seinen Armen und trug sie davon nach der Zeltstadt hinüber, in sein Zelt.

Er sah im Lager das Auto stehen, starrte dem Chauffeur ins Gesicht und wußte nicht, was der hier wollte. Sprechen konnte er noch immer nicht.

Er bettete Lore sorgsam auf das primitive Ruhebett, deckte seine Decke über sie und sah verwirrt und ratlos, aber mit einem unsinnigen, heißen Glücksgefühl, zu ihr nieder. Sie war da – bei ihm –, weiter konnte und wollte er jetzt nichts denken. Er lockerte ihr das Kleid am Halse, rieb ihr die Stirn mit Wasser und streichelte mit zitternden Händen über ihr goldig schimmerndes Haar.

Endlich schlug sie die Augen auf – aber sie erkannte ihn nicht. Fieberglut brannte aus ihren Blicken.

In diesem Moment trat der Chauffeur in das Zelt.

Heinz starrte ihn an.

»Was wollen Sie hier?«

»Ich sah, daß sie die Herrin hereintrugen und daß sie ohnmächtig war – kann ich helfen?«

»Die Herrin? Ist das Ihre Herrin?«

»Ja, Herr, ich brachte sie in ihrem Auto von Cheribon hierher. Sie hat sich sicher für ihre Kräfte zuviel zugemutet.«

Heinz atmete auf. Er wußte noch immer nicht, wie das alles gekommen war, aber eins fiel ihm nun beklemmend auf die Seele – seine Pflicht. Er mußte zurück zu der Sprengung, sofort, keine Minute durfte er mehr verlieren.

Er strich sich das wirre Haar aus der Stirn.

»Ja – meine Frau ist krank, sie liegt im Fieber –, aber ich muß fort, an die Arbeit. Viel steht auf dem Spiele. Bleiben Sie hier. Ich schicke eine von den malaiischen Frauen herüber. Wenn meine Frau zum Bewußtsein kommt, sagen Sie ihr, ihr Gatte käme sogleich zurück. Sie darf um keinen Preis aufstehen, nicht das Zelt verlassen. Kann ich mich auf Sie verlassen, Mann?«

»Unbesorgt, Herr.«

»Legen Sie ihr Kompressen auf den Kopf – dort ist Wasser. Da ist auch Kölnisch Wasser – befeuchten Sie ihr die Stirn damit, bis die Malaiin kommt.«

In zitternder Erregung drückte er noch einen Kuß auf Lores Fieberaugen und stürmte davon. Er rief die Malaiin herbei, die ihm und Georg zuweilen Dienste leistete. Es war ein geschicktes, gutmütiges Geschöpf. Heinz sagte ihr in Eile, was sie tun sollte, sie nickte ihm zu und lief in das Zelt. Nun stürmte Heinz mit großen Sätzen wieder an seine Arbeitsstelle zurück. Er wußte, man wartete überall auf die Entladung der Mine. Er durfte jetzt nicht mehr an Lore denken, nicht sich fragen, wie sie hierhergekommen, wie sie den Weg zu ihm gefunden hatte. Nur eins konnte er nicht von sich weisen, auch jetzt nicht – sie hatte an seinem Halse gehangen und hatte ihm gesagt, daß sie unschuldig sei und daß sie nur ihn liebe. Und das wühlte alles in ihm auf.

Aber er riß sich zusammen, und als er wieder an der elektrischen Batterie stand, wurde er plötzlich ganz ruhig, ganz bedächtig, sorgsam und energisch. Er wußte, was von ihm verlangt wurde – Ruhe und Selbstbeherrschung.

Und jetzt – ja –, jetzt war ihm das Leben wieder lieb und wichtig. Lore war da! Lore hatte an seinem Halse gehangen und ihm gesagt: Ich liebe dich – ich liebe dich. Und er konnte nicht anders, er glaubte es – ja –, er mußte es glauben – sonst wäre sie nicht zu ihm gekommen den weiten, weiten Weg.

Noch einmal überprüfte er gewissenhaft alles, noch einmal überdachte er klar und ruhig, was geschehen mußte, und – damit führte seine Hand gewissenhaft die Bewegung aus, die den elektrischen Funken in das Berginnere sandte, mitten in die Mine hinein.

Eine kurze Pause. Ein dumpfes Erbeben, als wolle die ganze Erde bersten. Grollen und Wühlen und dann eine donnernde Erschütterung der Luft. Weit drüben am Stollen quoll und brodelte es aus dem Berginnern hervor, wälzte sich wie ein dicker Strom von Steinen, Erde und Staub. Noch ein Knattern, noch ein Erbeben – ein furchtbares Getöse – und dann ein Schwanken, als wolle der ganze Bergkoloß ins Wanken kommen. Und nun – Totenstille.

Keiner der Männer, die an Heinz' Seite standen, regte sich. Auch Heinz stand still und stumm mit fest zusammengepreßten Lippen. Jetzt dachte er wieder an Lore – ob sie sich sehr erschrocken habe bei dem Getöse? Und sein Blick flog weit hinüber zu der Stelle, wo er sie vorhin an den Felsen gelehnt gefunden hatte. Von diesem Felsen war nichts mehr zu sehen. Er lag in Trümmern zwischen Steinen und Geröll. Dort – unter jenem Felsen würde Lore begraben sein, wenn – wenn –

Ein Zittern lief über den starken Mann. Er strich sich über die Stirn, die kalter Schweiß bedeckte. Und einen Moment wankte auch er.

Aber dann, als alles ruhig blieb, raffte er sich auf und gab seinen Leuten Befehle.

Feierabend war heute für alle, die hier mit ihm gearbeitet hatten. Heute durfte da drüben noch kein Stein angerührt werden. Morgen früh würden die notwendigen Vorarbeiten gemacht. Dann kam der Sonntag, und am Montag konnte man mit der Räumung des gesprengten Stollens beginnen.

Feierabend!

Die Leute wandten sich zum Gehen.

Und Feierabend war nun auch für Heinz – er konnte heim – heim zu seiner Frau.

Im Laufschritt eilte er ins Lager zurück, gejagt von der Angst und Sorge um Lore. Außer Atem kam er vor seinem Zelt an.

Der Chauffeur stand am Zelteingang, und die Malaiin hockte am Fußende vor Lores Lager.

Lore lag bewegungslos, eine Kompresse auf dem Kopf.

»Wie ist es gegangen?« fragte Heinz.

»Sie weiß nichts von sich, Herr, und als jenes furchtbare Krachen erfolgte, da schrie sie laut auf und wollte fort. Sie schrie immerfort einen Namen, wohl den Ihren, Herr – Heinz – Heinz! Dann wurde sie still und liegt nun ganz apathisch.«

Heinz rief die Malaiin an.

»Laufe zum Arzt. Er soll schnell kommen.«

Die Malaiin verschwand, und Heinz schickte den Chauffeur hinaus.

Und nun war er mit seinem Weibe allein. Er kniete an ihrem Lager nieder und legte eine neue Kompresse auf ihre Stirn. Sie schlug die Augen auf, aber sie erkannte ihn nicht. Sie sah ihn nur flehend an und begann in fieberhafter Hast zu reden:

»Ich muß zu ihm – laßt mich doch – ich muß ihm erst sagen, daß alles ein Irrtum ist – da, da – in dem braunen Kasten sind die Briefe, alle von Fritzelein – ach, dummer, lieber Heinz – weißt du, nun – lies doch – Fritzelein ist doch Elfriede – Elfriede Karsten – an sie war doch der dumme, dumme Brief – weißt du nun, Heinz, mein Heinz – tut dir das Herz noch immer weh – Liebster, Liebster!«

So stieß sie in atemloser Hast hervor, als müsse sie schnell alles vom Herzen reden. Und nur die letzten Worte hatten Ausdruck, waren wie in Zärtlichkeit getaucht.

Heinz starrte auf sie hinab, trank ihre Worte in sich hinein und barg dann aufstöhnend das Gesicht in den Händen. Was sagte sie da? Fritzelein ist doch Elfriede – Elfriede Karsten? Was war das? Elfriede Karsten – ja – so hieß eine Freundin von Lore. Und jener Brief, der ihn aus dem Garten Eden hinausgetrieben in die Welt, der ihm allen Glauben an sein Weib genommen hatte – der war an einen Fritz gerichtet – Fritzelein – ja, so hatte sie verschiedene Male in diesem Brief den Adressaten genannt. Großer Gott – großer Gott – war das des Rätsels Lösung? Deswegen all das Leid – deswegen seine Flucht ins Elend und deshalb für sie diese weite, anstrengende Reise, und

–, die Gefahr da drüben, der er sie im letzten Moment entrissen.

Mit zitternden Händen faßte er ihre Schultern.

»Lore! Lore! Höre mich doch, Lore!«

Diese qualzerissene Männerstimme drang über die Bewußtseinsschwelle Lores. Wieder sah sie ihn an, und diesmal war der Blick klar und bewußt, er strahlte auf in heißer Freude.

»Heinz – ach Heinz –, nun bin ich endlich bei dir! Und du mußt nun schnell wissen: Jener Brief war an Elfriede Karsten, meine Freundin, gerichtet. Sie wurde doch Fritz genannt von ihrem Vater, schon als Kind, weil ihr Vater lieber einen Jungen haben wollte. Ich sollte sie auch so nennen, weil ihr Vater tot war und niemand sie mehr so nannte. Oh, mein Heinz – nun ist doch alles gut, nun weißt du, daß ich nur dich, dich – nur dich allein liebe – dich ...«

Sie schwieg erschöpft und schloß die Augen, und als sie sie nach einer Weile wieder öffnete, waren sie wieder starr und ohne Verständnis. Aber sie redete weiter, hastig und ohne Bewußtsein, von allem, was sie erlebt und erlitten hatte, als müsse sie ihm alles erzählen.

»Wann werde ich bei dir sein – so sehr sehne ich mich – dir tut ja das Herz weh, mein armer Heinz – Heinz – laß ihn nicht an mich heran – das sind Ko-Kam-Tais Augen – fort, fort – Heinz, er will mich wieder hypnotisieren – Fredy – Mister Fredy – retten Sie mich, ich muß zu meinem Mann! Sieh doch nur, Ko-Kam-Tais Fratze! Hilf doch, Heinz – hilf – sieben Stunden – sieben Stunden noch – das Auto fährt so langsam – Miß Ellen – ich gratuliere – Doktor Werner ist gut – Heinz ist auch gut – oh, wie liebe ich ihn, aber er ist fortgelaufen – Heinz – so höre doch, höre doch, Herbert Frensen hat sich gerächt, weil ich ihn ins Gesicht schlug – pfui, er ist ein Schurke! Sieben Stunden noch – wie heiß es ist – Hilfe – Hilfe! – Laßt mich los – Hilfe – die bösen Menschen, oh, die bösen Menschen!

Herr Doktor – wo ist mein Mann? Wo? Heinz – ist dir dein Leben nun wieder lieb? Ich komme, Heinz, du mußt es wissen, ehe du dich in Gefahr begibst – wo ist Heinz – am Fuße des Slamat – nein – nein – hier ist kein Mensch, nur Felsen – Felsen – er muß es wissen, ehe es zu spät. Heinz – allmächtiger Gott – hörst du nicht – da stürzt der Slamat ein – Hilfe – Heinz! Hilfe!«

Und sie bäumte sich empor. Die Erinnerung an das furchtbare Getöse der entladenen Mine mußte ihr im Fieberwahn vorgetäuscht haben, daß Heinz dadurch bedroht gewesen sei.

Heinz war wie erschlagen von allem, was er hörte. Wenn es auch nur Fieberphantasien waren, so wurde ihm doch daraus klar, was sein armes, junges Weib gelitten, und daß sie von Gefahren bedroht gewesen war auf ihrer Reise. Er umfaßte sie voll Erbarmen und küßte ihren Mund. Und das rief sie wieder ins Bewußtsein zurück. Ganz klar sah sie ihn an, voll zärtlicher Hingabe.

»Ach, mein Heinz, nun bin ich doch endlich bei dir, und du siehst mich wieder so lieb an wie früher. Wie konntest du nur glauben, ich hätte je einem andern gehört! Ah – wie gut, daß ich nun bei dir bin! Sag, Heinz – ist dir das Leben wieder lieb?«

Er erzitterte unter der Wucht der Gefühle, die auf ihn einstürmten.

»Lore – meine Lore –, was habe ich getan!« stieß er erschüttert hervor.

»Nicht – nicht –, du bist nicht schuld – du nicht und ich nicht. Aber ich bin bei dir – nun ist alles gut. Ah – wie bin ich müde – müde!«

Und wieder verlor ihr Blick die Klarheit, wieder kamen wirre Worte über ihre Lippen in fieberischer Hast. Wieder hörte Heinz Namen, die er nicht kannte, und dann jammerte sie über Schmerzen und schrie auf.

Er sah auf ihre geröteten Handgelenke – jetzt erst merkte er, daß sie geschwollen waren, wie von einem gewaltsamen Druck. In unbeschreiblicher Angst und Unruhe wartete er auf den Arzt, und als dieser endlich kam, sprang Heinz empor.

»Helfen Sie, Herr Doktor!« bat er qualzerrissen.

Der Arzt sah befremdet auf das Lager, wo eine junge, blonde Frau lag.

»Was gibt es? Ist bei der Sprengung ein Unglück geschehen?«

»Nein, Doktor, gottlob nicht – ich konnte es noch verhindern. Das ist meine Frau, Doktor, sie ist mir gefolgt über das Meer, bis in die Gefahrzone, aus der ich sie im letzten Moment befreien konnte. Es war nur ein Moment, der sie vom Tode trennte – von einem fürchterlichen Tode. Doktor –, ein Mißverständnis trennte uns – ein qualvolles und doch so törichtes«, stieß Heinz in tiefer Erregung hervor.

»Nun erst mal Ruhe, lieber Velden, Sie scheinen mir auch am Ende Ihrer Kraft. Ich sehe nach Ihrer Frau. Alles andere später.«

Und er trat an Lores Lager und untersuchte sie. Dabei fing Lore an zu phantasieren und beteuerte immer wieder sie müsse zu ihrem Manne.

Nach einer Weile richtete sich der Arzt wieder auf.

Beruhigend legte er die Hand auf Heinz' Schulter.

Der sah mit angstvollem Blick zu ihm auf.

»Ruhe, mein Lieber. Es ist nicht so schlimm, wie es scheinen mag. Ein kleiner Nervenschock, große Überanstrengung und eine tiefe seelische Erregung. Ich glaube, das ist alles wieder in der Reihe, wenn sie recht lange ungestört geschlafen hat. Und dazu wollen wir ihr schnell verhelfen.«

Erlöst atmete Heinz auf.

»Es ist keine Gefahr für ihr Leben?«

»Behüte Gott! Danach sieht es absolut nicht aus. Sie hat, gottlob, einen kräftigen Organismus. Die Hitze hat ihr wohl auch etwas zugesetzt. Seien Sie ganz beruhigt und sorgen Sie dafür, daß Sie selber den Kopf oben behalten. Ihre Nerven scheinen auch einen bösen Stoß erhalten zu haben, wie ich mir nach Ihrem Bericht gut denken kann.«

»Das kann ich wohl sagen, Doktor! Aber um mich geht es nicht, ich werde schnell wieder klar sein – wenn nur für meine Frau keine Gefahr besteht.«

»Ich hoffe, Sie lachen morgen darüber – und das soll mich freuen –, denn gelacht haben Sie, glaube ich, noch nicht, seit Sie im Lager sind. Also ich gehe jetzt in die Apotheke und hole, was ich brauche. Machen Sie inzwischen ruhig noch ein paar Kompressen. Auch um die Handgelenke. Wovon sind die so geschwollen?«

»Das weiß ich nicht. Meine Frau phantasiert von wilden Männern, die sie küssen wollten und festhielten. Ich weiß nicht, was geschah.«

»Nun, sie wird Ihnen das vermutlich morgen alles erzählen können. Also ich komme gleich wieder mit einem Medikament.«

Und der Arzt eilte davon. Heinz fiel wieder neben Lores Lager nieder und umfaßte sie, ihren Kopf in seinen Arm bettend.

»Lore – meine Lore –, sieh mich doch an – ich bin bei dir.«

Sie sah mit einem schwachen, aber klaren Blick zu ihm auf.

»Heinz? Wie kommst du hierher? Wo bin ich, Heinz? Hat mich Ko-Kam-Tai wieder hypnotisiert? Ach nein – nein, ich weiß jetzt wieder, ich wollte dich finden. Doktor Raimund hatte mir gesagt, dir sei das Leben nicht mehr lieb. Da hatte ich solche Angst um dich, weil ich wußte, daß du eine große Sprengung vorhattest. Und ich lief und lief und suchte dich, und dann hatte ich mich verirrt und fand nicht mehr weiter. Aber da kamst du endlich. Und – nicht wahr, nun weißt du, daß deine Lore unschuldig ist, und bist nicht mehr unglücklich? Hast du deine Lore nun wieder lieb?«

Er preßte seine Lippen auf ihren Mund und versuchte, sie von ihrer Angst zu befreien, indem er sagte:

»Immer, immer hatte ich dich lieb, Lore – so namenlos lieb. Und ich sehnte mich nach dir und kann noch immer nicht fassen, daß du nun wirklich bei mir bist.«

Ihr Blick verschleierte sich wieder.

»Wenn nur Ko-Kam-Tai nicht wieder freikommt und Metschikoff. Aber sie sitzen fest im Gefängnis in Kolombo und Fredy Brown hat mich gerettet. Sonst hätten sie mich in Port Said entführt. Nie hätte ich dich wiedergesehen, wenn Mister Fredy mich nicht gerettet hätte. Du mußt ihm sagen, daß du ihm dankbar bist. Und Doktor Raimund auch, der die wilden Männer von mir zurückriß, die mich fast zerrissen hätten und mich küssen wollten. Oh – der Ekel brachte mich fast um.«

So mischten sich Wahrheit und Fieber bei ihr. Heinz wurde immer beklommener zumute. Was mochte seine arme, süße Frau alles erduldet haben! Wie sollte er an ihr gutmachen, was er in sinnloser Eifersucht und greulichem Mißtrauen an ihr gesündigt hatte? Welch ein Tor! Auf eine Frau ist er eifersüchtig gewesen. Und in seiner Verblendung war er in die Welt hinausgestürmt und hatte sein armes Weib allerlei Gefahren ausgeliefert. Wie sehr sie ihn liebte, was für Opfer sie gebracht hatte um dieser Liebe willen.

Endlich kam der Arzt und brachte die Medizin. Auch Heinz mußte unbedingt ein beruhigendes Pulver nehmen. Der Arzt hatte die Malaiin wieder mitgebracht. Sie half ihm, Lore ein bequemes Gewand überzustreifen. Behaglich streckte Lore sich aus; trotz des harten Lagers wirkte die Medizin rasch, und sie schlief ein, ganz fest und ruhig. Der Arzt nickte Heinz lächelnd zu.

»So, nun lassen Sie Ihre Frau schlafen, bis sie von selbst aufwacht. Vor morgen früh wird das nicht geschehen. Und dann ist das Schlimmste überstanden. Ich komme dann noch einmal herüber. Etwas zu essen werde ich Ihnen herüberschicken, denn Ihnen wird heute nicht danach zumute sein, im Kreise Ihrer Kollegen zu speisen. Und essen müssen Sie, damit Sie bei Kräften bleiben. Sie dürfen nicht vergessen, daß wir in den Tropen sind.«

Damit reichte er Heinz die Hand. Der drückte sie krampfhaft.

»Ich danke Ihnen, Doktor. Sie haben mich von einer großen Sorge befreit.«

»Nun, dafür werden Sie jetzt eine neue Sorge haben, nämlich die, wo Sie hier Ihre Frau unterbringen sollen. Das wird schwierig sein.«

Heinz stutzte. Daran hatte er noch nicht gedacht. Aber gleich darauf flog ein Lächeln über seine Züge. Er dachte an Franks. Und sein Herz wurde leichter.

»Ich glaube, ich weiß es schon. Die Familie Frank auf Tjobulah wird sie gern aufnehmen.«

»Richtig – daran dachte ich nicht. Also sind Sie auch diese Sorge los. Viel Glück, lieber Velden. Bisher hielt ich Sie für einen bedauernswerten Menschen, weil Sie gar so trübsinnig waren – aber nun erscheinen Sie mir recht beneidenswert.«

Und mit einem letzten Blick auf die schöne blonde Frau verließ der Arzt das Zelt.

XVII.

Lange hatte Heinz am Lager seiner Frau gesessen und voll tiefer Rührung in ihr Gesicht gesehen, bis Georg endlich nach Hause kam. Als er Lore auf ihrem Lager sah und Heinz neben ihr erblickte, wollte er sich still wieder entfernen. Anscheinend waren sich die beiden Gatten schon ohne seine Vermittlung einig geworden, denn Heinz sah wohl blaß und tiefbewegt aus, aber sehr glücklich.

Heinz wandte sich nach ihm um und erhob sich, mit

dem Freund ins Freie tretend.

Vor dem Zelt stand noch das Auto; der Chauffeur saß darin und schlief.

Die beiden Freunde ließen sich nieder. Georg mußte erzählen, was er von Lore wußte, und Heinz erzählte, wo er sie gefunden hatte. Und dann beichtete er dem Freund alles. Was ihn von Lore getrieben hatte, und daß es nur ein törichter und doch so schrecklicher Irrtum war. Alles redete er sich vom Herzen, und in seinen Augen lag dabei ein weiches, glückliches Leuchten.

»Wie sehr sie mich liebt, Georg, das siehst du daraus, daß sie mir folgte und nicht ein Wort des Vorwurfs für mich hatte. Ich fürchte, sie hat mehr Gefahren bestanden als die, aus der du sie errettet hast. Sie phantasierte von schlimmen Dingen und ich muß Gott danken, daß sie mich dennoch erreichte. Was hätte ich tun sollen, wenn sie ernstlichen Schaden erlitten hätte? Nie wäre ich darüber hinweggekommen.«

Georg faßte seine Hand.

»Nun vertiefe dich in deiner tiefgründigen Art nicht auch noch dahinein, was alles hätte kommen können. Du hast alle Torheit reichlich abgebüßt. Was sind die Menschen doch in der Hand des Schicksals? Ein törichter kleiner Irrtum hätte euch beide fast Glück und Leben gekostet.«

»Ich hätte Lore besser vertrauen müssen.«

»Nun, wenn sie dir selber sagte, daß sie den kompromittierenden Brief geschrieben hatte, dann konntest du freilich nicht wissen, daß du im Unrecht warst. Aber wie ich Frau Lore kenne, hat sie dir alles verziehen, und du hast nun weiter nichts zu tun, als sie sehr, sehr glücklich zu machen. Und dieser Pflicht wirst du dich ja nur zu gern unterziehen. Aber jetzt einmal zu realen Dingen. Für die Nacht werde ich mich nach einem anderen Lager umsehen müssen. Aber halt – da haben wir ja Frau Lores Auto, das sie anscheinend resolut in Cheribon gekauft hat, weil es wahrscheinlich keine andere Fahrgelegenheit gab. Darin werde ich diese Nacht herrlich schlafen. Ich sehe, der Chauffeur ist derselben Ansicht. Du benutzt dann mein Lager.«

»Willst du wirklich dies Opfer bringen, Georg?«

»Opfer? Mein Lieber, ich werde in diesem Auto besser schlafen als auf der harten Pritsche.«

Sie überlegten, wo Lore morgen vorläufig untergebracht werden solle, und Heinz fragte Georg, ob er glaube, daß Franks Lore aufnehmen würden.

Georg lachte.

»Mit Vergnügen, das ist etwas für sie. Hei, wie wird sich mein Käthchen freuen, daß du wieder ein glücklicher Mensch bist. Aber du mußt dich darauf gefaßt machen, daß du deine Frau nicht jeden Tag sehen kannst. Nun, wir werden überlegen, wie sich das alles einrichten läßt. Jetzt wollen wir erst mal zu Abend essen. Ich sehe, der gute Doktor schickt dir hier deinen Teil, und ich gehe hinüber zum Essen und beziehe dann mein Quartier im Auto.«

Georg ging davon, und Heinz nahm wieder den Platz am Lager seines Weibes ein.

Am nächsten Morgen erhob sich Heinz nach einem kurzen Schlummer zur gewöhnlichen Zeit. Lore lag noch im tiefen Schlaf, und Heinz betrachtete sie voller Glück. Dann ging er hinaus und weckte Georg, der noch tief und fest in den Autokissen schlief. Schnell war er munter, und die Freunde besprachen, daß sie am Mittag nach Beendigung der Arbeit mit Lore, falls sie sich so weit erholt hatte, nach Tjobulah fahren würden.

»Da ich im Auto meines Schwiegervaters abgeholt werde, kannst du mit deiner Lore in ihrem Auto allein fahren. Das dürfte euch lieber sein. Ich fahre eine Weile vorher und du folgst nach. Dann wird schon alles zu Frau Lores Empfang vorbereitet sein. Um die Kollegen brauchst du dich gar nicht zu kümmern. Der Arzt und ich haben ihnen eine wunderschöne Geschichte über euer neu fundamentiertes Glück erzählt, und sie sind sehr neidisch, verstehen jedoch durchaus, daß du jetzt erst recht nicht für sie zu sprechen bist. Also – auf Wiedersehen nach Feierabend. Du wirst ja heute nicht lange zu tun haben.«

»Nein, ich gehe jetzt nur hinüber und gebe meinen Leuten an, was sie vorzubereiten haben für den Montag. Dann werde ich mich für heute beurlauben. Ich hoffe, Lore schläft noch, bis ich zurückkomme.«

Die Freunde trennten sich. Heinz holte die Malaiin wieder herüber, damit sie bei Lore blieb. Dann weckte er den Chauffeur, der behaglich in seiner Wagenecke saß, und sagte ihm, wenn seine Herrin erwache, möge er ihr sagen, daß er in einer Stunde zurück sein werde. Er erkundigte sich, ob der Chauffeur frühstücken wolle, und dieser zeigte ihm lächelnd den Proviantkorb, der noch leidlich gefüllt war. Heinz sagte ihm nun, daß sie am Nachmittag nach Tjobulah fahren würden und ging dann zu seiner Arbeitsstätte.

Dort erledigte er, was unbedingt erledigt werden mußte. Er wurde doch zwei Stunden aufgehalten und eilte voll Unruhe ins Lager zurück. Aber er fand Lore noch immer schlafend. Erleichtert aufatmend machte er erst einmal Toilette, denn bis Montag früh waren die Arbeitskleider überflüssig.

Als er fertig war, setzte er sich an das Lager und schaute sich satt an seinem jungen Weibe. Endlich aber rührte sich Lore. Sie dehnte und streckte sich ganz behaglich, gähnte ein wenig und schlug dann die Augen auf.

Erstaunt und verwirrt, aber bei ganz klarem Bewußtsein, sah sie um sich. Und dann erblickte sie Heinz, der still, wie in Andacht versunken, ihrem Erwachen zusah. Dunkle Glut schlug ihr ins Gesicht.

»Heinz – ach, Heinz!«

Was lag alles in diesen Worten! Er nahm sie in seine Arme und sah sie zärtlich flehend und doch voll heißer

Glückseligkeit an. »Lore –, meine Lore – meine süße Frau – kannst du mir verzeihen?«

Sie schlang die Arme um seinen Hals.

»Daß ich dich nur wiederhabe«, sagte sie mit bebender Stimme. »Ich habe dir nichts zu verzeihen, Heinz. Wir waren beide schuldlos. Du warst durch den anonymen Brief dieses Schurken verwirrt. Ich weiß, daß es Herbert Frensen war, der Vetter meiner Freundin, der einmal so unverschämt um mich warb, daß ich mich seiner nicht anders erwehren konnte, als ihm ins Gesicht zu schlagen. Er schwor mir Rache – und –, wie gut ist sie ihm gelungen! Wie er zu dem Briefe kam, der an meine Freundin gerichtet war, weiß ich noch nicht, doch habe ich bei ihr angefragt. Entweder hatte er ihn gefunden oder gestohlen. Er wußte ganz genau, daß der Brief harmlos war. Aber du mußtest ihn falsch auffassen, da ich ihn mit ›Lieber Fritz‹ überschrieben hatte. Dort in meinem Koffer habe ich dir die Briefe meiner Freundin mitgebracht. Alle hat sie unterzeichnet ›Dein Fritz‹. Ihre Tanten und ihr Vormund wollten es nicht leiden, daß sie sich so nannte, auch noch nach dem Tode ihres Vaters, der sie nie anders rief. Von mir wollte sie wenigstens so angeredet sein. Und weil die Tanten uns den ganzen Tag, wenn ich bei ihr zu Besuch war, nicht eine ungestörte Stunde gönnten, schlichen wir uns im jugendlichen Übermut nachts in Fritzens Schlafzimmer. Dort wurde die halbe Nacht geplaudert. Wir haben Pralinen genascht und Jungmädchenunsinn getrieben. Meine Freundin wird übrigens von ihrem Gatten nun auch Fritz genannt, weil sie es wünschte. Du wirst dich davon hoffentlich eines Tages überzeugen können.«

Er streichelte ihr Haar.

»Und dein törichter, mißtrauischer Heinz kam gar nicht auf den Gedanken, daß sich dieser Brief harmlos aufklären ließ, er lief davon und ließ seine arme, kleine Frau allein.«

»Schilt mir meinen Heinz nicht, ich hätte an seiner Stelle nicht anders gehandelt. Aber sag mir, Liebster, ist nun alles wieder gut? Hast du deine Lore und dein Leben wieder lieb?«

Er preßte sie an sich.

»So lieb, Lore, so unsagbar lieb! Laß es genug der Sühne sein, was ich um dich litt. Aber nun sage mir, wer ist Ko-Kam-Tai, wer Metschikoff, wer Fredy und Ellen? Von all denen sprachst du im Fieber.«

Lore erzählte ihm nun, was sie erlebt hatte, seit er sie in Leipzig verließ. Er lauschte tief erschüttert und küßte immer wieder ihren Mund und ihre Augen und die lieben, lieben Hände, die ihn dabei so zärtlich streichelten und trösteten.

Selige Stunden verlebten die beiden glücklichen Menschen in dem primitiven Lagerzelt. Und Heinz erzählte Lore von Franks, von Georgs Verlobung und daß er sie nach Tjobulah bringen würde, da sie hier im Lager nicht bleiben könne. Sie besprachen, daß Heinz sich so schnell wie möglich von seinen Verpflichtungen freimachen werde. Zum Glück hatte er den Vertrag noch nicht unterschrieben, wie es Georg schon vor der Abreise von Deutschland getan hatte.

Dann kam der Arzt und konstatierte, daß Lore wieder völlig hergestellt sei und sich nur vor neuen Aufregungen und Überanstrengungen hüten müsse.

Als er gegangen war, erhob sich Lore und kleidete sich an, während Heinz nach dem Wagen sah. Und gleich darauf kam Georg und begrüßte die Gatten mit herzlichem Glückwunsch. Während Georg sich für die Fahrt nach Tjobulah ankleidete, verließ Lore mit Heinz das Zelt.

Dann fuhr erst Georg fort im Auto seines Schwiegervaters, das pünktlich zur Stelle war. Lore und Heinz folgten. Die Kollegen standen am Ausgang des Lagers und schienen auf das Auto gewartet zu haben. Sie überreichten Lore einen großen Blumenstrauß, und sie dankte in ihrer lieben, herzlichen Weise. Man salutierte, als der Wagen weiterfuhr, und verstohlene Seufzer folgten dem glücklichen Paar.

In Tjobulah nahm man das junge Paar mit fröhlichem Enthusiasmus auf, und Lore wurde von allen Seiten verwöhnt.

Abends ließ man die beiden zeitig allein. Sie hatten sich sicher noch viel zu sagen.

Am andern Tage war man fröhlich beisammen, und als die Freunde am Abend Abschied nahmen, blieb Lore bei Franks zurück.

Lange brauchte sie Franks Gastfreundschaft aber nicht in Anspruch zu nehmen, denn es gelang Heinz, sich sofort freizumachen. Man ließ den tüchtigen Ingenieur nicht gern gehen, aber da er sich vertraglich nicht gebunden hatte, konnte man ihn nicht halten. Und man sah auch ein, daß ein verheirateter Ingenieur mit seiner Frau kein passendes Unterkommen finden konnte.

Schon nach vierzehn Tagen reiste das junge Paar nach Cheribon zurück, um sich dort einzuschiffen. Und nun begann erst die richtige Hochzeitsreise für Heinz und Lore.

Das Auto, das Lore gekauft hatte, ging in den Besitz von Hermann Frank über, der gern noch einen zweiten Wagen haben wollte. Lore verkaufte es ihm sehr billig, um sich etwas für die erwiesene Gastfreundschaft erkenntlich zu zeigen. Der Chauffeur sollte es von Cheribon wieder nach Tjobulah zurückbringen, da er noch Zeit genug hatte, ehe er sein neues Amt antrat.

Herzlich und innig war der Abschied des jungen Paares von Familie Frank und von Georg. Der Trennungsschmerz wurde nur gemildert durch die Hoffnung auf ein frohes Wiedersehen nach drei Jahren, wo alle nach Deutschland kommen wollten.

Das glückliche junge Paar machte natürlich auf der Heimreise in Kolombo Station, wo Heinz nicht nur Fredy und seiner Schwester, sondern auch dem Schiffsarzt Doktor Werner seinen Dank abstatten konnte für alles, was man seiner Frau Liebes und Gutes erwiesen.

Ellen Brown war inzwischen die glückliche Braut Doktor Werners geworden, und Fredy hatte seinen Liebesschmerz um Lore soweit männlich bezwungen, daß er sich überwinden konnte, mit ihrem Gatten ein Freundschaftsbündnis einzugehen. Er mußte freilich manchmal mit sich ringen, wenn er sah, wie glückselig sich Heinz und Lore in die Augen sahen, aber er war tapfer. Und mit Enthusiasmus nahm er trotzdem die Einladung des jungen Paares an, es in Berlin zu besuchen, wenn er wieder nach Deutschland kommen würde. Auch Ellen versprach es. Sie wollte am Jahresschluß heiraten und dann, wenn sie nach Düsseldorf ging, bestimmt bei Lore Station machen.

Vierzehn Tage blieben Heinz und Lore in Kolombo, dann traten sie endgültig die Heimreise an. Sie fuhren an Bord der »Liberia« zurück, die in dieser Zeit nach Deutschland fuhr. Und so konnte Heinz auch dem Kapitän der »Liberia« noch seinen tiefgefühlten Dank aussprechen für den Schutz, den er seiner Gattin hatte angedeihen lassen.

Wieviel glücklicher war Lore jetzt an Bord der »Liberia«. Eng aneinandergeschmiegt promenierte das junge Paar an Deck auf und ab; sie sahen sich dabei innig in die Augen und hielten sich bei den Händen. Diesmal wurde ihre Hochzeitsreise nicht durch den leisesten Mißton getrübt. Sie hatten das Glück für alle Zeiten eingefangen.